SHERLOCK HOLMES

The Return of Sherlock Holmes

福尔摩斯归来记

[英] 阿瑟·柯南·道尔 著

张雅琳 译

天津出版传媒集团

天津人民出版社

Arthur Conan Doyle®

THE
CONAN DOYLE ESTATE

阿瑟·柯南·道尔官方产权会独家授权

果麦文化 出品

* 全书插画由 Easton Press 授权使用

"I saw him fall for a long way"

ILLUSTRATION BY FREDERIC DORR STEELE

RE-DRAWN BY MR. STEELE FOR THIS EDITION

"我从边沿探出脑袋，见他掉向深处。"

《空屋》

"I suppose that you are the detectives from London?" said he

Illustration by Sidney Paget

DRAWN FOR THE STRAND MAGAZINE

London, 1903

"你们是伦敦来的侦探吧？"他说。

《跳舞的小人》

"I determined to find out who he was and what he wanted"
ILLUSTRATION BY SIDNEY PAGET
DRAWN FOR THE STRAND MAGAZINE
London, 1904

我决定弄清他是谁、想干什么。

《孤身骑车人》

"Holmes examined every object in turn"
ILLUSTRATION BY FREDERIC DORR STEELE
DRAWN FOR COLLIER'S MAGAZINE
New York, 1904

福尔摩斯注意力高度集中，挨个查看每样物品。

《黑彼得》

Charles Augustus Milverton
ILLUSTRATION BY FREDERIC DORR STEELE
RE-DRAWN BY MR. STEELE FOR THIS EDITION

查尔斯·奥古斯塔斯·米尔沃顿

《米尔沃顿》

"He had completed his examination when the door opened"
ILLUSTRATION BY FREDERIC DORR STEELE
DRAWN FOR COLLIER'S MAGAZINE
New York, 1904

他刚检查完，门厅的灯大亮，门开了。

《六尊拿破仑塑像》

"Three yellow squares of light shone above us"
ILLUSTRATION BY CHARLES RAYMOND MACAULEY
DRAWN FOR MCCLURE, PHILLIPS & CO.
New York, 1905

楼上三扇方窗透出黄色灯光。

《三个学生》

"Yes, sir, it is a crushing blow"
ILLUSTRATION BY FREDERIC DORR STEELE
DRAWN FOR COLLIER'S MAGAZINE
New York, 1904

"是啊，先生，真是毁灭性的打击。"

《金边夹鼻眼镜》

"The dog sniffed round for an instant"
ILLUSTRATION BY FREDERIC DORR STEELE
DRAWN FOR COLLIER'S MAGAZINE
New York, 1904

小狗嗅了一阵。

《失踪的中卫》

"What do you make of that, Mr. Holmes?"
ILLUSTRATION BY FREDERIC DORR STEELE
DRAWN FOR COLLIER'S MAGAZINE
New York, 1904

"福尔摩斯先生，怎么解释？"

《第二块血迹》

CONTENTS

空屋

1894年春，贵族子弟罗纳德·阿代尔离奇遇害，事件引起伦敦全城轰动，上流社会一片哀痛。案子证据充分，就算不全部公开，也是一场检方必胜的官司。因此，除警方调查过程中透露的细节外，公众对案情始末并没有全面了解。时至今日差不多十年了，我终于有机会补上缺失的环节，还原案子的完整面貌。谋杀案本身很吸引眼球，后续发展更加不可思议，堪称我历险人生中最曲折的经历。过了这么久，如今回想起来还是难抑激动，还能感受到像潮水一样突然涌上心头的喜悦、惊讶和疑惑。我的业余创作吸引了一批读者，他们特别关注那个神奇人物的一言一行。在此想对他们说，请不要怪我没有第一时间分享这个故事，其实早想写出来了，可是主人公本人坚决不同意，直到上个月三号才解除禁令。

作为夏洛克·福尔摩斯的深交密友，我自然对罪案兴趣浓厚。他离开后，大小案子的公开报道我都没错过，不仅仔细研读，还不止一次尝试用他的方法解谜，从中寻找一点自我满足感，虽然成功概率微乎其微。在所有案件中，阿代尔惨案给我留下的印象最深。我读了死因调查报告，结论是蓄意谋杀，单独或合谋作案都有可能。那一刻我越发清楚地意识到，福尔摩斯的去世给社会带来了巨大损失。这件奇案肯定能吸引到他，欧洲王牌侦探一旦出马，运用纯熟的观察力和敏锐的思想力，必能助警方一臂之力，甚至先警方一步破案。出诊路上，我反复琢磨案子，始终找不到合理的解释。死因调查结束后，有些案情公开过，就算有炒冷饭之嫌，我还是决定回顾一遍。

阿代尔是梅努斯伯爵的二儿子，伯爵当时是澳大利亚某殖民地总督。母亲从澳大利亚回国做白内障手术，和儿子阿代尔、女儿希尔达一起住在公园路427号。年轻人生活在上流社会，据了解并没有仇敌，也没有恶习。曾跟卡斯泰尔斯[1]的伊迪丝·伍德利小姐订婚，事发几个月前双方协议解除婚约，之后不见有任何来往。他不爱说话，生性平和，活动范围仅限于传统的小圈子。1894年3月30日晚十点到十一点二十之间，死神以最奇怪、最意外的方式造访了这位温厚的年轻贵族。

阿代尔喜欢打牌，打得多，但输赢从来不大。他是鲍德温、卡文迪什、巴格特勒三家纸牌俱乐部的会员。据调查，遇害当天，他在巴格特勒俱乐部打了一下午牌，吃过晚饭，又回到俱乐部玩惠斯特桥牌。同玩的牌友有默里先生、约翰·哈迪先生和莫兰上校，他们证明打的是惠斯特桥牌，每个人的手气都差不多。阿代尔顶多输了五英镑，他家底殷实，这点小钱根本不算什么。他几乎每天都光顾俱乐部，不是这家就是那家，但他打牌很谨慎，大多数时候都是赢钱。证词中还提到，几周

1 卡斯泰尔斯（Carstairs）是苏格兰村镇。全书均为译注。

前，他跟莫兰上校搭档，大胜戈弗雷·米尔纳和巴尔莫勒尔勋爵，一口气赢了四百二十英镑之多。关于他的近况，调查报告中就提到了这些。

事发当晚十点整，他从俱乐部回到家。母亲和妹妹去亲戚家串门还没回，女佣说听见他走进三楼前厅，也就是平常当作起居室的房间，之后再没有任何动静。她已经提前生好壁炉，因为有烟，特地打开了窗户。十一点二十，梅努斯太太和女儿回来。母亲想到儿子房间道晚安，发现房门反锁了，她们又敲又叫，没人回应，只好找人帮忙撞开。不幸的年轻人倒在桌边，被左轮手枪射出的开花弹爆头，模样惨不忍睹。房间里没发现任何凶器。桌上有两张十镑的纸钞、十七镑十先令的金币和银币，按不同数目码成了几小堆。旁边有张纸，上面写了一些数字，每个数字对应一个俱乐部牌友的名字。由此推断，遇害前，他正在计算牌局的输赢。

经过现场勘查，案情反而更复杂了。首先，无法解释年轻人为什么反锁门。也有可能是凶手锁了门，然后从窗户逃走。可是窗户离地至少二十英尺，下面是花坛，番红花开得正旺，花丛和泥土都没有踩过的痕迹，房子和大路之间狭长的草坪上也没有脚印。这么看，显然是年轻人自己锁的门。那他究竟是怎么中枪的呢？凶手爬窗进来不可能不留下痕迹。假如从外面开枪，子弹穿窗而过，那么凶手必须是神射手，才能用左轮手枪制造这么强的杀伤力。另外，公园路上车来人往，离房子不到一百码就有一辆马车，却没一个人听见枪声。然而尸体确实就躺在那儿，左轮手枪的开花弹跟所有软头子弹一样，压扁成蘑菇状，造成巨大创口，很可能是瞬间致死。以上就是公园路谜案的大致情况。更难办的是，根本找不到作案动机。前面说过，阿代尔没有仇敌，而且房间里的钱和贵重物品都没有动。

我整天反复思考这些线索，希望想出一个能解决所有问题的结论，也想找到一个最薄弱的环节，就像不幸离世的好友说的，每个案子都有一个突破口。可是坦白说，一点儿收获也没有。傍晚，我穿过海德公园，六点左右到了公园路和牛津街的交叉口。人行道上站了一群看热闹的，仰头望向一扇窗户，正是我要找的房子。有个戴墨镜的瘦高个儿正在讲解他的看法，旁边围了一圈听众，我猜肯定是个便衣侦探，凑到跟前一听，立刻反感地退了出来，他的结论实在太荒唐了。刚往外挪，不小心撞到身后的驼背老人，碰掉了他手里的几本书。我赶紧捡起来，记得其中一本的书名是《树崇拜起源》，当时猜想老人可能是个清贫的藏书家，专门搜集罕见书籍，以此谋生或者纯属爱好。这些书显然是主人眼里的稀世珍宝，可惜遭我“毒手”。我连声道歉，他轻蔑地吼了一声，掉头走了，佝偻的后背、灰白的络腮胡消失在人群中。

对公园路427号一番查探，我所关心的问题丝毫没解决。房子和街道用矮墙隔开，墙头装了栅栏，加起来总高不超过五英尺，很容易就能翻进花园。翻窗是完全不可能的，房子外墙没有水管或其他可以借力的东西，身手再敏捷也别想爬上去。我比之前还要困惑，只好沿原路返回肯辛顿。在书房待了五分钟，女佣进来说有人想见我。我大吃一惊，来的不是别人，正是那个收藏书籍的古怪老头，银发白须，干瘦的脸棱角分明，右臂下夹着宝贝旧书，至少十来本。

“先生，没想到是我吧。”他的声音很奇怪，有些沙哑。

我承认确实没想到。

“我很过意不去，先生。刚才一瘸一拐跟在后头，碰巧看你进了这所房子。我对自己说，进去看看好心的先生，跟他解释一下，之前态度有点儿粗暴，但是完全没有恶意，还要感谢他帮忙捡书。”

“小事一桩，别放心上，”我说，“请问你是怎么认出我的？”

“先生，不是我套近乎，我算是你的邻居呢。我的小书店就在教堂街拐角，欢迎你大驾光临。你可能也爱好藏书，这儿有《英国鸟谱》《卡图卢斯》[1]《圣战》……每本都很划算。买上五本，正好填满第二层的空档。这么看太乱了，是吧，先生？”

我扭头看了眼身后的书柜，回过头来，站着书桌对面的人正冲我微笑，是夏洛克·福尔摩斯！我跳起来，直愣愣地盯着他，惊呆了。几秒钟后，我平生第一次晕倒了，估计也是最后一次。当时只觉眼前一团灰雾，等雾散去，我发现领口松开，嘴里残留着白兰地的辛辣味。福尔摩斯弯身看着椅子上的我，手里拿着随身酒壶。

“亲爱的华生，”还是那个熟悉的声音，“万分抱歉，没想到你反应这么大。”

1　卡图卢斯（Catullus, 约公元前84—约前54），古罗马诗人。

我抓住他的胳膊。

“福尔摩斯！”我叫道，“真的是你？真的还活着？难道从那个可怕的无底洞爬出来了？”

“别急，”他说，“我不该这么戏剧化地出场，让你受惊吓了。确定现在适合谈这些事？”

“我没事，真的，福尔摩斯，简直不敢相信我的眼睛。天啊！想都不敢想，竟然是你站在我的书房。”我又抓住他，感觉到袖子下精瘦有力的手臂，“啊，真的不是鬼魂。亲爱的老兄，看到你太高兴了。快坐下，给我讲讲你是怎么逃出恐怖峡谷的。”

他在我对面坐下，像以前一样漫不经心地点燃烟。除了身上的邋遢外套，再看不见老书商的影子，白须发和旧书一起堆在了桌子上。福尔摩斯比过去还瘦，神情也更机警，鹰一样的脸上没有一丝血色，看来最近生活很没规律。

“终于可以直起腰了，华生，”他说，“高个子的人连续几小时压缩一英尺，这可不是闹着玩儿的。好了，亲爱的朋友，还愿意跟我搭档的话，今晚有更艰巨、更危险的任务等着我们。至于解释，还是等完成了任务再讲给你听吧。”

“我很好奇，现在就想听。”

“今晚和我一起行动吗？”

“任何时候，任何地方，奉陪到底。”

“感觉又回到了从前。时间来得及，吃完晚饭再出发。好吧，说说峡谷。逃出来一点儿也不难，原因很简单，我根本没掉进去。”

“没掉进去？”

“对，华生，根本没掉进去。留给你的信都是实话。死掉的莫里亚蒂教授心狠手辣，看见他那样的狠角色出现在狭窄的山路上、挡住了通向安全地带的去路，我可以确定人生走到了尽头。他的灰眼睛里写满了复仇的决心。我和他说了几句话，他大发慈悲，允许我写了封短信，就是你后来收到的那封。我把信和烟盒、登山杖放到一起，沿着小路往前走，莫里亚蒂紧跟在后。到了尽头，无路可走了，我站着不动，莫里亚蒂没掏武器，猛扑过来，长手臂死死抱住我。他知道自己只有死路一条，唯一想法就是杀死我报仇。我会一点日本格斗术，过去好几次派上用场。我们扭打起来，在瀑布边上摇摇晃晃。我挣脱他的手臂，他一声惨叫，发疯似地狂蹬腿，双手在空中乱抓，费尽力气还是无法恢复平衡，没两下就坠落悬崖。我从边沿探出脑袋，见他掉向深处，撞到岩石上弹开，最后落入水中。”

福尔摩斯边抽烟边解释，我听得目瞪口呆。

“脚印！”我叫道，“我明明看见两个人的脚印走向尽头，都有去无回。”

“是这么回事。莫里亚蒂一掉下去，我立刻意识到命运为我安排了一个绝佳机会。想除掉我的人绝不止莫里亚蒂一个，起码还有三个人想找我报仇，现在首领死了，复仇的欲望只会有增无减。他们都是危险人物，总有一个会置我于死地。相反，如果全世界都以为我死了，他们就会放松警惕，彻底暴露，迟早会被我消灭干净。到时候再向世人宣布，我还活着。那一刻我大脑飞速运转，莫里亚蒂还没落到莱辛巴赫瀑布谷底，我的想法已经成形。

“我站起来，察看身后的山壁。几个月后，我饶有兴趣地读了你写的故事，很生动，里面提到小路一边是绝壁，其实不完全是，上面有几处可以落脚的小石窝，还有一块突出的岩石架。山壁相当高，想要一口气爬上去根本不可能。沿潮湿的小路返回，肯定会留下脚印。以前遇到类似的情形，我总是把鞋子倒过来穿，但同一方向出现三对脚印，明眼人一看就知道有鬼。权衡之下，最好的办法还是冒冒险，往上爬。华生，这可不是愉快的经历。瀑布在身下咆哮，我不是爱胡思乱想的人，说真的，当时好像听见莫里亚蒂在谷底冲我尖叫。稍不留神就有可能丧命，好几次手没抓紧草丛，或者脚下的石窝打滑，都以为这下完蛋了。我拼命往上爬，终于到了岩石架，大概几英尺宽的地方，长满松软的绿苔，躺在那儿既隐蔽又舒服。亲爱的华生，你和后来赶去的人在下面忙碌，我就躺在上面呢。你们对我的死亡现场进行了一番勘查，场面叫人感动，可惜效率太过低下。

“最后不出所料，你们得出了完全错误的结论。你回旅馆去了，那里只剩下我一个人。本以为冒险就此结束，谁知又发生了意外，提醒我前方还有更多‘惊喜’。一块巨石从天而降，轰隆隆滚过我身旁，砸到小路上弹起来，掉进了谷底。一开始我以为只是偶然，过了一会儿往上看，山上有人，昏暗的天空下，脑袋的轮廓特别清楚。又一块石头落下，砸中我躺着的岩石架，离我脑袋不到一英尺。这一切意味着什么再清楚不过了。莫里亚蒂不是单独行动，对我动手的同时，还有个帮凶替他把风。我只看了一眼就知道那家伙也是个危险人物。他偷偷躲在远处，亲眼看见同伙坠崖、我捡了条命，于是绕上山顶，等待机会，想要完成同伙未完成的任务。

“华生，我没花多少时间思考，那张阴冷的脸又从山顶探出来，意味着马上又有石头掉落。我赶紧往下爬，打算回小路。下山比上山还要难千百倍，换作是平常，绝对没法办到，但当时没时间考虑危险。我双手抓着岩石架边，整个人悬挂在空中，落石‘嗖’一声擦身而过。爬到一半脚底打滑，我掉下山壁，谢天谢地，正好摔在了小路上。受伤流血也顾不上了，站起来就跑，摸黑走了十英里山路。一周后抵达佛罗伦萨，确信世界上没人知道我的下落。

“我只跟一个人保持联系，我的哥哥麦考夫。亲爱的华生，万分抱歉，我必须让所有人都相信我死了，你要是不信，肯定写不出那么真实的悲剧故事。过去三年，好几次想给你写信，拿起笔又总有顾虑，你对我感情深，很可能一时疏忽暴露秘密。今天傍晚你碰掉书，我扭头就走，也是出于这个原因。当时处境危险，一旦你表现出惊讶、激动，别人就会怀疑我的身份，造成无法补救的不幸后果。至于麦考夫，我不得不联系，否则没有经济来源。

“伦敦这边的事没我想象中圆满，莫里亚蒂团伙遭审判，却留下了两条漏网之鱼。他们是最危险的团伙成员，也是和我不共戴天的仇敌。我跑到西藏待了两年，在拉萨玩得很开心，和僧人一起度过了几天。你可能读过挪威人西格森的精彩游记，其实那就是我本人的最新消息，肯定没想到吧？后来我经过波斯，游览麦加圣地，到喀土穆拜访哈里发[1]，时间短暂但非常有意思，拜访的收获已向外交部汇报。回到法国，我去了南部城市蒙彼利埃，在实验室待了几个月，研究煤焦油衍生物。研究顺利结束，听说伦敦只剩下一个仇敌，我决定回国。正巧发生了轰动性的公园路谜案，想回来的心情越发迫切。案子的吸引力这么大，不仅因为本身有亮点，还因为它给我提供了难得的机会。我立刻赶回伦敦，以真实身份重返贝克街公寓，吓得哈德森太太差点崩溃。麦考夫替我续租了公寓，房间和文件完全保持原样。就这样，亲爱的华生，今天下午两点，我又坐在了老房间的扶手椅上，唯一遗憾是老朋友华生不在，另一把椅子的主人还没回归。”

四月的夜晚，我听到了这样一个不可思议的故事。原以为再也见不到他了，要不是这位神色机敏的瘦高个儿就在眼前，我根本不相信故事是真的。他大概听说了我妻子过世的消息，虽然嘴上没提，言行中还是能感受到他的安慰。“亲爱的华生，工作是治疗悲伤的特效药，”他说，“今晚有项重要工作等着我们，只要能成功完成，也算不白活一回了。”我请他多透露一些细节，他不肯。“该听的、该看的天亮前你都会亲身体验一遍，”他回答，“三年没见了，先叙叙旧吧。九点半出发，来一场奇妙的空屋探险。”

确实又回到了从前。时间一到，我跟着他坐上马车，口袋

1　喀土穆（Khartoum）是苏丹首都，哈里发（Khalifa）是伊斯兰教国家对政教领袖的称谓。

装着枪，心情又激动又紧张。福尔摩斯不动声色，路灯忽闪而过，我看见他一脸冷峻，眉头紧锁，薄唇紧闭，陷入了沉思。这次深入伦敦罪案的黑暗丛林，不知会捕到怎样的野兽，而这位狩猎大师的神情告诉我，这将是一次严峻的挑战。他嘴角偶尔浮现一丝冷笑，驱散了苦行僧似的阴郁，看来猎物注定要落网了。

本以为这趟是回贝克街，没想到刚到卡文迪什广场拐角，福尔摩斯就叫马车停下来。他下车时特别谨慎，环视四周，后来每经过一个路口都小心观察，确保没人跟踪。我们走了一条不寻常的路线。福尔摩斯对伦敦的小街小巷非常熟悉，这次走的是背街的马房小道，像织网一样相连，我从不知道还有这样的路。他迅速穿过一个个马房，没有片刻迟疑，最后转到一条小路上，两边是昏暗的老房子。我们沿小路走到曼彻斯特街，然后到了布兰福德街。他飞快钻进一条窄巷子，穿过木门进了一个荒废的后院，用钥匙打开屋子后门。我们一起进去，他关上了门。

里面漆黑一团，显然是空屋。木地板没铺地毯，踩上去嘎吱直响，伸手摸到墙，能感觉到脱落的墙纸一片片垂下来。福尔摩斯抓住我的手腕，干瘦的手指冰凉，拉着我往前走。经过一段长走廊，隐约看见前门上方灰蒙蒙的扇形窗，他突然向右，转进一个四四方方的空房间。房间很大，角落阴暗，街上的灯光透进来，正中央有点微亮。路灯离得远，窗户又蒙了厚厚一层灰，在屋里只能看清彼此的轮廓。福尔摩斯一手搭着我肩膀，嘴凑到我耳边。

“知道这是哪儿吗？”他轻声问。

“就是贝克街啊。”我透过模糊的窗子往外看。

“没错，这是卡姆登别墅，正对我们的老公寓。”

“来这儿干吗？”

“欣赏对面房子的美丽风景。亲爱的华生，请靠近窗户，小心别让人发现，抬头看看我们的老公寓，看看你那些小故事的灵感发源地。我离开了三年，不知还有没有本事让你惊叹。”

我轻手轻脚靠上前，望向对面熟悉的窗户。视线刚落到上面，我倒抽一口凉气，惊讶得叫出声。窗帘放下了，房间里灯光足，有人正坐在椅子上，明亮的窗帘上清楚映着一个黑影，侧着脸，效果就像祖父母一辈最喜欢裱在镜框里的人头剪影。脑袋姿势优雅，肩膀宽阔，五官轮廓分明，看了绝不会认错，简直就是福尔摩斯的翻版。我不敢相信自己的眼睛，连忙伸出手，确定他还站在身旁。他闷声大笑，浑身颤抖。

“怎么样？”他说。

“天啊！”我惊叹，“太神奇了。”

“我的方法变化无穷，不随时间流逝而枯竭，也不因潮流改变而落伍。”从他的话中能听出高兴和自豪，像艺术家对自己作品的感情一样，“确实很像我，是吧？”

“我真以为那就是你。”

“其实是个蜡像，全归功于格勒诺布尔[1]的奥斯卡·莫尼

---

1 格勒诺布尔（Grenoble）是法国东南部城市。

耶先生，他花了好几天制模。我今天下午回了趟贝克街，把剩下的场景布置妥当。”

“为什么这么做？”

“亲爱的华生，我不在房间，但是想让某些人觉得我在。我这么做有非常充分的理由。”

“你认为有人在监视房间？”

“我确定有人监视。”

“谁？”

“老仇人，华生，那个可爱的团伙，头目已经葬身莱辛巴赫瀑布谷底了。别忘了，他们知道——也只有他们知道——我还活着。他们认定我迟早会回来，一直守着公寓，白天我一出现就被发现了。”

“你怎么知道？”

“我从窗户看见了他们的‘岗哨’，一个叫帕克的家伙，专门干些勒杀抢劫的勾当，擅长演奏口簧琴。他没多大危害，根本不用在意，他背后的人才真正可怕。我担心的正是这个幕后主使，他是莫里亚蒂的心腹，伦敦最狡猾、最危险的罪犯，也是当初从山上扔石头的人。华生，今晚盯着我的就是他，而他并不知道我们也在盯着他。”

我朋友的计划渐渐明朗。躲在这个邻近又隐蔽的空屋，被监视和追踪的人反倒成了监视者和追踪者。窗帘上棱角分明的影子是诱饵，我们是猎手。黑暗中，我们默默站着，看窗前行人匆匆来去。福尔摩斯一声不吭，一动不动，我知道他正绷着一根弦，专注地盯着人流。夜里阴冷风大，狂风刮过长街，发出尖厉的呼啸。来来往往的人很多，大多用外套和围巾捂住脸。我感觉有一两回，好像看到同一个人两次经过。另外还留意到两个男人，站在远处一座房子的门道里，看起来像在避风。我想提醒同伴注意，他不耐烦地哼了一声，眼神一刻也不离开街道，时不时焦躁地挪动双脚，手指急促地敲打墙壁。看得出来，他越来越不安，计划没有期望中那么顺利。快到午夜，街上的人渐渐少了，他心情烦乱难抑，在房间里走来走去。我刚想跟他说点什么，抬眼望见亮灯的窗户，又像先前一样惊呆了，一把抓住福尔摩斯的胳膊，指向窗户。

“影子动了！”我叫道。

对着我们的不再是侧影，而是背影。

对待智商不如他的人，福尔摩斯的态度总是有些尖刻和急躁。三年过去了，这点脾气一点儿也没磨平。

“当然动了，”他说，“华生，你以为我是来搞笑的笨蛋吗？在那儿树个一动不动的模型，指望全欧洲最精明的家伙相信是真人？我们在空屋待了两小时，哈德森太太已经八次变换蜡像的位置，十五分钟一次。她是跪着挪动的，绝不可能看见她的影子。啊！”他猛地倒吸一口气。昏暗光线下，我看见他脑袋往前探，身子僵直不动，注意力高度集中。外面的街道空无一人，避风的两个男人也许还蹲在门道里，只不过不在我的视线范围内了。四下寂静，一片漆黑，眼前只有亮黄的窗帘，中央映着黑色人影。万籁俱寂中，耳边又传来尖细的吸气声，能听出强压住的激动。刹那间，福尔摩斯把我拉到房间最黑暗的角落，一手按着我的嘴巴，警告我不要出声，一手紧紧抓住我，手指不停颤抖，我从没见他这么紧张。窗外黑暗的街道依旧空空荡荡，没有任何动静。

突然，一阵鬼祟的轻响传入耳朵。他的感官灵敏得多，早就察觉了，我到现在才听见。响声不是来自贝克街方向，而是从我们藏身的屋子后面传来。门开了又关上，过了一会儿，走廊响起窸窣的脚步声，本来轻得几乎听不见，但是空屋回声大，声音显得格外刺耳。福尔摩斯紧贴墙壁蹲着，我也照办，手里抓着枪柄。黑漆漆的房门开了，昏暗中，我看见一个模糊的人影，比房门还要黑。他站了一下，然后弓着背慢慢往里走，样子十分阴森。

可怕的身影离我们不到三码远了，我随时准备迎战，立刻意识到他根本没发现我们。他经过我们身旁，偷偷摸摸走到窗前，轻轻把窗子抬起半英尺，没发出一点儿声响。没有灰蒙蒙的玻璃遮挡，街上的灯光亮了许多，他跪到窗口边，光线正好打在脸上。那人看上去紧张得要命，两只眼珠像星星一样放光，整张脸不停抽搐。他上了年纪，鼻子细挺，额头又高又秃，留着花白大胡子。礼帽推到了后脑勺，外套敞开，露出了晚礼服的白衬衫前襟。黝黑、瘦削的脸上刻满深深的皱纹，透着粗野。手里拿的像是拐杖，放到地上时却发出金属的碰击声。他从外套口袋掏出一个东西，个头不小，忙着摆弄了半天，最后"咔嗒"一响，声音干脆，像发条或插销到了位。他一直跪在地上，用拐杖一头抵着地，身子往前倾，全身重量和力量压向另一头，接着传来旋转、碾磨的声响，持续了一段时间，最后又是一声响亮的"咔嗒"。他直起身，我这才看清，他手里拿的不是拐杖，是枪，枪托的形状特别怪异。他打开后膛，往里塞了什么东西，“啪”一下扣上膛锁，蜷起身子，把枪头架在敞开的窗台上。他用肩膀抵着枪托，长胡子垂下来，发亮的眼睛盯着瞄准器，满意地呼了口气。我惊讶地发现，瞄准器对准的目标是黄窗帘上的黑色人影。

那人保持着僵硬的姿势，过了一会儿，手指扣动扳机，立刻响起一阵奇怪的嗖嗖声，接着是玻璃破碎的脆响。霎时间，福尔摩斯一跃而起，像猛虎扑向射手的后背，一把将他按倒在地。他迅速爬起来，用尽全力掐住福尔摩斯的脖子，浑身直抖。我拿枪柄朝他头上猛一击，他又倒在地上。我死死压住他，福尔摩斯吹响警哨，哨声尖锐。人行道传来急促的跑步声，前门开了，两个穿制服的警察和一个便衣警探冲进房间。

“是你吗，莱斯特雷德？”福尔摩斯说。

“是我，福尔摩斯先生。我亲自接手了这次任务。很高兴看到你回伦敦，先生。”

“我看你需要一点非官方的帮助，一年有三件谋杀案没破，业绩不够好啊，莱斯特雷德。不过，你在莫尔西谜案中的表现跟平常不太一样，也就是说，发挥得还算不错。”

我们都站起来，凶手喘着粗气，夹在两个魁梧的警察中间。街上已经有些看热闹的人围拢过来，福尔摩斯走到窗前，关上窗，放下帘子。莱斯特雷德点燃两根蜡烛，警察拉开提灯挡板，终于能看清凶手的真面目了。

眼前这张脸英气逼人，但也充满邪气。前额像哲人，下巴像淫贼，不管是从善还是行恶，一看就是能干出一番“大事业”的模样。造物主在他脸上留下了最直观的危险信号：蓝眼睛直冒凶光，下垂的眼睑透着不屑，高挺的鼻子带有几分蛮横，布满深纹的额头也让人感觉杀气重重。他根本不把我们放在眼里，只盯着福尔摩斯的脸，眼神里既有仇恨又有诧异。“你这个魔鬼！”他不停嘟囔，“狡猾的魔鬼！狡猾的魔鬼！”

“啊，上校！”福尔摩斯边整理衣领边说，“老戏里说得好，‘有缘人相遇，旅途就此终结。’[1]当年躺在莱辛巴赫瀑布的岩石架上，承蒙您关照了，可惜后来再没荣幸见您一面。”

上校像是中了魔咒，直愣愣地盯着我朋友，嘴里只有一句：“狡猾的魔鬼！狡猾的魔鬼！”

“还没介绍你呢，”福尔摩斯说，“先生们，这位是塞巴斯蒂安·莫兰上校，以前在女王陛下的印度陆军效力，是东方帝国培养的最优秀射手，擅长射击猛兽。上校，没记错的话，你的射虎纪录至今还没人打破吧？”

一脸凶相的老家伙什么也没说，一动不动地盯着福尔摩斯，怒目圆瞪，胡子也翘起来，本人倒真成了一只老虎。

“没想到这么简单的圈套竟然骗了这么老道的猎人，”福尔摩斯说，“你应该对这种场景不陌生。树下绑只小山羊，端着来复枪埋伏在树上，等诱饵引来老虎，你不就是这样做的吗？空屋是我的树，你就是我要等的老虎。你也许会备上好几支枪，以防几只老虎同时出现或者一支枪射不中，虽然第二种

1　引自莎士比亚喜剧《第十二夜》（*Twelfth Night*）第二幕第三场。

情况极不可能发生。这些——”他指了指我们几个，“就是我的备用枪。这个比喻再恰当不过了。”

莫兰上校一声怒吼，猛地往前扑，被两个警察拽了回去，怒火中烧的样子实在可怕。

“说实话，有一点确实有些意外，”福尔摩斯说，“我没料到你也看中了这座空屋，利用方便的前窗作案。原本以为你会在街上动手，我朋友莱斯特雷德和他的人都守在了外面。除此之外，一切不出我所料。”

莫兰上校转向警探，说：“你可以逮捕我，有没有正当理由无所谓，但是让我受这个人嘲笑，绝对没理由。既然要接受法律制裁，就按法律程序办事。”

“说来倒也合理，”莱斯特雷德说，“福尔摩斯先生，我们要撤了，还有什么想说的吗？”

福尔摩斯从地上捡起那支威力十足的气枪，仔细研究它的构造。

“独一无二的武器，”他说，“静音，杀伤力大。我认识冯·赫德，一位德国盲人机械师，枪是莫里亚蒂教授找他定制的。这些年来，我一直知道有这么一支枪，今天才有机会一睹真容。交给你了，莱斯特雷德，还有这些特制的子弹，一定要保管好。”

我们朝门口走，莱斯特雷德说：“放心，福尔摩斯先生，警方会妥善保管的。还有吗？”

“最后一个问题，你们打算以什么罪名起诉？”

“罪名？那还用说，当然是企图谋杀夏洛克·福尔摩斯先生。”

“那可不行，莱斯特雷德，我根本不想露脸。这次成功的逮捕由你完成，功劳由你独享。莱斯特雷德，衷心祝贺你！凭借一如既往的机智和勇敢，终于抓获罪犯。”

“罪犯！什么罪，福尔摩斯先生？”

“谋杀贵族子弟罗纳德·阿代尔。这位塞巴斯蒂安·莫兰上校就是警方苦苦寻找的凶手。上个月三十号，气枪打出一颗开花弹，射向公园路427号，穿过三楼前厅敞开的窗户，击中阿代尔。莱斯特雷德，这就是罪名。好了，华生，不介意吹吹破窗户的冷风吧，去我书房抽根雪茄，休闲放松半小时。”

有麦考夫照管、哈德森太太打理，我们的老公寓一点儿没变。我走进去，发现房间出乎意料得干净，不过该脏该乱的地方还是老样子。化学实验角还在，松木桌面上都是酸液腐蚀的痕迹。架子上还摆着一排厚厚的剪贴簿和索引册，大概是很多人巴不得烧毁的东西。我扫视一圈，各种示意图、小提琴盒、烟斗架，甚至连装烟丝的波斯拖鞋都还在。房间里有两个人，一位是哈德森太太，看我们进去，连忙微笑着迎上来；另一位是福尔摩斯的“替身”，今晚出演了一场重头戏。我朋友的这尊蜡像做工精湛，惟妙惟肖，立在一个小旋转台上，穿着福尔摩斯的旧睡袍，从街上望过来，完全可以以假乱真。

“哈德森太太，都是按要求办的吧？”福尔摩斯说。

“照你的意思，先生，我是跪着过去的。”

“好极了，办得非常漂亮。子弹打中什么地方，看见了吗？”

“看见了，先生，正好穿过脑袋，撞到墙上压扁了，可惜这么好看的蜡像给毁了。这是我从地毯上捡到的，给你！”

福尔摩斯递给我看：“你看，华生，左轮手枪的软头弹。太高明了，谁会料到这是气枪射出来的？好了，哈德森太太，非常感谢你的帮助。华生，现在请你坐回老位子，有些事还想跟你聊聊。”

他脱掉邋遢的外套，取下蜡像的灰褐色睡袍穿到身上，从前的福尔摩斯又回来了。

“老猎人还像当年一样稳，眼神还是那么准。”他检查蜡像碎裂的脑门，笑了起来，“瞄准后脑勺正中心，从后往前射穿脑袋。他以前是印度的最佳射手，恐怕在伦敦也是数一数二的。听说过他吗？”

“没有。”

“啊哈，名声这东西不过如此！没记错的话，你之前也没听说过詹姆斯·莫里亚蒂教授，他可算得上本世纪智商最高的人之一。请把架子上的罪犯索引册拿下来。”

他往椅背上一靠，大口吐着烟，懒洋洋翻阅册子。

“M开头的都是些响当当的名字，”他说，“莫里亚蒂就不用说了，像他这样的金子，放在哪儿都闪光。这里有投毒犯摩根、无恶不作的梅里迪尤，还有马修斯，我们在查令十字街的候车室交过手，我左边那颗虎牙就是他打掉的。最后，还有今晚这位朋友。”

他把册子递给我，上面写着：

塞巴斯蒂安·莫兰，上校。原属班加罗尔[1]第一工兵团，现无业。1840年生于伦敦。父亲奥古斯塔斯·莫兰爵士获巴斯三等勋章[2]，原为英国驻波斯公使。曾就读于伊顿公学、牛津大学，参加过乔瓦基、阿富汗、查拉西阿布（战报中受表彰）、谢尔布尔、喀布尔战役。著有《喜马拉雅山西部大型猎物》（1881）、《丛林中的三个月》（1884）。住址：康杜伊特街。俱乐部：英印俱乐部、坦克维尔俱乐部、巴格特勒纸牌俱乐部。

空白处有一行清晰的旁注，是福尔摩斯的笔迹：

伦敦第二号危险人物。

“真没想到，”我把册子递还给他，“这个人的军旅生涯还挺辉煌的。”

“对啊，”福尔摩斯说，“有段时间确实表现不错。他向来胆量过人，印度到现在还流传着他的故事，说他爬进下水道追一只受伤的食人虎。华生，有些树开始长势良好，长到一

1　班加罗尔（Bangalore）是印度南部城市。

2　巴斯勋章（The Most Honourable Order of the Bath）是英国王室颁发的一种骑士勋章，1725 年设立，分为爵级大十字勋章、爵级司令勋章、三等勋章，通常授予高级军官和高级公务员。

定高度，突然朝奇形怪状的方向发展。人身上也常看到这种情形。我有个理论，个人的成长历程代表了整个家族的发展趋势，像这样突然变好或变坏，是受到了家族血统的强烈影响。个人就是家族历史的缩影。”

“太玄乎了。”

“也不是非要这么解释。不管什么原因，反正莫兰上校走上了歧路。虽然在印度没有公开他的丑行，最后还是待不下去了，退役来到伦敦，又弄得恶名远扬。莫里亚蒂教授就是这时候找上门，挑中他当参谋长。莫里亚蒂花大把票子养着他，碰到一般罪犯没法胜任的高级活才派他出马，也就一两次吧。1887年，劳德[1]的斯图尔特太太被害，还有印象吗？不记得了？我敢肯定是莫兰的杰作，只是找不到证据。上校藏得深，就算莫里亚蒂团伙一锅端了，我们照样拿他没办法。记得吗，那天去诊所找你，一进门就关上护窗板，说害怕气枪？你当时一定觉得我胡思乱想。我当然清楚自己在做什么，我知道有这么一支不寻常的枪，也知道枪手是世界一流的神射手。后来我们去了瑞士，他和莫里亚蒂一直跟在后面，正是因为他，我在莱辛巴赫瀑布的岩石架上体验了惊魂五分钟。

“暂居法国期间，我时刻留意报上的新闻，一心想找机会送他进监狱。只要他还在伦敦逍遥，我就没法过舒坦日子。他迟早会对我动手，阴影日日夜夜纠缠。怎么办？不可能一看见他就开枪，那样我倒成罪犯了。也不可能找法官起诉，这些

1 劳德（Lauder）是苏格兰边区的市镇。

不过是毫无根据的怀疑，他们才不会插手。我什么也做不了，只能关注罪案新闻，相信总有一天会逮着他。后来看到罗纳德·阿代尔遇害的消息，我想机会终于来了。根据掌握的线索来看，明摆着不就是莫兰上校干的吗？他和年轻人一起打牌，然后从俱乐部跟踪他回家，朝敞开的窗户开枪打死了他。一点儿悬念也没有，光是这种特制子弹就足以送他上绞架。我立刻赶回来，盯梢的发现了，自然向上校禀报。他知道我的突然出现跟他犯的案子有关，肯定大为惊恐。我料定他会第一时间想办法扫除障碍，为了达到目的，一定会使用杀伤力超强的武器。我在窗户上留了个完美的靶子，还通知警方来帮忙。对了，华生，你的观察很仔细，门道里确实有人，正是他们。我选了个安全的旁观点，万万没想到那里也是他看中的进攻点。好了，亲爱的华生，还有什么需要解释吗？”

“有，”我说，“作案动机还不清楚，莫兰上校为什么要杀罗纳德·阿代尔？”

“哈！亲爱的华生，这就纯属猜想的范畴了，逻辑性再强的头脑也可能猜错。根据现有的证据，每个人都有自己的一套假设，你我的猜中概率完全一样。”

“你的假设是什么？”

“案情不难解释。证词中提到，莫兰上校和阿代尔搭档赢了一大笔钱。莫兰肯定出老千了，以我对他的了解，这种事绝不是一次两次。案发当天，阿代尔发现莫兰出老千，他那样的年轻后辈，不太可能当场揭穿一个比自己年长许多的前辈，更何况老人家还有点名气，丑闻的轰动效应可想而知。他很可能私底下找莫兰理论了一番，要对方主动退出俱乐部、保证以后再也不打牌，不然就揭穿真相。我觉得这么做的可能性最大。莫兰的唯一收入就是打牌捞的偏财，离开俱乐部等于断了活路，所以干脆杀了阿代尔封口。阿代尔认为搭档出老千赢的钱不能拿，案发时正在算自己应该退还多少钱。锁房门是担心女士们突然进去，怕她们看见那些名字和钱币后不停追问。答案能及格吗？”

“你给的完全是标准答案。”

“标不标准交给法庭去评判。不管怎样，莫兰上校永远不会打扰我们了。冯·赫德制造的著名气枪为警察厅博物馆[1]再添一宝。伦敦生活百态，上演着无数有趣的小问题，夏洛克·福尔摩斯先生重返舞台，倾尽一生寻找问题的答案。”

1　伦敦警察厅犯罪博物馆（The Crime Museum of Scotland Yard）又称“黑色博物馆”（The Black Museum），1874年成立，收集罪案相关物品。

诺伍德建筑师

“对探案专家来说，”福尔摩斯说，“自从莫里亚蒂教授不幸离世，伦敦就变成了一座毫无乐趣的城市。”

“恐怕没几个正直的市民会同意你的看法。”我说。

“是啊，是啊，我不能太自私。”他笑着说，从餐桌挪开椅子，“真正的受益者是社会，大家都是赢家，只有探案专家最可怜，失了业，工作机会也没了。如果那家伙还活跃在犯罪界，一份晨报就能提供无限的机会。往往只是最细小的痕迹、最微弱的线索，也足以证明那个超凡又邪恶的头脑正在运转。华生，就像蛛网，边缘的抖动再轻微，也能说明中央潜伏着一只恶毒的蜘蛛。不管是小偷小摸，还是肆意攻击，或者盲目暴行，只要掌握了线索，都可以连成一个有机整体。对专攻高等犯罪界的科研人员来说，过去的伦敦是最好的研究对象，比欧洲任何国家的首都都有优势。可是现在……”他耸耸肩，半开玩笑地抗议现状，而这样的现状，正是他自己的劳动成果。

这场对话发生时，福尔摩斯已经回国好几个月了。在他的要求下，我卖掉了肯辛顿的诊所，搬回贝克街老公寓合住。一个叫弗纳的年轻医生买了小诊所，我开了个我认为最高的价，他二话不说就付款拿下，着实让我吃了一惊。几年后我才弄清怎么回事，原来弗纳是福尔摩斯的远亲，我朋友才是真正的付款人。

重新搭档的头几个月并不像他说的那么无趣。我翻看笔记，发现这段时间经历了前总统穆里洛文件案、荷兰“弗里斯兰号”汽船案，第二件可谓惊心动魄，差点要了我们的命。他生性冷傲，反感任何形式的公开赞美，给我下了严格的禁令，他本人、他的方法、他的成就一律不准再提。前文解释过，这道禁令最近才解除。

一番心血来潮的抗议过后，福尔摩斯往椅背上一靠，悠闲地打开晨报。门铃突然疾响，立刻引起我们注意，紧接着传来击鼓一样的咚咚声，像是有人用拳头捶打大门。门开了，慌乱的脚步冲过门厅，噔噔噔飞奔上了楼梯。转眼间，一个年轻人发疯似地闯进房间，脸色苍白，眼神焦灼，衣服乱七八糟，浑身不停颤抖。他的视线在我们两人之间切换，看我们满眼疑惑，这才意识到应该为自己粗暴的亮相方式道歉。

“对不起，福尔摩斯先生，”他大声说，“请不要怪罪一个快要疯了的人。福尔摩斯先生，我就是那个倒霉的约翰·赫克托·麦克法兰。”

听这口气，好像只用报上名字，就能解释他为什么会出现、为什么以这样的方式出现。福尔摩斯脸上毫无反应，看得出来，他和我一样不清楚其中的含义。

“麦克法兰先生，抽根烟，”他把烟盒递过去，“看你现在的症状，我这位医生朋友肯定想开一副镇静剂了。最近几天确实热得发躁。好了，冷静一点儿了吧？那儿有把椅子，请坐，不慌不忙地告诉我们你是谁、为什么来这里。你刚才报上名字，似乎认为我应该听说过，坦白说，只知道你单身、是个律师、入了共济会、患哮喘，这些都是明摆着的事实，此外一无所知。”

我熟悉朋友的方法，所以不难跟上他的推理。年轻人衣着不整，随身带着一沓法律文件，表链上吊着共济会小挂件，呼吸声音不太一般，由此得出结论。

我们的客户惊呆了，双眼圆瞪。“没错，福尔摩斯先生，你说的都对。补充一点，全伦敦此时此刻最不幸的人就是我。求求你，别扔下我，福尔摩斯先生！要是他们来抓我，我还没讲完，请你让他们再多给一点儿时间，我好把全部真相告诉你。知道你在外面帮忙查案，进监狱也安心了。”

“抓你？”福尔摩斯说，“真是太好……太怪了。什么罪名？”

“谋杀下诺伍德的乔纳斯·奥尔德克先生。”

福尔摩斯的脸上写着同情，不得不说，还有掩饰不住的欣喜。

“巧了，”他说，“刚才吃早饭我还在跟华生医生抱怨，报纸上再也看不到轰动性的案件。”

来客伸出颤抖的手，拿起福尔摩斯腿上的《每日电讯报》。

“看过这个，先生，哪怕只看一眼，就明白我今早为什么来找你。我的名字、我的遭遇已经成了人人谈论的话题。”他翻到报纸最中间一页，“在这儿，不介意的话，我念给你听听。福尔摩斯先生，听这个标题：‘下诺伍德离奇事件，著名建筑师失踪，疑为谋杀纵火，已有罪犯线索。’他们正在追查这条线索，福尔摩斯先生，最后锁定的罪犯绝对是我。从伦敦桥车站到这儿，一路有人跟踪，他们肯定还在等拘捕令，不然早抓人了。母亲知道了该有多伤心啊，该有多伤心啊！”他不停绞扭双手，陷入了痛苦的恐慌，坐在椅子上前后摇晃。

我好奇地打量这个被控暴力犯罪的年轻人。他相貌英俊，亚麻色头发，整个人显得疲惫阴郁，蓝眼睛充满惊恐，胡子刮得干净，嘴巴透着怯懦和谨慎。年龄差不多二十七岁，身穿轻便的夏装外套，衣着和举止流露出绅士风度。一沓带签章的文件从外套口袋冒出来，暴露了他的职业。

“必须抓紧时间，”福尔摩斯说，“华生，麻烦你拿着报纸，读一下相关报道。”

震撼的标题下面是一则吸引眼球的报道，标题委托人念过了，我接着往下读：

> 昨深夜（今凌晨），下诺伍德发生一起意外，有可能是严重犯罪行为。
>
> 乔纳斯·奥尔德克先生，现年五十二岁，独身，在当地居住多年，是一位小有名气的建筑师，住在西德纳姆路的深谷别墅，靠近西德纳姆山。他向来深居简出，行为神秘古怪，据说积累了大量财富，近几年基本退出了生意场。别墅后面有个小型木料场，保留至今。
>
> 昨晚十二点左右，木料场里一堆木材突然起火。消防员接火警后迅速赶赴现场，木头干燥，火势凶

猛，等到扑灭时，整个木堆都烧成了灰烬。表面上看只是一起普通事故，但事后发现的新情况却指向了严重的犯罪行为。火灾现场一直没见到别墅主人，不免让人惊讶。后经调查，确认主人失踪。检查他的卧室发现，床没人睡过，保险柜敞开，到处散落着一些重要文件。房间有凶残打斗的痕迹，能看见轻微血迹，还有一根橡木手杖，把手上也沾有血迹。

据查，奥尔德克先生昨晚在卧室接待了一位夜访者。此人名叫约翰·赫克托·麦克法兰，是个年轻的伦敦律师，“格雷厄姆–麦克法兰律师事务所”的资浅合伙人，办公地址在市中心东部格雷沙姆大楼426号。他就是橡木手杖的主人，警方表示已掌握充分证据，足以证明他有作案动机。事件后续发展势必引发轰动。

最新消息：本报付印时，传言称麦克法兰先生已被逮捕，罪名为谋杀奥尔德克先生。是否属实有待查验，但拘捕令确已下达。诺伍德的调查工作也有新进展，再次证明案情凶残。失踪建筑师卧室里除了有打斗痕迹，法式落地窗也发现异常。卧室在一楼，窗户大开，并有重物拖过的痕迹，一直拖到木堆才消失。最终确认，火场木炭灰中有烧焦的遗骸。警方认为这是一起极其残忍的凶杀案，遇害人在卧室遭棍击致死，保险柜文件被翻，凶手将尸体拖到木料场，焚尸灭迹。

本案交由伦敦警察厅莱斯特雷德警探调查。警探经验丰富，正以特有的干劲和智慧追查线索。

福尔摩斯闭着眼，双手指尖相顶，听我念完这篇骇人听闻的报道。

“案子的确有点儿意思，”他懒洋洋地说，“麦克法兰先生，恕我先问一句，警方有足够的证据，早就可以逮捕你了，你怎么还能跑到这儿来？”

“福尔摩斯先生，我同父母住在布莱克希思的托灵顿别墅，但昨晚跟奥尔德克先生谈得太晚，就在诺伍德找了家旅馆住下，打算一早直接去事务所。发生了什么完全不知道，上了火车才读到你刚听的报道，立刻看出形势对自己非常不利，匆忙赶到这里，把案子交到你手上。要是待在事务所或家里，肯定早被抓走了。从伦敦桥车站出来就有人跟踪，我确信……天啊！什么声音？”

门铃骤响，紧接着楼梯上传来沉重的脚步声。不一会儿，我们的老朋友莱斯特雷德出现在门口，身后跟着两个穿制服的警察。

“约翰·赫克托·麦克法兰先生？”莱斯特雷德说。

可怜的委托人站起身，脸色惨白。

“你被捕了，罪名是蓄意谋杀下诺伍德的乔纳斯·奥尔德克先生。”

麦克法兰绝望地看向我们，又瘫坐在椅子上，整个人都蔫了。

“稍等，莱斯特雷德，”福尔摩斯说，“半小时对你来说意义不大。这位先生正要讲讲这件非常有趣的事情，也许能帮我们查明真相。”

“真相并不难查。”莱斯特雷德严肃地说。

“不管怎样，我还是很想听听他怎么说，请你答应。”

“好吧，福尔摩斯先生，”莱斯特雷德说，“你以前给警方帮了一两次忙，警察厅欠你个大人情，我很难拒绝你的任何要求。不过，我必须待在犯人身边，而且还要警告他，所说的每句话都将成为呈堂证供。”

“这就足够了，”委托人说，“我只想把事实说出来，让你们看清真相。”

莱斯特雷德看了看表，说：“我给你半小时。”

“首先得澄清，”麦克法兰说，“我跟奥尔德克先生一点儿也不熟。他的名字倒听过，我父母多年前认识他，后来彻底断了联系。昨天下午三点左右，他走进我在市中心的办公室，我感到特别意外，听他说明来意后，更是大为吃惊。他手里拿着几张笔记本上撕下来的纸，放到我桌上，上面潦潦草草写满了字。看，就是这几张。

“‘这是我的遗嘱，’他说，‘麦克法兰先生，请你修改成法律规定的格式，我坐在这儿等着。’

“我开始抄写遗嘱，发现他竟然把绝大部分遗产留给了我，当时有多震惊可想而知。他模样怪异，小个子，鼠头鼠脑，眼睫毛全白了。我抬头看他，一双锐利的灰眼睛直盯着我，神情轻松。我读着遗嘱的内容，简直不敢相信自己的眼睛。奥尔德克先生解释说，他独身，没什么亲戚，年轻时就认识了我父母，常听人说我是个值得信赖的年轻人，相信我最适合继承他的钱财。我只好结结巴巴说了几句感谢的话。

“遗嘱按要求改好，在我秘书的见证下签了字。这张蓝纸上的是正式版本，这几张纸条，刚才说了，是草稿。奥尔德克先生说，家里还有些文件需要我看看，包括租赁合同、房契、抵押证明、股票凭证，等等，我都得弄明白。他还说，只有所有事情定下来，心里才能踏实，请我当晚就带上遗嘱去诺伍德，好把一切安排妥当。‘记住了，孩子，对父母一个字也别提，等事情都办妥了再说，就当是送给他们的小惊喜吧。’他在这点上非常坚持，让我保证一定照办。

“他说什么我都不可能拒绝，福尔摩斯先生，你应该可以理解我的心情。我受惠于他，只能尽力满足他的愿望。于是我给家里发了封电报，说手头有要事处理，不确定什么时候能回去。奥尔德克先生说他九点之前不在家，让我九点再过去，和他一起吃晚饭。找他的别墅花了点儿时间，到那里时差不多九点半了。他在……”

“慢着！”福尔摩斯说，“谁开的门？”

“一个中年女人，我猜是管家。”

“估计是她把你的名字告诉警方的？”

“没错。”麦克法兰说。

“请继续。”

麦克法兰擦掉额头上的汗，接着说：“这个女人带我进客厅，桌上摆好了简单的晚餐。吃过饭，奥尔德克先生带我进卧室。里面有个结实的保险柜，他开柜，拿出一大堆文件，我们仔细过了一遍，十一点多才结束。他说不想再惊动管家，让我从落地窗出去，窗户进卧室后就打开了。”

“拉了窗帘吗？”福尔摩斯问。

“说不准，好像只拉了一半，是的，想起来了，他为了开窗，还把帘子掀起来过。我找不着手杖，他说：‘没关系，孩子，想必以后见面的机会还很多。我先替你保管，下次来再还给你。’我就这么走了，当时保险柜还开着，文件一摞摞放在桌子上。时间太晚，不可能回布莱克希思，我在阿纳利纹章旅馆住了一夜，早上读到报道，才知道发生了这么可怕的事情。”

莱斯特雷德听着这段不寻常的经历，时不时扬起眉毛，最后说：“福尔摩斯先生，还有什么想问的吗？”

“暂时没了，去了布莱克希思再问。”

“你是说去诺伍德吧？”莱斯特雷德说。

“哦，对，当然是诺伍德。”福尔摩斯神秘一笑。

莱斯特雷德多次请福尔摩斯帮忙，嘴上不屑承认，但以往的经验告诉他，这个人的脑子快如刀片，他认为无法攻破的地方，刀片总能直切而入。我看见他好奇地望着我的朋友。“福尔摩斯先生，我想单独跟你聊聊，”他说，“好了，麦克法兰先生，门口有两位警察，四轮马车在外面等着。”可怜的年轻人站起来，用哀求的眼神看了我们最后一眼，走出房间，跟着警察上了马车。莱斯特雷德留了下来。

福尔摩斯拿起遗嘱草稿那几张纸，仔细研究，神情十分专注。“莱斯特雷德，遗嘱有些线索，你说呢？”他把纸条推过去。

警探疑惑地看了半天，说：“有些字像印刷体一样清楚，比如开头几行、第二页中间几行、末尾一两行。但是其他部分的字太潦草，有三个地方完全认不出来。”

“你怎么解释？”福尔摩斯说。

“你又怎么解释？”

“遗嘱是在火车上写的，清楚表示停靠站，潦草表示行驶中，认不出来说明经过道岔。细致的专家一眼就能看出来，这是在城郊铁路上写的，只有大城市近郊的铁路才有这么频繁的道岔。假如他全程都在写遗嘱，那这趟车肯定是快车，从诺伍德到伦敦桥只停了一站。”

莱斯特雷德笑起来，说：“福尔摩斯先生，我真有点儿跟不上你的推理节奏。这些跟案子有什么关系？”

“至少证明年轻人的话部分属实，遗嘱确实是奥尔德克昨天在路上写的。太奇怪了，不是吗？竟然有人用这么草率的方式写这么重要的文件。说明他根本不把遗嘱当回事，知道遗嘱将来不会生效，所以才随便拟了一份。”

“他这是给自己下了个死亡判决书。”莱斯特雷德说。

“哦，你这么想？”

“你不这么想？”

“有这种可能，不过案情还不够明朗。”

“不明朗？这都不算明朗，什么才算？年轻人突然发现，老人一死，他就能继承大笔钱财。他会怎么做？他没对任何人说，找了个理由，当晚就去了客户家。等到家里唯一的障碍上床睡觉，只剩他和老人单独在卧室，他杀了老人，点燃木堆焚尸，然后逃到附近的旅馆。卧室和手杖的血迹都不明显，他可能以为作案时没留下血迹，只要烧了尸体，就掩盖了死因，也销毁了所有跟他有关的罪证。一切还不够明显吗？”

“莱斯特雷德啊，一切太过明显了，”福尔摩斯说，“你有许多优点，可惜欠缺一点想象力。想象你是这位年轻人，你会选择立遗嘱的当晚下手？两件事之间的关联这么紧密，难道不容易暴露？还有，管家开的门，有人知道你在屋子里，你还敢杀人？最后，你费尽力气销毁尸体，却把手杖——最直接的罪证——留了下来，可能吗？莱斯特雷德，承认吧，这些都说不通。”

“至于手杖，福尔摩斯先生，你我都清楚，罪犯在慌乱中常常犯这样的错误，头脑冷静的人当然可以避免。他可能想回房间取，但是没胆子。那你再给我一个说得通的解释。”

“容易得很，我可以给你五六个，”福尔摩斯说，“比方说，这儿有一个，可能性非常大，说不定就是事实，当礼物免费送给你。老人给律师看那些价值不菲的文件，有个流浪汉正好路过，窗帘只拉了一半，他从窗子看见了他们。律师走了，流浪汉登场！他看到手杖，抓起来打死奥尔德克，烧毁尸体，逃走。”

“流浪汉为什么烧尸体？”

“这个嘛，麦克法兰为什么烧？”

“掩盖罪证。”

“或许流浪汉不想让人发现这是谋杀。”

“他怎么什么都没拿？”

“这些文件都不可能卖钱。”

莱斯特雷德摇摇头，不过态度显然有些动摇。

“好吧，福尔摩斯先生，你去查你的流浪汉，我们还是锁定这个年轻人，将来自然会分出对错。最后提醒你一点，福尔摩斯先生，据调查，文件全都没动。我们抓获的罪犯是法定继承人，迟早会得到这些文件，根本没理由拿走它们。”

这些话似乎触动了我朋友。“有些证据确实能有力地支持你的结论，”他说，“我并不是要推翻这一点，只是想指出还有其他的可能性。就像你说的，将来自然会分出对错。我今天肯定要去趟诺伍德，去看看你的进展如何。再见！”

警探走了，福尔摩斯站起来，准备开始一天的工作。他兴致高昂，看来这项任务正合他心意。

“华生，”他迅速穿上外套，“刚才说了，我的第一站是布莱克希思。”

“为什么不是诺伍德？”

“这个案子由两件接连发生的怪事构成。警方犯了个错误，只关注第二件，因为只有第二件涉及犯罪行为。在我看来，符合逻辑的查案顺序应该是从第一件开始。遗嘱非常奇怪，立得突然，继承人也选得莫名其妙。查清第一件，也许能简化第二件。不用了，亲爱的老兄，不用你帮忙。这趟没什么危险，不然我绝不会单枪匹马出动。我晚上回来，到时候再向你汇报收获。不幸的年轻人向我求救，我一定能为他做点什么。”

福尔摩斯很晚才回来，我看他满脸疲惫焦虑，知道一开始的美好希望落空了。他无聊地拉着小提琴，平抚烦乱的心绪。

拉了一小时，突然放下琴，开始详细讲述这一天的不顺。

“方向错了，华生，全错了。早上还在莱斯特雷德面前不服气，说实话，这回真觉得他跟对了线索，我们找错了方向。直觉告诉我往这边走，所有证据却指向另一边。英国陪审团的智商还没那么高，比起我的假设，恐怕更偏爱莱斯特雷德的事实。”

“去过布莱克希思了？”

“是的，华生，我去了，很快发现死掉的奥尔德克是个不折不扣的恶棍。年轻人的父亲出去找儿子了，母亲在家。她个子矮小，蓝眼睛，头发蓬松，因为恐惧和愤怒而浑身发抖。当然了，她坚决不相信儿子会杀人。说到奥尔德克的悲惨结局，她既不惊讶，也不悲伤，言语间反倒充满憎恶。要是儿子也曾听她这么形容奥尔德克，自然会感染仇恨情绪，导致暴力倾向，无意间倒给警方提供了有力证据。‘与其说他是人，不如说是凶残狡猾的畜生，’她说，‘他年轻时就是这副德行，从没改变。’

“‘你们年轻时就认识？’我问。

“‘是的，很熟，事实上，他还向我求过婚。我们订婚了，福尔摩斯先生，后来听说他故意把一只猫放进鸟舍，过程令人发指，我实在无法忍受他的凶残，再也不想跟他来往。谢天谢地，算我当时明智，离开了他，嫁给了另一个男人，虽然没他富裕，人却比他好得多。’她翻了翻书桌抽屉，拿出一张女人的照片，上面刀痕斑斑，划得不成样子。‘这是我的照片，’她说，‘婚礼当天早上，他把这样一张带着诅咒的照片

寄给了我。’

“‘哦，’我说，‘至少他现在原谅你了，把所有财产都留给了你儿子。’

“‘我和儿子不想要奥尔德克任何东西，不管他是死是活！’她态度坚决地说，‘天国有上帝，福尔摩斯先生，上帝惩罚了那个恶人，总有一天也会替我儿子洗脱冤屈。’

“我又试着追问了一两条线索，不仅不能证明我们的假设，有几点甚至背道而驰，最后只好放弃，去了诺伍德。

“深谷别墅是座现代式大房子，纯砖砌的，四面有自己的庭院，门前一片草坪，栽了几丛月桂。房子右边，离大路稍远的地方是木料场，那里就是火灾现场。我在记事本上画了张草图，左边这扇落地窗是奥尔德克的卧室，你看，站在大路上能看到卧室里面，这可以说是我今天的唯一收获。莱斯特雷德不在，他手下的警长尽了地主之谊。警方刚挖出了‘宝藏’。他们在木堆灰烬里找了一上午，除了烧焦的生物残骸，还发现了几个烧变色的金属圆片。我仔细检查，确定是裤子纽扣，其中一颗甚至还看得出‘海厄姆斯’的字样，是奥尔德克的裁缝的名字。接着我到草坪搜寻了一番，希望能找到一点痕迹或脚印，可是最近天气干燥，地面像铁板一样硬，什么也看不见，只有低矮的女贞树篱有点印迹，像是尸体或包裹拖过去留下的，方向正对着木堆。所有发现都验证了警方的结论。我爬遍了草坪，八月的骄阳烤着后背，一小时后站起来，依旧毫无所获。

“屋外吃了败仗，我撤到卧室，把房间里也检查了一遍。血迹非常淡，只是一些变色的污迹，但很明显是刚沾上去的。

手杖移动了位置，把手上的血迹也很淡。毫无疑问，手杖的主人是我们的委托人，他自己也承认了。地毯上有两个男人的脚印，没有第三者，警方再得一分。他们的分数一路看涨，我们还在原地踏步。

“希望还是有一点点的，虽然非常渺茫。我检查了保险柜里的文件，大部分已经取出摆在桌上。文件都装在密封的信封里，有一两封被警察拆开了。据我判断，这些文件值不了多少钱，从存折上的数字看，奥尔德克先生也不算特别富裕。我有种感觉，并不是所有文件都在那儿。现有的文件还牵涉了一些契据，可能更值钱，但是不在现场。如果能证明这一点属实，莱斯特雷德的论点就自相矛盾了。明知很快能继承这些契据，为什么还偷呢？

“该查的都查了，没有任何线索，最后只剩管家莱克星顿太太，我决定找她碰碰运气。她个子小，皮肤黑，不爱说话，斜着眼，眼神充满怀疑。我相信，只要她愿意说，肯定能透露一些情况。可是她嘴紧得跟封了蜡似的。没错，九点半，是她让麦克法兰先生进来的，为此她悔恨不已，拼命诅咒那只开门的手。麦克法兰先生把帽子留在了门厅，据她所言，手杖也留在了那儿。十点半，她上床睡觉，卧室在房子另一头，什么也没听见，后来被火警惊醒。亲爱的主人遭遇不幸，肯定是被人谋杀的。他有仇人吗？呃，谁都难免跟人结怨。不过奥尔德克先生喜欢一个人待着，只跟生意上的人有往来。她看过纽扣，确定是他昨晚穿的衣服上的。近一个月没下雨，木堆非常干燥，烧起来跟绒毛一样快。等她赶到火场，除了火焰什么也看不见。有股肉烧焦的气味飘出来，她和消防员都闻到了。关于契据，还有奥尔德克先生的私事，她表示一无所知。

“好了，亲爱的华生，这就是我的战败报告。可是啊……可是……”他握紧细长的手指，突然爆发出一股坚定的力量，“我知道一切都不对头，凭直觉就能感觉到。还有些真相没浮出水面，而管家是了解内情的。她的眼神透露着抵触情绪，心里有鬼的人才这样。算了，华生，现在说这些也没用。除非幸运女神光顾，诺伍德失踪案恐怕没机会写入成功案例集了。耐心的读者迟早会等到你的故事集，到时候又要让他们受累了。”

“委托人的言谈举止应该能打动陪审团吧？”我说。

“这是个危险的论点，亲爱的华生。还记得吗，1887年，伯特·史蒂文斯要我们帮忙洗罪？他是个杀人不眨眼的家伙，但你见过哪个年轻人比他有风度、比他更像主日学校[1]的模范生？”

“有道理。”

“我们只能提出另一种站得住脚的结论，否则救不了他。案情找不出任何破绽，一开始就可以起诉他，后续调查只不过验证了开始的结论。对了，那些文件有个奇怪的小问题，也许可以作为翻案的起点。我在检查存折时发现，去年有几张巨额支票开给了科尼利厄斯先生，所以余额没剩下多少。说真的，

1　主日学校（Sunday School）又译星期日学校，是基督教教育机构，主要针对儿童开办，也有青年人入学，大多为宗教信徒。

我很想知道这位科尼利厄斯先生是谁，怎么会跟退休建筑师有巨额金钱交易，他会不会跟案子有关。说不定是个股票经纪人，但又没找到跟大笔支出相关的股票凭证。既然没有别的线索，必须跑一趟银行，问问兑现支票的先生是什么人。亲爱的老兄，恐怕要惨败收场了，我们的委托人将被莱斯特雷德送上绞架，伦敦警察厅将大获全胜。”

不知福尔摩斯当晚睡没睡觉，第二天下楼吃早饭，我看他脸色苍白憔悴，浓浓的黑眼圈显得眼睛格外明亮。椅子周围的地毯上丢满烟头和晨报早间版，桌上放着一封拆开的电报。

“华生，你怎么看？”他问，顺手把电报扔过来。

电报发自诺伍德，内容如下：

新获重要证据，麦克法兰罪责难逃，建议你放弃调查。

莱斯特雷德

“不像闹着玩的。”我说。

“莱斯特雷德吹响了胜利的号角，”福尔摩斯露出一丝苦笑，“不过，现在放弃还太早。别忘了，重要的新证据往往是把双刃剑，有可能切入莱斯特雷德完全没料到的地方。赶紧吃早饭，华生，待会儿一起出去，看看还能做点什么。今天需要你做个伴，提供精神支持。”

我朋友什么也没吃。他有个怪癖，精神高度紧张的时候，绝不允许自己进食。他仗着体力好，最后饿到晕倒，这种事我也是见过的。我从医学角度劝了无数次，他总是一句话反驳：“我现在没有多余的精力消化食物。”所以这天早上，他一口没吃就和我去诺伍德，我并不觉得意外。深谷别墅只是普通的郊区别墅，跟我想象的差不多。四周还围着看热闹的人群。进门后，莱斯特雷德立刻迎上来，满脸胜利的红光，一副得意扬扬的模样。

“哈，福尔摩斯先生，能证明我们错了吗？流浪汉找到了吗？”他大声说。

“我还没得出任何结论。”福尔摩斯回答。

“我们昨天就有结论了，今天又得到证实。福尔摩斯先生，你必须承认，这一次我们跑在了你前头。”

“看你这样子，确实撞上大运了。”福尔摩斯说。

莱斯特雷德大笑，说：“你跟我们没什么两样，也不喜欢被人甩在后头。一个人总不能时时事事顺心，你说呢，华生医生？请走这边，先生们，我想这是最后一次向你们证明，麦克法兰就是凶手。”

他带我们穿过走廊，进了黑暗的门厅。

“麦克法兰行凶后，一定来这里取过帽子，”他说，“请看！”他故扮神秘，突然划亮火柴，亮光照着石灰墙，上面有一块血迹。他把火柴凑到跟前，我这才看清，那不是普通的血迹，是个清晰的大拇指印。

“福尔摩斯先生，用放大镜好好看看。”

“知道了，正看着呢。”

“世上没有两个指纹完全相同的人，你应该清楚吧？”

“听过这种说法。”

“好，今天早上，我命令他们做了个蜡印，是麦克法兰右手大拇指的指纹，请你比较一下。”

他把蜡印放到血迹旁边，显然是同一个大拇指的两个指纹，不用放大镜也看得出来。我心里明白，可怜的委托人这下彻底完了。

“定论了。”莱斯特雷德说。

“是啊，定论了。”我不自觉地附和道。

“确实定论了。”福尔摩斯说。

我听出他语气里的弦外之音，扭头看过去。他脸上的表情大变样，难以掩饰住内心的狂喜，两只眼睛像星星一样闪光，似乎想放声大笑一场，费尽全力才强压下去。

“天啊！天啊！”他终于开口，“唉，谁想得到啊？表象真是迷惑人！看上去多正派的年轻人啊！这件事教育我们，不要过分相信自己的判断力，对吧，莱斯特雷德？”

“对，福尔摩斯先生，有些人就是太自以为是。”莱斯特雷德说。警探的傲慢让人大为恼火，但我们又不好回击。

“年轻人从挂钩上取帽子，竟然用右手大拇指按了一下墙，太凑巧了！不过仔细想想，这是多么自然的动作啊！”福尔摩斯表面上很镇定，其实激动难抑，说话时浑身不停颤抖。

“对了，莱斯特雷德，是谁发现了这个关键证据？”

“管家莱克星顿太太，她告诉了值夜班的警察。”

“警察当时在哪儿？”

“守在案发卧室，以防有人动里面的东西。”

“警方昨天怎么没发现？”

“我们并不觉得门厅有多重要，没有仔细检查。再说，你也看见了，这地方本来就不显眼。”

“是的，是的，不显眼。这么说，确定指纹昨天就在这儿了？”

莱斯特雷德盯着福尔摩斯发愣，大概是觉得眼前这个人疯了。坦白说，我自己也很吃惊，没想到他这么兴奋，也没想到他会问出这么荒唐的问题。

“你该不会认为，”莱斯特雷德说，“麦克法兰趁月黑风高溜出了监狱，回来给自己加条罪证吧？至于指纹是不是他的，我可以请全世界的专家来鉴定。”

“指纹是他的，不用怀疑。”

“对嘛，那不就得了，”莱斯特雷德说，“福尔摩斯先生，我这人讲究实际，破案靠证据说话。我去写报告了，有事到客厅找我。”

福尔摩斯恢复了平静，但我还能察觉他脸上隐隐带着笑意。

“唉，事态发展得非常糟糕，是吧，华生？”他说，“不过其中有些疑点，我们的委托人还有希望。”

“太好了，”我由衷地感叹，“我还以为他没救了。”

“亲爱的华生，还不至于到这个地步。其实，警探先生高度重视的新证据有个致命的漏洞。”

“真的吗，福尔摩斯？是什么？”

“很简单：我百分百确定，昨天检查门厅时，那里并没有指纹。好了，华生，一起去外面散散步，晒晒太阳。”

我脑子一团乱，心里却因为重燃希望而温暖起来。我陪朋友在庭院走了一圈，房子每一面都转到了，他饶有兴致地观察，然后进屋，从地下室到阁楼彻底检查了一遍。尽管大部分房间没有家具摆设，福尔摩斯还是逐一仔细察看。最后到了顶层，走廊连着三间闲置的卧室，他又是一阵狂喜。

“华生，这案子确实很有特点，”他说，“看来是时候向我们的警探朋友公开秘密了。他刚才拿我们当笑柄，如果我对案子的判断没错，我们马上可以原数奉还。嗯，有了，我有办法了。”

那位官方侦探还在客厅奋笔疾书，福尔摩斯打断他，说：“这是在写本案的报告？”

“是的。”

“现在写会不会有点儿早？我总觉得你的证据并不充分。”

莱斯特雷德了解我朋友的本事，不敢忽视他的话，放下笔，疑惑地看着他。

“什么意思，福尔摩斯先生？”

“没什么，就是有个重要证人你还没见。”

“你能提供？”

“能。”

“那就带来让我见见吧。”

“我尽力。这里有几个警察？”

“三个。”

“太好了！”福尔摩斯说，“请问他们是不是身强力壮、嗓门洪亮？”

“当然是，不过我实在看不出这跟嗓门有什么关系。”

“也许我能帮你看明白，还能让你看场好戏，”福尔摩斯说，“麻烦叫他们过来，这就开始。”

五分钟后，三个警察在门厅集合。

“外屋堆了许多干草，”福尔摩斯说，“请搬两捆进来。我能不能提供证人，全靠干草帮忙。非常感谢。华生，你兜里应该有火柴吧。行了，莱斯特雷德，请你们跟我上顶楼。”

前面提到，顶层有条宽阔的走廊，连着三间空卧室。福尔摩斯让我们在走廊口站成一排，警察们咧嘴直笑，莱斯特雷德盯着我朋友，表情混杂着惊讶、期待和嘲笑。福尔摩斯站在我们面前，模样就像变戏法的魔术师。

“请你派一个警察打两桶水来。把干草铺地上，不要贴着两边的墙。好了，一切就绪。”

莱斯特雷德涨红了脸，气冲冲地说：“福尔摩斯先生，你在逗我们玩吗？知道什么，直接说好了，别玩这些无聊的游戏。”

“亲爱的莱斯特雷德，尽管放心，我做什么都有充分理由。还记得吧，就在几小时前，形势对你来说是一片大好，你不也拿我打趣吗？我现在制造一点小场面，你可不能见怪。华生，请开窗，点燃干草。”

我照做。干草噼噼啪啪烧了起来，穿堂风一吹，缭绕的灰烟灌进了走廊。

“莱斯特雷德，接下来就看能不能为你请出这位证人了。各位先生，请跟我一起大声喊‘失火了’，一、二、三，喊！”

“失火了！”我们扯着嗓子喊。

“谢谢，请再喊一声。”

“失火了！”

“最后一次，先生们，喊！”

“失火了！”这一嗓子下去，估计整个诺伍德都听到了。

喊声刚落幕，精彩剧情上演了。走廊尽头的实心墙突然开了一扇门，一个干瘪的小个子老头冲出来，好像兔子窜出了地洞。

“完美！”福尔摩斯镇定地说，“华生，往干草上倒桶水。行了！莱斯特雷德，我来介绍一下，这位就是遗漏的重要证人，乔纳斯·奥尔德克先生。”

警探惊呆了，直愣愣盯着新登场的人物。走廊光线亮，晃得老头直眨眼，他费劲地看看我们，又看看冒烟的草堆。狡猾、凶残、恶毒全写在那张脸上，白睫毛和浅灰色眼睛透着贼光，让人心生反感。

“怎么回事？”莱斯特雷德终于说话了，“你都做了些什么啊？”

看见警探气得满脸通红，奥尔德克直往后缩，尴尬地笑了一声。

“我又没做坏事。”

“没做坏事？你差点把一个无辜的人送上了绞架，要不是有这位先生在，只怕真顺了你的心意。”

可恶的家伙抽抽搭搭哭起来。

“我发誓，先生，我只想开个玩笑。”

“哦！玩笑，是吗？我保管你笑不出来。带他下去，到客厅等我。”他们走了，他继续说，“警察在场不方便说，当着华生医生的面就无所谓了。福尔摩斯先生，不知道你是怎么办到的，但这是你办得最成功的案子，不仅救了一个无辜的人，还避免了严重的丑闻，不然的话，我在警界的名声就全毁了。”

福尔摩斯笑起来，拍了拍莱斯特雷德的肩膀。

“亲爱的先生，毁不了，反而会名声大涨。刚才写的报告稍微改动一下，警界就会知道，警探莱斯特雷德火眼金睛，任何罪行都逃不过他的双眼。”

“不提你的名字吗？”

“完全不用。破案本身就是奖赏。说不定将来某天，我又允许这位热心的历史学家提笔写故事，到时候领功也不迟，对吧，华生？好了，来看看这家伙的鼠窝。”

离走廊尽头六英尺的地方加了一道灰板条隔墙，墙上巧妙地装了暗门。里面只有屋檐缝透进来的一点光，有几件家具，储存了食物和水，还有一些书和文件。

我们出来，福尔摩斯说：“这就是建筑师的优势，不需要帮工，自己造了个藏身的小密室。当然了，帮凶还是有的，莱斯特雷德，我给你追加一个猎物，他的管家。”

“我听你的。你怎么知道有这么个地方，福尔摩斯先生？”

“我确定这家伙躲起来了，而且就躲在屋里。步测走廊时发现，顶层的走廊比楼下的短了六英尺，藏身之处再清楚不过了。如果有火警，他肯定不敢闷在里面不出来。当然也可以直接闯进去抓他，不过就少了引蛇出洞的乐趣。再说了，莱斯特雷德，你早上跟我开玩笑，我也想卖个小关子逗逗你。”

“啊，先生，你这招比我厉害多了。究竟怎么确定他就在屋里？”

“指纹，莱斯特雷德。你说指纹可以定论，确实可以，只不过确定了截然不同的结论。我知道那里原本没有指纹。你了解的，我向来注重细节。昨天仔细检查过门厅，可以肯定墙上什么也没有，所以指纹是夜里按上去的。”

“怎么可能？”

“非常简单。装文件的信封都是密封的，用火漆封口时，为了粘得更牢，奥尔德克让麦克法兰用大拇指按了一下。动作很迅速也很自然，我敢说年轻人自己也不记得。事情就这么过去了，奥尔德克一开始并没想利用它，后来躲在窝里琢磨案子，突然想了个馊主意，用拇指纹给麦克法兰的杀人罪制造一个铁证。过程对他来说并不难，照火漆封印做个蜡模，用针扎点血涂在蜡模上，趁夜里把拇指印按到墙上，可能是他自己动手，也可能是管家代劳。他带了些文件进密室，你可以去翻翻，我敢打赌，肯定有一个带拇指纹的火漆封印。”

“精彩！”莱斯特雷德说，“太精彩了！经你一解释，案情清清楚楚。精心设计这场骗局，动机是什么呢，福尔摩斯先生？”

傲慢的警探一下子变成了爱向老师发问的小朋友，不禁让人觉得好笑。

“这个也不难解释。等在楼下的那位先生城府极深，生性凶残，报复心特别强。麦克法兰的母亲曾经拒绝跟他结婚，知道吗？不知道！我告诉过你吧，应该先去布莱克希思，再来诺伍德。他觉得自己受到伤害，对此耿耿于怀，装满阴谋诡计的脑子时刻想着报仇，一直没找到机会。最近一两年，他走了霉运，大概是秘密做了什么投机生意，最后落得债台高筑。他想瞒骗债主，于是开出几张大额支票，把钱转给了一个叫科尼利厄斯的先生。这位先生不是别人，正是奥尔德克本人。我还没来得及追查支票，但可以肯定，这些钱已经存在科尼利厄斯名下，开户银行在某个偏远小镇，奥尔德克常常以第二身份在那里出现。他打算彻底改名换姓，取出钱，然后人间蒸发，到别的地方重新生活。”

“嗯，有道理。”

“他盘算得好，一旦消失，不仅能甩掉追债的人，还能报复旧情人。他可以制造被人谋杀的假象，陷害旧情人的独子，这样的报复杀伤力最强。这场骗局可谓犯罪界的经典作品，他就是创作经典的大师。先写好遗嘱，制造明显的犯罪动机，然后安排秘密见面，不让年轻人的父母知道，故意扣下手杖，涂抹血迹，还把动物尸体和纽扣扔进木堆，一招一式都叫人佩服。就在几小时前，我还以为这张网毫无破绽。可惜啊，他缺少艺术家的至高天赋，不懂得拿捏分寸，本来想让作品更完美，让受害人脖子上的绞索再拉紧一些，结果毁了一切。下楼吧，莱斯特雷德，我还有一两个问题想问。”

恶毒的家伙坐在客厅，一边站着一个警察。

“我只想开个玩笑，警探大人，没别的意思，就是恶作剧，”他哼哼唧唧说个没完，“我发誓，先生，躲起来不为别的，只想看看失踪后会发生什么。您公正严明，该不会以为我故意陷害麦克法兰先生，让可怜的年轻人蒙冤吧？”

“这得交给陪审团决定，”莱斯特雷德说，“不管怎样，就算不能告你谋杀未遂，也能以共谋罪起诉。”

“还有，你的债主们可能会要求冻结科尼利厄斯先生的银行账户。”福尔摩斯说。

小个子一惊，恶狠狠地看向我朋友，说：“我欠你一个大人情，总有一天会还给你。”

福尔摩斯脸上挂着平和的微笑。

“我看未来几年你都未必有这机会，”他说，“对了，跟旧裤子一起扔进木堆的是什么东西？死狗？死兔子？还是别的什么？不肯说？哎呀，太不够意思了！好吧，算了，我觉得几只兔子就能解释血迹和烧焦的遗骸。华生，真要写成故事的话，就说是兔子吧。”

跳舞的小人

福尔摩斯一声不吭地坐了几小时，弓着瘦长的后背，俯身盯着化学容器。容器正在加热，散发出一股恶臭。他脑袋低垂，从我的角度看，像只瘦长的怪鸟，一身暗灰的羽毛，头上顶着黑冠毛。

“华生，”他突然说，“决定不在南非投资了？”

我吓了一跳。福尔摩斯的神奇魔力我是了解的，但这样毫无预兆地看穿我最隐秘的心思，实在不可思议。

“到底怎么知道的？”我问。

他在高脚凳上转过身，手里拿着冒气的试管，凹陷的眼睛透着笑意。

“华生，承认吧，你被惊到了。”

“我承认。”

“最好让你立个字据。”

“为什么？”

“因为不出五分钟，你就会说，这也太简单了吧。”

“我决不会说这种话。”

“要知道，亲爱的华生，”他把试管放进试管架，像教授给学生上课一样开始讲解，“建立推理链并不难，一环扣一环，每一环都清楚明了。链条建好了，掐掉所有中间环节，只向观众展示一头一尾，效果也许有点浮夸，但绝对惊人。我观察了你的左手虎口，很容易断定，你不打算把那点小资本投到金矿上。”

“我没看出有什么联系。”

“看不出来也正常。联系紧密得很，我马上为你揭秘。这是一条非常简单的推理链，以下就是完整环节：一、昨晚你从俱乐部回来，左手虎口有巧粉；二、你打台球时会往虎口涂巧粉，为了稳定球杆；三、你只跟瑟斯顿打台球；四、四周前，你告诉我，瑟斯顿有权在南非购置产业，权限一个月，他想拉你一起投资；五、你的支票簿锁在我抽屉里，你一直没找我要钥匙；六、你决定不在南非投资。”

“这也太简单了吧！”

“我说吧！”他有点儿不高兴地说，“不管什么难题，一旦跟你解释清楚，都变成了小儿科。这儿还有个没解释的，华生老兄，你看看是什么意思。”他把一张纸条扔到桌上，转身继续做实验。

纸上画着奇怪的图案，看得我莫名其妙。

“哎呀，福尔摩斯，这就是小孩子的涂鸦。”我大声说。

“啊，那是你的理解！”

“不然是什么？”

“这正是希尔顿·库比特先生急于解决的问题。他住在诺福克郡的赖丁·索普庄园，这个小难题是跟着早班邮车来的，他本人赶后一趟客车过来。华生，门铃响了，保准是他。”

楼梯传来沉重的脚步声，过了一会儿，进来一位高个子先生，脸色红润，胡子刮得干净。一看他清澈的眼神和健康的气色，就知道生活在远离帝都雾霾的地方，似乎随身带来一丝清新浓郁的东海岸空气。他跟我们一一握手，正准备坐下，看见了画着奇怪图案的纸条——我刚才研究完放在了桌上。

“怎么样，福尔摩斯先生，你看是什么意思？”他急切地问，“听说你喜欢奇闻怪事，我想这纸条算得上最稀奇了。赶在我来之前寄给你，好让你提前研究一下。”

“确实非常稀奇，”福尔摩斯说，“纸上画了一排怪异的小人，手舞足蹈，乍一看像幼稚的恶作剧。这么荒唐的东西，你干吗这么在意？”

“福尔摩斯先生，不是我，是我妻子，她看了差点吓死过去。她什么也没说，但我从她眼里看到了恐惧，所以才想查清原因。”

福尔摩斯举起纸条，阳光直照在上面。纸是从记事本上撕下来的，图案由铅笔画成，如下图所示：

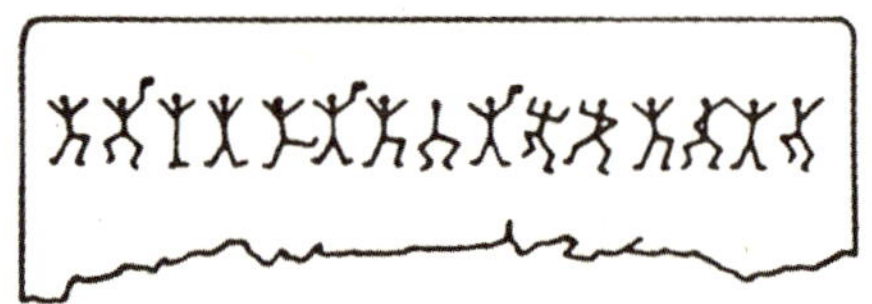

福尔摩斯仔细看了半天，然后小心折起来，夹进记事本。

“案子很有趣，也很另类，”他说，“库比特先生，你在信里提到了一些细节，麻烦再讲一遍，好让我朋友华生医生也听听。”

来客有些紧张，一双有力的大手握紧又松开，又再次握紧。“我不太会讲故事，”他说，“没说清的地方请尽管问。就从去年结婚时说起吧。事先说明一下，我不算有钱人，但我们家族在赖丁·索普庄园住了大约五百年，算是诺福克郡最有名望的。去年，我来伦敦参加维多利亚女王执政六十周年庆典，我们教区的帕克牧师也来了，他住在拉塞尔广场的一家寄宿公寓，我也跟着他住下。那里有位年轻的美国女士，叫帕特里克，埃尔西·帕特里克。我们成了朋友，不到一个月，我深深爱上了她。我们低调登记结婚，夫妻俩一起回到诺福克。福尔摩斯先生，你一定觉得我头脑发热，堂堂名门后代竟然这么草率结婚，甚至连对方的身世背景都不清楚。见过她、了解她，你就不会这么想了。

“埃尔西很坦率地表达过她的想法。可以说，只要我想反悔，她完全不会有异议。‘我有过一些非常不愉快的经历，’她说，‘现在想彻底忘掉。过去的事只会带来痛苦，我永远不愿再提。希尔顿，你要娶的这个女人绝没做过愧疚的事，如果结婚，必须答应我的要求，永远不提我们交往前的事情。觉得要求太苛刻的话，就回诺福克去吧，我也回到原来的孤单生活。’结婚前一天，她对我说了这番话。我告诉她，愿意按她的要求做，并且一直信守承诺到现在。

“结婚一年来，我们生活非常快乐。大约一个月前，也就是六月底，我第一次感到烦恼找上门了。一天，妻子收到一封美国寄来的信。我看见上面贴了美国邮票。她脸色煞白，读完后立刻扔进火里，后来再没提起。我也没问，毕竟有承诺在先。从那以后，她整天心神不宁，总是一脸担惊受怕的神情，好像等待着什么。她真应该相信我，我会是她最坚强的后盾。可她什么也不说，我只能保持沉默。说真的，福尔摩斯先生，她为人正直，不管之前经历过什么不愉快，肯定不是她的错。别看我只是诺福克的小乡绅，全英国恐怕没人比我更珍视家族的荣誉。她了解这一点，结婚前就很清楚，肯定不想给我们家族抹黑。

“好了，接下来是故事最蹊跷的部分。大约一周前，也就是上周二，我发现窗台上有排奇怪的跳舞小人，用粉笔草草画的，跟这张纸上的一样。我以为是马僮画的，但那孩子发誓说不知道。不管怎样，只可能是夜里画上去的。我把窗台刷洗干净，事后才告诉妻子。没想到她特别在意，说如果再出现，一定要让她看看。一周平安无事过去了，昨天早上，我发现花园的日晷上躺着这张纸，拿给埃尔西一看，她当场晕倒，之后一直处于梦游状态，神情恍惚，眼里充满恐惧。福尔摩斯先生，我立即给你写信，连同纸条一起寄来。这种事不可能交给警方，他们只会笑话我，而你会帮我出主意。我不算富有，但妻子一旦面临危险，就算倾家荡产我也要保护她。”

这位来自英国古郡的先生让人感觉很舒服，纯朴、直率、温和，脸庞宽阔，相貌英俊，蓝色的大眼睛流露着坦诚，对妻子的爱和信任都写在脸上。福尔摩斯专心听完故事，一声不吭地坐着，陷入了沉思。

过了一会儿，他说：“库比特先生，最好的办法难道不是直接问你妻子，让她把秘密告诉你吗？”

库比特摇摇大脑袋，说："说到就要做到，福尔摩斯先生。埃尔西愿意，肯定会告诉我；不愿意，我也不能强迫。自己调查并不算违背承诺，我一定要查清楚。"

"我会尽全力帮你。首先一个问题，有没有听说你家那一带来了陌生人？"

"没有。"

"附近住的人应该不多，陌生面孔很容易引起注意吧？"

"邻近的地方确实人不多，不过稍远一点有几个小温泉，当地农场主经常留宿外人。"

"这些图案显然有含义。如果只是随意画的，根本不可能弄懂。相反，如果是系统的密码，一定有办法破译。这张样本太短了，看不出什么规律，你提供的信息也不够明确，没法展开调查。我建议你先回诺福克，留心观察周围的情况，跳舞的小人再出现，请你照原样临摹下来。可惜啊，窗台上的粉笔画没有复制一份。另外，打听一下附近有没有陌生人。等搜集了新证据，再来这里找我。库比特先生，目前能给你的建议就这些。万一发生紧急状况，我随时可以去诺福克，第一时间赶到你家。"

这次见面后，福尔摩斯进入了思考状态。接下来几天，他好几次从记事本里拿出纸条，认真研究上面的奇怪图案，一看就是半天，案子的事一个字也不提。大约两周后，一天下午，我正打算出门，他突然叫住我。

"华生，最好待在家里。"

"为什么？"

“早上收到了库比特的电报。记得希尔顿·库比特和跳舞的小人吧？他一点二十分到利物浦街车站，随时可能到这儿。从电报内容看，又有重要的新情况。”

我们没等多久，诺福克乡绅一出车站就叫了辆马车，以最快速度赶了过来。他愁眉苦脸，眼神疲惫，额头多了一道道皱纹。

“福尔摩斯先生，这事快把我逼疯了！”他一屁股坐到扶手椅上，像是要累瘫了一样，“我觉得周围有人在打我的主意，但又不知道是什么人，这种感觉本来就够糟了，还要眼睁睁看着妻子一分一秒地受煎熬，真不是人受的罪。她一天比一天憔悴，就在我眼前憔悴下去。”

“她说了什么吗？”

“没有，福尔摩斯先生，什么也没说。可怜的女人好几次想开口，每次话到嘴边又咽下。我试过鼓励她，也许是嘴太笨，反倒吓得她不敢说了。她谈到我的古老家族，谈到家族在郡里的威望，还有我们引以为傲的清白名声。每当我以为快要切入正题了，不知怎么又岔到别的地方了。”

“你自己有新发现了吧？”

“很多，福尔摩斯先生。我又带了几张跳舞的小人，给你好好看看。更重要的是，我看见那个家伙了。”

“什么？画图的人？”

“对，正在画的时候让我看见了。还是一件件跟你说吧。从这儿回去后的第二天早上，最先看到的东西就是一排跳舞的小人，用粉笔画在工具房的黑色木门上。工具房挨着草坪，从前窗能看得一清二楚。我照样子画了一份，在这儿。”他展开一张纸，在桌上摊平，图案如下：

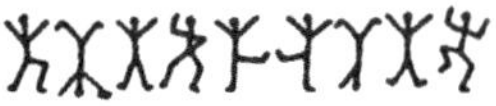

“太好了！”福尔摩斯说，“太好了！请继续。”

“临摹完，我擦掉了原图。两天后的早上，又出现了新图。我又画了一份，在这儿。”如下图所示：

福尔摩斯搓着双手，高兴得笑出声来。

“线索迅速增加。”他说。

“三天后，日晷上用鹅卵石压了张纸条，上面画着潦草的图案。在这儿，你看，跟前面这张一模一样。后来我决定埋伏起来，准备好左轮手枪，坐在书房守着。从书房可以看清草坪和花园。深夜两点左右，我坐在窗边，除了月光，四周一片漆黑。身后传来脚步声，妻子穿着睡袍走进来。她劝我去睡觉，我坦白告诉她，想看看谁跟我们开这种荒唐的玩笑。她说只是无聊的恶作剧，叫我不要放在心上。

“‘希尔顿，你要真觉得烦，我们可以出门旅游，就你和我两个人，避开这件烦心事。’

“‘什么？被恶作剧的家伙赶出家门？’我说，‘全郡人都会看我们的笑话。’

“‘算了，睡觉吧，’她说，‘明早再说。’

“话音未落，月光下，她苍白的脸突然更加苍白，伸手紧紧抓住我的肩膀。工具房的阴影中有什么东西在移动。我看见一个鬼祟的黑影慢慢绕过墙角，蹲在工具房门口。我抓起手枪，正要往外冲，妻子一把抱住我，拼命往回拽。我想甩开她，她怎么也不松手。最后终于挣脱，等我打开门冲到工具房，那家伙已经不见了。不过他留下了痕迹，门上有一排跳舞的小人，跟前两次的完全相同，就是刚才那张纸上的图案。我在院子找了一圈，哪儿也没看到那家伙的影子。奇怪的是，他应该一直在院子里，因为早上我又检查了门，发现他在原来那排小人底下又画了一排。”

“临摹了吗？”

“嗯，非常短，我画下来了，在这儿。”

他又拿出一张纸，新图如下：

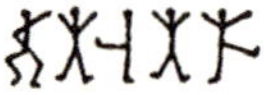

福尔摩斯的眼神充满兴奋，说：“请问，是紧挨着原来那排，还是完全分开的？”

“分开的，在另一块门板上。”

“太好了！这是目前为止最重要的线索，点燃了希望之光。好了，库比特先生，请接着讲你的精彩故事。”

“差不多讲完了，福尔摩斯先生。那天晚上，我特别生气，气妻子拦住了我，不然早逮着那个偷偷摸摸的家伙了。她说担心我有危险。有那么一瞬间，我甚至怀疑她真正担心的是那个人。我敢肯定，她知道那个人是谁，也知道他画这些奇怪的图案是什么意思。可是，福尔摩斯先生，她的语气和眼神立刻打消了我的怀疑，我相信她确实担心我的安全。事情就是这样，接下来该怎么办，想听听你的建议。我自己的想法是，派六七个农场的壮汉埋伏在灌木林里，如果那家伙再出现，就狠狠揍他一顿，叫他永远不敢来打扰我们。”

“这案子复杂得很，”福尔摩斯说，“恐怕不是这么简单的办法能解决的。你在伦敦待多久？”

“今天就得赶回家，说什么也不能让妻子一个人过夜。她很害怕，也希望我早点回去。”

“你的决定很明智。我以为你要多逗留一两天，本打算跟你一起回去。这些纸条请留下。过不了多久我会登门拜访，去帮你解开谜团。”

客人在场，福尔摩斯始终保持着专业的冷静态度。我对他再了解不过了，一眼就看出他难以抑制的兴奋。库比特的宽阔背影刚消失在门口，福尔摩斯立刻冲到桌旁，把画着小人的纸条一一摆在面前，开始复杂精细的解码过程。足足两小时，他在白纸上画小人、写字母，一张接一张，完全投入其中，彻底忘了我的存在。进展顺利的时候，他吹几声口哨、唱几句小曲；遇到了难题，他眉头紧锁，两眼放空，半天呆坐着不动。最后，他一声欢叫，从椅子上跳起来，在房间里走来走去，不停揉搓双手，接着在电报单上写了份长电报。“华生，如果回电内容跟我料想的一样，你的故事集又可以添一件精彩的案子了，”他说，“不出意外，明天就能去诺福克了，我有非常确切的消息带给我们的朋友，跟困扰他的谜案有关。”

坦白说，我很想问个明白，但又了解福尔摩斯的习惯，他喜欢按自己的时间和方式揭晓谜底。我只能等着，等他觉得合适的时候主动告诉我。

电报迟迟没有回音。我们又耐着性子等了两天，每次门铃一响，福尔摩斯就警觉地竖起耳朵。第二天晚上，收到库比特的来信，他那边没什么异常，只不过当天早上又发现了一长串小人，画在日晷的基座上。他临摹了一份，随信寄来，如下图所示：

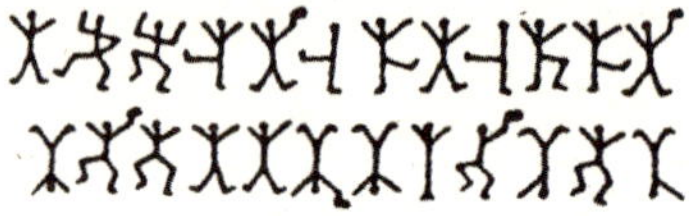

福尔摩斯弓起背，盯着那串奇形怪状的图案看了几分钟，突然惊叫一声，猛地站起身，满脸沮丧和焦虑。

“不能再拖了，”他说，“今晚有火车去北沃尔舍姆吗？”

我翻看时刻表，最后一班刚开走。

“明早提前吃饭，赶头班车，”福尔摩斯说，“事关紧急，必须赶快过去。啊！千等万等的电报终于来了。稍等，哈德森太太，也许要拍个回电。不用了，果然跟我预料的一样。看过这封电报，越发要尽快让库比特知道怎么回事。纯朴的诺福克乡绅已经掉进了一张危险的怪网。”

事实证明确实如此。一开始我以为只是个荒唐幼稚的故事，没想到结局相当悲惨，现在写到这里，还能感受到当时的震惊和恐怖。我多想和读者分享开心一点的结尾啊，可是这些故事集记录的都是事实，我不得不顺着一连串奇怪事件，抵达那个可怕的终点。案件曾轰动一时，全国上上下下都知道了赖丁·索普庄园。

我们在北沃尔舍姆下车，刚提到要去的地方，站长匆忙迎上来。“你们是伦敦来的侦探吧？”他说。

福尔摩斯脸上闪过一丝不快。

“你怎么知道？”

“诺里奇[1]的马丁警探刚过去。两位也可能是医生。她还没死，至少最新消息是这么说的，说不定你们来得及救她，不过是捡条命上绞架罢了。”

福尔摩斯一脸愁云，说：“我们是去赖丁·索普庄园，但不清楚那里发生了什么。”

“太可怕了，”站长说，“库比特先生和妻子都中了枪。听用人们说，她开枪打了丈夫，然后自杀。丈夫死了，妻子也快不行了。哎呀呀，他们可是诺福克郡最有历史、最有名望的家族。”

福尔摩斯一句话没说，急忙坐上马车。漫长的七英里路程，他一直没开口，我很少见他这么沮丧。从伦敦过来的火车上就见他心神不宁，焦虑地翻看晨报。此刻，最担心的事情突然变成了现实，带给他茫然的失落感。他靠着椅背，陷入了忧郁的沉思。周围的风景倒很吸引人，我们路过的是典型的英国乡村地带。星星点点的房屋说明如今的居民并不多，路两边有一座座大教堂，四方形的塔楼耸立在平坦的绿地上，诉说着东安格利亚[2]昔日的辉煌和繁荣。最后终于看见了日耳曼海[3]，

1　诺里奇（Norwich）是诺福克郡首府。

2　东安格利亚（East Anglia）指英格兰东部的一块地理区域，历史上是东安格利亚王国领地，由诺福克郡、萨福克郡等组成。

3　日耳曼海（German Ocean）是北海（North Sea）旧称。

蓝紫色的海水和碧绿的诺福克海岸线相连。车夫举起马鞭，指向一片小树林，两面古老的砖木山墙露了出来。“那就是赖丁·索普庄园。”他说。

马车驶向带柱廊的大门，我看见了门前的草地网球场，旁边是全黑的工具房和带基座的日晷，让人联想到那个奇怪的故事。另外有辆单人马车也刚到，一个利落的小个子男人跳下来，动作敏捷，打蜡的尖胡子往上翘。他自我介绍说是诺福克警察局的马丁警探，听我同伴报上名字，不禁大吃一惊。

“怎么可能，福尔摩斯先生？案发时间是凌晨三点，你人在伦敦，怎么可能这么快得到消息，跟我同一时间赶到现场？”

“我料到了，本来是想来阻止这场惨案的。”

“那你一定掌握了重要线索，我们完全摸不着头脑，据说他们是一对特别恩爱的夫妻。”

“我的线索只有跳舞的小人，”福尔摩斯说，“稍后再跟你解释。既然悲剧无法挽回，只能寄希望于利用掌握的线索伸张正义。你想让我加入你的调查，还是让我单干？”

“能跟你一起调查是我的荣幸，福尔摩斯先生。”警探诚恳地说。

“这样的话，我想马上听取证词、检查现场，一刻也不能耽误。”

马丁警探是个聪明人，让我朋友自由查案，他自己则认真地记录下调查结果。一位满头白发的老先生下楼来，他是当地的医生，刚去过库比特太太的房间，说她伤势严重，但没有生命危险，前额被子弹击中，还需要一段时间才能恢复意识。至于是他伤还是自伤，医生不敢随便下结论。可以肯定的是，子弹是近距离射出的。事发房间只找到一把左轮手枪，有两个弹巢是空的。库比特先生心脏被击中。手枪在地上，位置正好在两人中间，既可以说丈夫开枪打了妻子然后自杀，也可以说妻子是凶手。

“移动过尸体吗？”福尔摩斯问。

“什么都没动，只把库比特太太抬出去了，不能让她伤成那样还躺在地上。”

“医生，你来了多久？”

“四点就来了。”

“就你一个人？”

“不，还有一位警察。”

“你们什么也没动吧？”

“没有。”

“考虑得非常周到。谁去请你来的？”

“女佣桑德斯。”

“也是她报的警？”

“她和女厨金太太。”

“她们现在在哪儿？”

“厨房吧。”

“马上去听听她们怎么说。”

前厅成了临时的调查法庭。古老的房间镶着橡木墙板，窗户高，福尔摩斯坐在老式的大椅子上，面容憔悴，双眼闪烁着坚定的光芒。我从他的眼神看出了追查到底的决心，没能救委托人一命，那就尽全力替他报仇。干练的马丁警探、白发苍苍的老村医、面无表情的村警，加上我自己，构成了奇特的“陪审团”。

两个女人的证词十分清楚。她们被一声爆炸惊醒，一分钟后，又响了第二声。她们的卧室相邻，金太太跑到桑德斯的房间，两人一起下楼。书房的门敞开，桌上点着一根蜡烛。男主人脸朝下趴在房中央，已经死了。女主人蜷在窗边，脑袋靠着墙。她伤得很重，一边脸上全是血，喘着粗气，说不出话。走廊和书房都是烟，还有股火药味。窗户关着，从里面反锁，两个女人对此非常肯定。她们立刻报警，请来医生。在马夫和马僮的帮助下，把受伤的女主人抬回房间。事发前，夫妻俩都已上床睡觉。她穿着日常的衣服，他穿着睡衣，外面套了晨袍。书房里的东西都没动。据她们所知，两位主人从来没有什么争执，在她们眼里一直是恩爱夫妻。

这些是用人的证词要点。她们回答了马丁警探的问题，确定所有门都从里面反锁了，没人能逃出屋子。接着福尔摩斯提问，她们回忆说，刚从顶楼卧室跑出来，就闻到了火药味。“特别提醒你注意这个事实，”福尔摩斯对官方同行说，“行了，是时候彻底检查案发现场了。”

书房并不大，三面墙全是书，书桌对着一扇普通的窗户，窗外是花园。我们首先留意到遇难乡绅的尸体，高大的身躯直挺挺横在房间地上，凌乱的衣服表明他是匆忙从床上爬起来的。子弹从正面射入，击穿心脏，留在了体内。死亡来得快，感觉不到任何痛苦。他的睡衣和手上都没留下火药。据村医说，女士的脸上有火药痕迹，手上没有。

“有火药痕迹当然是最好的证据，”福尔摩斯说，“但没有的话，也不能说明什么。弹夹装得不合适，火药才会从后面喷出来，否则打多少枪都不会留痕迹。现在可以把库比特先生的尸体搬走了。医生，打中女士的子弹还没取出来吧？”

“得做个大手术才能取出来。手枪里还有四发子弹，打了两发，正好有两处伤口，每颗子弹都有明确的下落。”

“看起来是这么回事，”福尔摩斯说，“怎么解释打中窗框的那颗？”

他突然转身，细长的手指指向窗框下部，离底框约一英寸的地方有个射穿的小孔。

“天啊！”警探惊叹，“你怎么发现的？”

“我找的就是它。”

“太厉害了！”村医说，“你看得真准，先生。开了三枪，肯定有第三人在场。会是谁呢？怎么逃出去的？”

“这就是我们要解决的问题，”福尔摩斯说，“马丁警探，女佣说一出房间就闻到了火药味，我提醒你注意这一点，记得吗？”

“记得，先生，说实话，我不明白为什么。”

“说明开火时，书房的门窗都开着，穿堂风一吹，火药烟雾才会这么快灌进屋里。不过，门窗敞开的时间并不长。”

“怎么证明？”

“蜡烛没流油。”

“绝了！”警探叫道，“真是绝了！”

“案发时窗户开着，确定了这一点，我推想可能有第三人涉案，他站在外面，透过窗户开枪。射向这个人的子弹有可能打到窗框，我一找，果然有个弹孔！”

“窗户关着，还反锁了，怎么解释？”

“女士的第一本能反应就是关紧窗户。嘿！这是什么？”

书桌上有个女用手提包，鳄鱼皮搭配纯银，精致小巧。福尔摩斯打开包，倒出里面的东西。一沓钞票掉出来，都是英格兰银行发行的五十英镑纸币，总共二十张，用橡皮筋绑好，此外没有别的东西。

“这些都要保管好，庭审时当证物。”福尔摩斯把手提包和钞票一起递给警探，“接下来，我们好好研究一下这第三颗子弹。从木框的裂痕看，子弹显然是从屋里射向屋外的。我想再见一下女厨金太太。金太太，你说被巨响的爆炸声惊醒，意思是觉得比第二声更响？”

“呃，先生，我是睡梦中惊醒的，很难判断，只能说确实很响。”

“像不像两支枪同时开火的声音？”

“真说不准，先生。”

“我看准是两支枪。马丁警探，书房能提供的线索都挖光了，请跟我去外面转转，花园还有新线索等着我们。”

书房窗外有个花坛，走到跟前一看，我们都忍不住惊呼。花被踩烂了，松软的泥土上全是脚印。那是男人的大脚印，鞋头又长又尖。福尔摩斯在青草和树叶间搜索，像猎犬寻找射中的野鸟。他突然一声欢叫，弯腰捡起一个黄铜小圆筒。

“不出所料，”他说，“那把左轮手枪是自动抛壳的，这就是第三颗子弹。马丁警探，我认为案子基本了结了。”

福尔摩斯探案如此神速，一切尽在掌握之中，警探脸上露出了难以掩饰的惊奇。刚开始他还想维护自己的主导地位，现在只有五体投地的崇拜，愿意无条件听从福尔摩斯的安排。

“有嫌疑人吗？”他问。

“这个待会儿再说，案子有几个疑点我还没法跟你解释。既然查到这一步了，最好还是按我自己的思路继续下去，全部查清了再公布真相。”

“只要能抓到凶手，都照你的意思办，福尔摩斯先生。”

“不是故意卖关子，只是调查还在进行中，不可能花大量时间做复杂的解释。我已经掌握了案子的所有线索，就算女士再也不能恢复意识，我们也可以还原昨晚的事件，确保正义得到伸张。首先我想知道，附近有没有一家叫‘埃尔里格’的旅馆？”

用人们挨个问了一遍，谁也没听过这地方。马僮提供了一点线索，他想起一个叫埃尔里格的农场主，住在东拉斯顿方向，距离庄园几英里。

“农场偏僻吗？”

“特别偏，先生。”

“说不定他们还没听说昨晚的事？”

“有可能，先生。”

福尔摩斯想了一会儿，脸上浮现出一丝怪笑。

“备马，孩子，”他说，“有封信要让你送去埃尔里格农场。”

他从口袋掏出各种画着小人的纸条，摆在书桌上，埋头忙活了半天，最后将一封信交给马僮，叮嘱他一定要送到收信人手中，不管对方问什么，绝不要回答。我看见了信封，上面的字歪歪扭扭，根本不像福尔摩斯平时端正的字体。收信人写的是：诺福克郡，东拉斯顿，埃尔里格农场，艾贝·斯莱尼先生。

“警探先生，”福尔摩斯说，“你最好发个电报，让警局多派几个人来。据我预测，你们要押送一个非常危险的犯人到郡里的监狱。送信的马僮可以顺便帮你发电报。华生，有车的话，我们下午就回伦敦。这次调查即将收官，伦敦还有有趣的化学实验等着我。”

福尔摩斯打发马僮去送信，然后交代用人，如果有人来找库比特太太，不能提受伤的事，直接把客人带到客厅。他非常严肃地叮嘱他们一定要照办。我们跟着他来到客厅，他说接下来的事已经不受我们控制了，先放松放松，等着看事情怎么发展。医生回诊所了，只剩下我和警探。

“我来帮你们度过愉快充实的一小时。”福尔摩斯把椅子挪到桌旁，在面前摊开一张张纸条，纸上画着舞姿怪异的小人，“华生老兄，吊了这么久的胃口，我得好好补偿你。至于你，警探先生，整个事件绝对是一次难得的业务学习机会。库比特先生去过贝克街，找我咨询过案子，我先给你讲讲他带去的重要信息。”他简明扼要地介绍了之前的经过，“我面前的这些奇怪图案，看了也许觉得好笑，谁也想不到它们预示着这么可怕的惨剧。我熟悉各种形式的密码，还写过一本这方面的专著，大致分析了一百六十种密码，老实说，眼前这种还是第一次见到。发明这套符号的目的很明确，给人的印象不过是小孩子的涂鸦，不会想到是用来传递信息的。

“实际上，每个小人代表一个字母，意识到这一点，再运用解读所有密码的套路，很容易就能揭开谜底。我拿到的第一条信息太短，基本看不出什么规律，唯一能确定的是，代表E。你们都知道，E是英语中最常见的字母，使用频率之高，即使再短的句子也会多次出现。第一条有十五个小人，其中四个是一样的，说它代表E完全合理。而这四个相同的小人，有的拿着旗子，有的没拿。从拿旗小人的位置分布来看，旗子可能是分隔符，把句子分成一个个单词。我暂定了这个假设，并记下就是E。

“真正的难题来了。除了E，其他英语字母的使用率不容易列出一二。一个印张上出现最多的字母，可能在一个短句中根本不出现。粗略看，最常用的字母依次是T、A、O、I、N、S、H、R、D和L，但T、A、O、I几乎不相上下。想破解意思，每种组合都得试一遍，这是个永无止境的任务，我只能等待更多的样本。第二次跟库比特先生见面，他带来了三条新信息，前两条是短句，第三条没有旗子，可能只是一个单词。看，就是这几张。先从单词这张入手，一共五个字母，能确定二和四是E。可选择的答案有sever（切割）、lever（杠杆）和never（永不）。最后一个词可以用来回答请求，可能性最大，根据语境判断，应该是库比特太太写的回复。如果never是正解，说明分别代表N、V、R。

“到这一步还没摆脱困境，后来突发妙想，我又匹配了几个字母。我估计，提出请求的人是库比特太太多年前认识的，两人关系亲密。果真如此的话，两个E中间夹三个字母的单词很可能是她的名字Elsie（埃尔西）。仔细观察后发现，那条重复了三次的消息是以这个单词结尾，显然是向埃尔西提出请求。就这样，我对上了L、S、I。问题是，请求什么呢？Elsie前面的单词只有四个字母，以E结尾，肯定是come（来）。其余以E结尾的四字单词我都试了一遍，都不最符合语境。这一来，我就有了C、O、M。回头来破解第一条信息，将每个单词分隔开，不确定的字母用点表示。经过替换，信息变成了这样：

·M ·ERE ··E SL·NE·

第一个字母只能是A，这个发现很有用，一下子换掉了短句中的三个点。第二个单词的首字母也很明显，是H。这句话成了：

AM HERE A·E SLANE·

最后两个词显然是名字，补上空缺的字母，成了：

AM HERE ABE SLANEY

（我到了。艾贝·斯莱尼）

有了这么多字母，破解第二条信息不在话下。替换后成了这样：

A · ELRI · ES

要使这句话有意义，只能用T和G补上空缺的字母：

AT ELRIGES

（在埃尔里格）

埃尔里格可能是留言人住的房子或旅馆的名字。"

福尔摩斯详细清楚地讲述了破解密码的过程，我和马丁警探听得入神，内心的困惑都得到了解答。

"后来呢，先生？"警探问。

"我有充分理由相信，这个艾贝 · 斯莱尼是美国人。艾贝是美国人常用的名字简写[1]，而且祸事的开端是美国寄来的一封信。我还怀疑这件事牵扯到犯罪秘密。女士提到过去的那些话意味深刻，她始终不肯向丈夫吐露实情，都证明我的怀疑不无道理。纽约警察局的威尔逊 · 哈格里夫是我朋友，不止一次向我打听伦敦罪犯的消息。我给他发了个电报，问他知不知道艾贝 · 斯莱尼这个人。他回电说：'芝加哥头号罪犯。'收到回电的当晚，库比特先生寄来了斯莱尼的最后一条信息。用已知的字母转换过来，变成了：

1　艾贝是亚伯拉罕（Abraham）的简写。

ELSIE ·RE·ARE TO MEET THY GO·

加上P和D，意思就完整了：

ELSIE PREPARE TO MEET THY GOD

（埃尔西，准备见上帝）

那个无赖发现劝说无效，开始恐吓了。我对芝加哥罪犯的风格有所了解，知道他很快会让恐吓成为现实，于是立刻和华生医生——我的好友兼搭档，赶到诺福克。可惜啊，来晚一步，最坏的事还是发生了。”

“能和你一起查案真是太荣幸了，”警探真诚地说，“不过，恕我直言，你只对自己负责，我还要对上级负责。这个艾贝·斯莱尼住在埃尔里格农场，如果他确实是凶手，而我坐在这儿让他给跑了，麻烦可就大了。”

“别担心，他不会跑的。”

“你怎么知道？”

“逃跑等于认罪。”

“那我们去抓他吧？”

“他自己会送上门。”

“为什么？”

“我写信叫他来的。”

“怎么可能，福尔摩斯先生？你叫他来，他就来？难道不会起疑心逃走吗？”

“我知道信该怎么写，”福尔摩斯说，“喏，没看错的话，车道上走过来的先生正是他。”

一个男人大步穿过小路，朝门口走来。他大高个，相貌英俊，皮肤黝黑，浓密的黑胡子，凶悍的大鹰钩鼻，一身灰色法兰绒衣服，头戴巴拿马草帽，边走边挥动手杖，大摇大摆的姿态好像是庄园的主人。他淡定地拉铃，传来一阵响亮的铃声。

“先生们，”福尔摩斯轻声说，“我们最好躲到门后。跟这种家伙打交道，小心一点不为过。警探先生，准备好手铐。我来跟他谈。”

我们静静等了一分钟，真是让人难忘的苦苦煎熬。门开了，那人走进来。刹那间，福尔摩斯拿起枪，照他脑袋猛地一拍，马丁警探立刻上前铐住他的手腕，两人动作迅速，配合得天衣无缝。那家伙无法挣脱，这才意识到自己中了埋伏，两只黑眼睛冒着怒火，狠狠瞪着我们，过了一会儿，突然苦笑起来。

“啊，先生们，这次算你们赢了，我认栽。是库比特太太写信让我来的，难道她也有份？她帮你们设圈套害我？”

“库比特太太伤势严重，快不行了。”

那人痛苦大叫，声嘶力竭，响彻整个屋子。

“胡说！”他凶狠地喊道，“中枪的是他，不是她。谁忍心伤害埃尔西？我是威胁过她，上帝宽恕！但我连她一根头发丝都不会碰。你！收回你的话！告诉我她没事！”

“发现时，她躺在丈夫尸体旁边，受了重伤。”

他发出一声低沉的叹息，倒在长沙发上，铐上的双手捂住脸，一句话不说。五分钟后，他抬起脸，声音透着绝望后的冷酷。

“先生们，我没什么好隐瞒的，”他说，“他先朝我开枪，我才开的枪，不是谋杀。如果你们认为是我打伤了埃尔西，那就太不了解我和她了。可以说，世上没有哪个男人像我爱她那样爱一个女人。我们多年前就订了婚，她是属于我的，这个英国人凭什么横插一脚？告诉你们，最有权跟她结婚的人是我，我不过是来要回自己的东西。”

“她看穿了你的真面目，想摆脱你的控制，”福尔摩斯严肃地说，“为了躲你，她离开美国，在英国和一位正直的绅士结了婚。你盯着她不放，追来这里，劝她抛弃丈夫跟你私奔。她和丈夫相敬相爱，对你只有恐惧和憎恶，是你把她的生活变成了地狱。因为你，一个好人失去了生命，他的妻子被逼自杀。艾贝·斯莱尼先生，这就是你的罪责，法律会让你接受惩罚。”

“埃尔西活不了，我接受什么惩罚都无所谓。”美国人张开手，看着掌心皱巴巴的纸条，“你看，先生，”他眼里闪过一丝怀疑，“你该不是吓唬我吧？真要像你说的伤势严重，这封信是谁写的？”他把纸条扔到桌上。

“我写的，为了引你过来。”

“你？除了我们共联帮，没人知道跳舞的小人是什么意思，怎么可能是你写的？”

“有人发明就有人破解，”福尔摩斯说，“斯莱尼先生，待会儿有专车送你去诺里奇，现在还有时间小小弥补一下你造成的伤害。知道吗，库比特太太涉嫌谋杀丈夫，要不是我来查案，又碰巧掌握了一点证据，她恐怕难脱罪名。你欠她一个公正，至少应该澄清真相，对丈夫的死，她不负任何直接或间接责任。”

“我巴不得澄清，”美国人说，“完全还原真相也是对我自己最有力的辩护。”

“我有责任警告你，你的话都将成为呈堂证供。”马丁警探大声说，俨然是英国刑法的公正化身。

斯莱尼耸耸肩，说：“那我也要说。先生们，首先要告诉你们，埃尔西还是孩子的时候我们就认识了。芝加哥共联帮一共七个人，帮主是埃尔西的父亲老帕特里克。他脑袋聪明，发明了这种密码，会破解的人才看得懂，一般人只会当成小孩的涂鸦。埃尔西渐渐发现帮会的行当，无法容忍我们的所作所为。她自己有些来路正当的钱，趁我们不注意溜到了伦敦。她已经和我订了婚，要不是我干的这一行，只怕早就完婚了，她说什么也不会和黑帮搅在一起。她跟这个英国人结婚后，我才查到她的下落。我给她写过信，没有回音。后来来到这里，既然写信没用，就把密码画在她看得见的地方。

“我来了一个月，住在那个农场，房间在楼下，夜里进出没人能察觉。我一心想哄走埃尔西，我知道她看见了我画的小人，有一次她还在下面画了回复。最后我失去了耐心，开始恐吓。她给我写了封信，求我离开，说如果损害了丈夫的名声，她会伤心死的。信上还说，凌晨三点，等丈夫睡着了，她会到底楼窗户前见我，条件是我离开这里，从此不再纠缠。她下来了，还带着一沓钞票，想用钱打发我走。我气坏了，抓住她的胳膊，想把她从窗户拽出去。就在这时，她丈夫冲进房间，手里拿着左轮手枪。埃尔西瘫倒在地，我和她丈夫面对面站着。我也带了枪，举起枪想吓唬他，好让自己脱身。他开枪，射飞了。我几乎同一时间扣下扳机，他一头倒下。我穿过花园逃走，听见背后有关窗的声音。先生们，我说的都是事实，没一句假话。之后的事我不清楚，马僮送来信，我跟傻子似地过来这里，自己送上门。”

美国人说话间，马车到了，里面坐着两个穿制服的警察。马丁警探站起身，手搭着犯人的肩膀。

“该走了。”

“能让我见见她吗？”

“不行，她还在昏迷中。福尔摩斯先生，很幸运有你在身边，希望下次碰到重大案子，还能有这样的运气。”

我们站在窗边，望着马车离开。我转过身，看见犯人扔到桌上的纸团，是福尔摩斯创作的诱饵。

“华生，能看懂吗？”他笑着说。

纸条上没有文字，只有一排跳舞的小人：

“用我破解的密码，”福尔摩斯说，“很容易得出答案：

COME HERE AT ONCE

（速来这里）

除了库比特太太，没人会写这种密码，我料定他不会拒绝邀请。就这样，亲爱的华生，跳舞的小人终于从黑帮信使变成了破案功臣。我也兑现了承诺，你的故事集又可以添一件精彩案子了。我们坐三点四十的车，应该能赶回贝克街吃晚饭。”

再简单说几句结局。案子经诺里奇冬季巡回法庭审理，美国人艾贝·斯莱尼被判死刑，但考虑到从宽处罚情节，加上确定是希尔顿·库比特先开的枪，最后改判劳役监禁。至于库比特太太，只听说她完全康复，没再改嫁，全心全意帮助穷人，打理丈夫的家业。

孤身骑车人

1894年至1901年间，夏洛克·福尔摩斯先生业务繁忙。毫不夸张地说，八年来，官方的疑难杂案没有一件不向他请教，私人的案子数以百计，每一件他都扮演了重要角色，其中不乏错综复杂的奇案。这么多年不停探案，取得了许多辉煌成就，也难免经历了一些失败。我保留了所有案子的完整记录，大多数都有亲身参与，哪些应该写出来，实在难以选择。还是遵循老原则吧，不看罪行本身有多凶残，而看探案过程是否巧妙，优先选择那些具有戏剧性的案子。基于这个标准，我为读者挑选了瓦奥莱特·史密斯小姐的故事，也就是查林顿的孤身骑车人案。调查过程可谓一波三折，结局带有意想不到的悲剧色彩。说实话，想证明我朋友的杰出才能，这个故事并不是最典型的例子，但案子本身很有特点，当我从漫长的案件记录中寻找创作素材的时候，一眼就挑中了它。

根据1895年的记录，我们和史密斯小姐初次见面是四月二十三日星期六。[1] 我记得福尔摩斯当时一点也不欢迎她，他

1　4月23日实为星期二，但原文为“Saturday”（星期六），可能是作者的笔误。

正忙着研究一个深奥复杂的问题，跟著名烟草大亨约翰·文森特·哈登离奇遇害有关。我朋友把思维的精准和专注看得比什么都重，一旦手头有了案子，不喜欢别的事情分心。这位年轻的女士美丽大方，高挑优雅，大晚上亲自造访贝克街，恳求帮忙和指点，恐怕只有铁石心肠的人才会断然拒绝，而福尔摩斯从来就不是。尽管他百般解释说抽不出时间，女士还是坚持要讲她的事情，显然一副不达目的誓不罢休的架势，想让她出去除非动用武力。福尔摩斯无可奈何，挤出疲惫的笑容，请这位美丽的不速之客坐下，给我们讲讲她的烦恼。

“至少不是健康问题，”他说，敏锐的目光迅速打量着她，“像你这样爱骑车的人，一定充满活力。”

她惊讶地望向自己的双脚，我发现她的鞋底侧面有点起毛，是跟踏板边摩擦造成的。

“没错，福尔摩斯先生，我经常骑车，今天来找你也跟骑车有关。”

女士没戴手套，我朋友拿起她的手仔细观察，像科学家观察标本，注意力高度集中，不掺杂任何感情。

“恕我无礼，工作需要，”他放下手，“我差点儿犯错，以为你是打字员。很明显，应该是演奏音乐的。华生，两种职业都有这种扁平的指尖，注意到了吗？不过脸上有股灵气。”女士轻轻转脸，对着亮光，“打字员可没有。这位女士以音乐为职。”

“是的，福尔摩斯先生，我教音乐。”

“从气色看，应该是在乡村教。”

“没错，先生，法纳姆附近，萨里郡边界上。”

“非常迷人的地方，有些美好的回忆。华生，记得吧，我们就是在那一带抓住了伪造犯阿奇·斯坦福？好了，瓦奥莱特小姐，法纳姆附近，萨里郡边界上，发生了什么？”

年轻的女士清楚、从容地讲述了下面这段离奇的经历：

“福尔摩斯先生，我父亲詹姆斯·史密斯是老帝国剧院的乐团指挥，已经去世了。我和母亲没别的亲人，只有叔叔拉尔夫·史密斯。他二十五年前去了非洲，之后一直没有消息。父亲离开后，我们生活非常拮据。一天，听人说《泰晤士报》上有启事打听我们的下落。我们高兴坏了，以为有人给我们留了遗产，立刻去找报上登的那位律师，在那儿见到了两位先生，卡罗瑟斯和伍德利。两位从南非回国探亲，说我叔叔是他们的朋友，几个月前在约翰内斯堡去世，去世时一贫如洗。他临死前拜托他们寻找他的亲人，保证他的亲人衣食无忧。我们感到蹊跷，拉尔夫叔叔活着的时候对我们不闻不问，死了反倒关心起来了。卡罗瑟斯先生解释说，我叔叔刚听说兄弟的死讯，觉得有责任照顾我们。”

“稍等，”福尔摩斯说，“你们什么时候见的面？”

“去年十二月，四个月前。”

“请继续。”

“伍德利先生是个讨人厌的年轻人，举止粗鲁，胖肿脸，红胡子，头发粘在额头两边。他总是朝我挤眉弄眼，实在可恶。西里尔肯定不希望我认识这种家伙。”

“啊，原来有个西里尔！”福尔摩斯笑着说。

年轻女士脸一红，跟着笑起来。

“是的，福尔摩斯先生，西里尔·莫顿，电气工程师，我们打算夏末结婚。哎呀，怎么扯到他了？我要说的是，伍德利先生非常讨厌，而那位卡罗瑟斯先生就友善多了。他年纪更大，皮肤黝黑，脸色蜡黄，胡子刮得干净，不太爱说话，举手投足彬彬有礼，笑起来也很和气。他询问我们的生活状况，得知我们的困境后，提议我去给他女儿当音乐老师。他只有一个女儿，十岁大。我说不想离开母亲，他说我可以每周末回家看她，而且每年付我一百英镑，这样的薪酬相当丰厚了。最后我接受提议，去了奇尔特恩庄园，距离法纳姆大约六英里。卡罗瑟斯先生的妻子过世了，雇了个女管家照料家务，我们称呼她迪克森太太，是位令人尊敬的老人家。他女儿很乖巧，卡罗瑟斯先生性情随和，也钟爱音乐，我们一起度过了愉快的晚间时光。我每周末回伦敦看母亲，一切都称心如意。

“后来红胡子的伍德利先生来了，打破了美好的生活。他住了一周，唉，我感觉比三个月还长。他是个恶魔，没人不受他欺负，对我远不止欺负这么简单。他整天纠缠我，夸耀他的财富，说如果我嫁给他，可以拥有伦敦最好的钻石。我不想跟他有任何交集，结果一天晚饭后，他一把抱住我，力气大得吓人，硬要我亲他，不然不放手。卡罗瑟斯先生正好进屋，使劲拉开他。他翻脸不认人，一拳过去，卡罗瑟斯先生倒在地上，脸划了道口子。不用说，伍德利先生不可能再住下去了。第二天，卡罗瑟斯先生向我道歉，保证以后不会让我受到这种骚扰。从那以后，我再没见过伍德利先生。

“好了，福尔摩斯先生，终于讲到那件怪事了，也就是今天来找你的理由。要知道，每周六上午，我都会骑车到法纳姆车站，坐十二点二十二的火车进城。从奇尔特恩庄园出来的路很偏僻，有一段尤其如此，大概一英里多，一边是查林顿荒野，另一边是树林，查林顿庄园就在树林之间。哪儿也找不到这么荒凉的路段，几乎看不见马车和农夫，到了克鲁克斯伯里山附近的大路才有点儿人烟。两周前，我经过这段路，无意间回头看了一眼。身后两百码左右有个男人，也骑着车，像是个中年人，留着短短的黑胡子。快到法纳姆车站，再回头看，那人不见了，我也就没多想。周一回庄园的路上，那人又在同样的地方出现了。福尔摩斯先生，你能想象我有多惊讶。接下来的周六和周一，相同的情节又原封不动上演，我越发吃惊了。他总是保持着一定距离，从没打扰我，但终究非常怪异。我告诉了卡罗瑟斯先生，他很上心，说他订了马车和马，以后我不用孤身穿过偏僻路段了。

“马车和马本来这周到，不知出了什么问题，马车没有来，我不得不骑车去车站，也就是今天上午的事。到了查林顿荒野那条路，我自然格外小心。果然不出所料，那人又在那里，跟前两周的情形一模一样。他始终保持距离，离得太远看不清脸，但可以肯定不是我认识的人。他一身黑衣，戴着布帽，唯一能看清的是一脸黑胡子。今天我一点儿也不惊慌，反倒很好奇，决定弄清他是谁、想干什么。我放慢车速，他也放慢。我停下，他也停下。这时我脑袋突然冒出个点子。路上有个急转弯，我加快车速转过去，然后停下来等着。他半天没出现，我绕回去，朝拐角另一侧看，只看见一英里的路，没有他的踪影。最不可思议的是，这一段没有岔路，他不可能就这么消失不见了。”

福尔摩斯笑出声，搓着双手，说：“这案子还是有些特点的。从转弯到发现人没了，大概多长时间？”

“两三分钟吧。”

“那他不可能骑到路尽头。你刚才说没岔路？”

“没有。”

“肯定是从两边的人行小路走了。”

“应该不是荒野那一边，不然我能看见他。”

“经过排除，可以得出结论，他朝查林顿庄园那边去了。按我理解，查林顿庄园就在路的另一边。还有别的情况吗？”

“没了，福尔摩斯先生。我非常困惑，只有来请教你，心里才踏实一点儿。”

福尔摩斯一声不吭地坐着，过了一会儿才说：“跟你订婚的先生在哪儿？”

“在考文垂，米德兰电气公司。”

“他不会突然跑去看你吧？”

“哎呀，福尔摩斯先生！我怎么可能认不出他？”

“你还有其他追求者吗？”

“认识西里尔之前有过几个。”

“之后呢？”

“那个可恶的伍德利，如果那种人也算追求者的话。”

“没别人了？”

美丽的客人似乎有点犹豫。

“他是谁？”福尔摩斯追问。

“啊，也许只是我自己胡思乱想，有时候觉得雇主卡罗瑟斯先生很喜欢我。我们相处的时间长，晚上我总是给他伴奏。他是个真正的绅士，什么也没说，但女人的直觉能够感受到。”

“哈！”福尔摩斯一脸严肃，“他靠什么生活？”

“他是个有钱人。”

“连马车和马都没有的有钱人？”

“反正挺富有的。他每周进城两三次，对南非黄金股票很感兴趣。”

“史密斯小姐，有新情况一定通知我。我手头比较忙，会抽时间调查你的案子。这段时间不要随便采取行动。再见，相信能从你那儿听到好消息。”

福尔摩斯拿起思考问题时专用的烟斗，抽了一口，说：“这么迷人的女士，有人追再自然不过了，不过在偏僻的村路上骑车追可不好，肯定是个暗恋者。华生，案子有些奇怪的细节，很有启发性。”

“你指的是他只在那一段路上出现？”

“没错。第一步先得弄清查林顿庄园住的什么人。卡罗瑟斯和伍德利完全是两类人，他们之间什么关系？为什么都急着寻找拉尔夫·史密斯的亲人？还有一点，家离车站六英里，连马车都舍不得买，却付给家庭老师市场价两倍的薪酬，这算哪门子治家之道？奇怪，华生，太奇怪了！”

“你要亲自去一趟？”

“不，亲爱的老兄，你去。说不定只是个微不足道的小诡计，我不能因为它丢下手头的重要调查。下周一一早你就去法纳姆，在查林顿荒野附近找个地方躲起来，亲眼看看怎么回事，根据自己的判断行事。打听一下谁住在查林顿庄园，然后回来汇报。好了，华生，等找到确凿的线索，有希望破案了，我们再来谈这个案子。”

从女士那里得知，她周一从滑铁卢车站出发，坐九点五十的车回去。我比她稍微提前一点，赶上了九点十三的车。到了法纳姆车站，很容易打听到查林顿荒野的方位。奇遇故事发生的现场也很好找，路的一边是空旷的荒野，另一边是古老的紫杉树篱，围着庄园的庭院，院子里栽满了参天大树，石头大门长满了苔藓，两边的门柱顶上立着腐烂的家族纹章。除了这条主要的马车道，我还发现树篱开了几个豁口，有几条小道穿进庭院。路上看不见庄园的房子，周围一片阴森败落的景象。

荒野上一丛丛金色的荆豆花，在春天明媚的阳光下格外耀眼。我躲到荆豆丛后，既看得见庭院大门，又能将整段长路尽收眼底。从来到现在，连个人影都没瞧见。就在这时，路上出现了一个人，骑着车，和我来时的方向相反，一身黑衣，一脸黑胡子。到了查林顿庄园附近，他跳下车，推车钻进树篱的豁口，从我视线中消失了。

十五分钟后，又一个骑车人出现了，正是从车站骑过来的年轻女士。经过庄园树篱旁，她朝四周扫了一圈。过了一会儿，那个男人从藏身的地方钻出来，跳上车，跟在她身后。广阔的乡野间，只看见两个人影在移动。优雅的女士笔直地坐在车上，后面的男人弯身伏在车把上，鬼鬼祟祟，一举一动都透着诡异。她往后看了一眼，放慢车速，他也慢下来。她停住，他也立刻停下来，保持两百码的距离。接着，女士做出了大胆惊人的举动，突然调转车头，朝男人直冲过去。他的动作也一样迅速，拼命飞逃。不久，她回到路上，轻蔑地昂起头，不屑搭理那个无声的“随从”。他也跟回来，仍然保持车距。两人转过弯，看不见了。

我躲在原地不动，幸亏没动，那男人没过多久又出现了，慢悠悠骑着车，在庭院门口停下，跳下车。我看见他在林中站了几分钟，手抬起来，好像在整理领结，然后跨上车，沿马车道朝庄园骑去，离我越来越远。我跑出荒野，往树林里看，隐约看见远处的古老灰楼，还有高耸的都铎式烟囱。车道穿过茂密的灌木丛，目标消失不见了。

我感觉一早上的工作很有收获，心情愉悦地走回法纳姆。当地房产中介没有查林顿庄园的信息，建议我去蓓尔美尔街的一家大公司查。回家路上我顺便去了一趟，受到销售的热情接待。不好意思，不能把查林顿庄园租给我过夏天，我来晚了一步，庄园一个月前租给了威廉森先生，是位可敬的老绅士。礼貌的销售只方便透露这么多，客户隐私不是他能随便谈论的。

当晚，我向福尔摩斯作了长篇汇报。他听得非常认真，但我满心期待、无比珍视的称赞却始终没出现，哪怕简单的一句也没有，相反，那张严肃脸比平常又多了几分威严。对于我做了什么、没做什么，他发表了一通意见。

“亲爱的华生，你选的藏身地太不合适了。应该躲在树篱后面，近距离观察那个有趣的家伙。躲那么远，相隔好几百码，你还没史密斯小姐提供的信息多。她说不认识那个人，我敢肯定她认识。他那么怕她靠近，不就是担心被她认出来吗？你说他伏在车把上，明摆着又是遮掩。他去了庄园，你想查清他是谁，竟然跑到伦敦的房产中介打听！你的表现实在不敢恭维。”

“那该怎么做？”我气恼地叫道。

“去最近的酒馆，那里是乡村的新闻中心，别说庄园主，连洗碗女佣的名字都问得到。威廉森？一点意义也没有。既然是位老先生，不可能是骑车人。女士那么迅速地冲上去，他都能轻松逃脱，应该是个身手敏捷的人。你这趟查到了什么呢？女士讲的是真话？我从没怀疑过。骑车人跟查林顿庄园有关？我也没怀疑过。庄园的租户叫威廉森？谁能证实？行了，行了，亲爱的先生，别垂头丧气的。周六之前做不了什么，我先去打探一下。”

第二天早上，收到史密斯小姐来信。信中简单清楚地讲述了我看到的事情，重点在附言部分：

> 福尔摩斯先生，我信任你，想跟你说点隐私的事。我现在的处境非常难堪，雇主向我求婚了。我相信他是真心实意的，但我已经订婚，当然拒绝了。他很失落，不过表现得很绅士。这里的气氛有点尴尬，你应该能理解。

福尔摩斯看完信，若有所思地说：“这位年轻朋友遇上麻烦了。案子远比想象的精彩，案情发展也远超预料。我还是到宁静的乡村待一天吧，下午就出发，去验证一两个推测。”

宁静的乡村一日游在不宁静中收场。深夜，福尔摩斯回到贝克街，嘴唇破了口，额头上一个瘀青的肿包，一副亡命之徒的模样，倒像是伦敦警察厅追捕的目标。他被自己的冒险之旅逗乐了，一边讲，一边开心地大笑。

“我很少主动做运动，偶尔运动一下真是难得的享受。你知道的，我最拿手的是英式拳击，这项古老的运动很有用，经常能帮上大忙。就拿今天来说吧，要不是它，估计我得灰溜溜败下阵来。”

我催他赶紧说。

“我去了之前向你推荐的乡村酒馆，小心翼翼打探，在吧台碰到了爱聊天的老板，想知道的事都问了个清楚。威廉森是个白胡子老头，和几个用人住在查林顿庄园。据说他是个牧师，或者以前是。他来庄园没多久，有一两件事让我觉得他特别不像神职人员。我去牧师机构查过，他们说以前确实有个威廉森牧师，但是口碑极差。老板还告诉我，庄园每周末都有客人，‘是帮脾气暴躁的家伙，先生’，特别是一个红胡子先生，名叫伍德利，整天待在那儿。

“刚聊到这里，一个男人走过来，不是别人，正是伍德利。他一直在酒馆喝啤酒，我们的对话全听到了。‘你是谁？想干什么？为什么问这些？’他骂骂咧咧说了一大串，脏话连篇，最后反手一拳狠狠挥过来，我来不及躲开。接下来的几分钟相当刺激。我一记左直拳过去，击中顽强反抗的暴徒，然后我就成了你现在看到的模样。伍德利先生坐马车回去了，乡村一日游结束。坦白说，虽然这一天过得很愉快，我在萨里郡边界的收获并不比你多。”

周四又收到委托人来信，她写道：

> 福尔摩斯先生，我辞掉了卡罗瑟斯先生家的工作，希望你不会觉得惊讶。再高的薪酬也不能缓和尴尬的处境。我周六去伦敦，不打算再回来。卡罗瑟斯先生准备了马车，偏僻路段的危险，如果能称得上危险的话，到此结束了。
>
> 至于为什么离开，除了和卡罗瑟斯先生相处尴尬外，还有个特殊原因，那个讨厌的伍德利先生又出现了。他本来就面目狰狞，这次格外让人害怕，好像遭了什么意外，脸上伤得不成样子。我透过窗子看见了他，幸亏没跟他打照面。他跟卡罗瑟斯先生谈了很长时间，卡罗瑟斯先生情绪异常激动。伍德利没在这里过夜，但我今早又看见他在灌木林里探头探脑，他肯定住在附近，这简直比凶猛野兽在身边还可怕。我对他的厌恶和恐惧无法用言语形容，这样一个恶魔，卡罗瑟斯先生怎么能忍这么久？所幸一切烦恼将在周六终结。

“果然啊果然，华生，”福尔摩斯严肃地说，“这位女士掉进了阴谋陷阱。我们有责任保证她最后一趟不受伤害。华生，周六早上必须抽时间过去，不能让这个奇怪复杂的案子悲剧结尾。”

说实话，直到现在我也没把这案子当回事，只觉得有点怪异，没觉得有多危险。窈窕淑女，君子好逑，埋伏、跟踪不算什么稀奇事。他连话都不敢跟她说，她一靠近就跑，这么胆小的人，还指望他行凶不成？至于无赖伍德利，确实是个不同的角色，但是自从那次以后，他再没骚扰女士，后来到卡罗瑟斯家，也没找女士麻烦。酒馆老板说查林顿庄园每周末都有聚会，骑车人肯定也是客人之一。他是谁、有何目的依旧是悬而未决的问题。周六出发前，福尔摩斯神情严峻，把左轮手枪塞进口袋，我这才深刻意识到，一连串怪异事件背后可能隐藏着危险悲剧。

前天晚上下过雨，早晨天气格外晴朗。石南丛生的乡野点缀着鲜艳的荆豆花，比起伦敦的各种灰黑色调，确实是视觉上的享受。我和福尔摩斯走在宽阔的沙路上，呼吸着晨间的新鲜空气，聆听鸟儿的歌声，沉浸在春天的清爽气息中。到了克鲁克斯伯里山山肩，平路变成了斜坡，站在坡顶，能看见阴森的查林顿庄园耸立在老橡树中间。橡树林虽然古老，远不及庄园有年头。福尔摩斯往下指，一条长路蜿蜒，像红黄色的带子，一边是褐色荒野，另一边是刚发新绿的树丛。远处有个黑点，能看清是辆马车，正朝我们这边移动。福尔摩斯焦急地叫了一声。

“我还特地提前了半小时，”他说，“如果是她的马车，说明她打算坐更早一趟火车。华生，恐怕等我们赶到，她已经过了查林顿。”

翻过山坡，马车看不见了。我们飞速往前跑，我这个常年久坐不动的人开始吃不消了，被甩到后面。福尔摩斯不一样，永远保持好的体能，拥有取之不竭的精力。他脚步轻快，一路加速，突然在我前方一百码的地方停下来，沮丧绝望地抬起手。这时，一辆马车出现在拐角，嘎吱嘎吱驶来。车上没人，马慢慢朝前跑，缰绳拖在地上。

我喘着粗气跑到福尔摩斯身边，他叫道：“太晚了，华生，太晚了！我真是个笨蛋，没想到她会赶更早的车！绑架，华生，绑架！谋杀！天知道是什么！挡住路！拦住马！好极了。上车，看看还能不能弥补我的过错。”

我们跳上车，福尔摩斯调转马头，猛挥马鞭，马车往回飞驰。转过拐角，庄园和荒野中间的路尽收眼底。“就是他！”我抓住福尔摩斯的胳膊，倒抽一口气。

那个孤身骑车人朝我们过来，埋着头，弓着背，用尽浑身力气踩踏板，车速堪比赛车手。他突然抬起长满胡子的脸，看见我们靠近，立刻刹车跳下来，苍白的脸色跟黑胡子形成了怪异的对比，眼睛像发烧病人一样直放光。他看看我们，又看看马车，脸上浮现出惊讶的神色。

“喂！停车！”他大声嚷道，用自行车挡住去路，“从哪儿弄的马车？喂，停车！”他边喊边从侧兜掏出手枪，“给我听好了，停车，不然叫你们的马吃子弹！”

福尔摩斯把缰绳往我腿上一扔，跳下马车。

“找的就是你。瓦奥莱特·史密斯小姐在哪儿？”他干脆地问。

“我还想问你们呢。你们坐的是她的马车，肯定知道她在哪儿。”

“车是路上碰到的，上面没人，我们赶回来救那位女士。”

“天啊！天啊！怎么办？”单车人绝望至极，失声大喊，“她被抓走了，被恶魔伍德利和无赖牧师抓走了。快，先生，真是她朋友的话，跟我来，帮我一起救她。就算葬身查林顿树林，我也愿意。”

他拿着枪，发疯似地穿过树篱豁口，福尔摩斯紧跟其后。我把马拉到路边吃草，也追了上去。

“他们从这儿经过，”福尔摩斯指向泥路上的几个脚印，“嘿！等一下！树丛里是谁？”

有个小子躺在地上，十七岁左右，穿着像马夫，拼皮灯芯绒裤加绑腿。他蜷着膝盖，头上受了伤，失去了意识，还有呼吸。我迅速看了眼他的伤口，还好没伤到骨头。

“马夫彼得，”单车人说，“为她赶车的。肯定被那两个畜生拖下车，用棒子打晕了。让他躺着吧，我们帮不上他，但是可以帮一个女人摆脱最不幸的命运。”

我们沿着林间蜿蜒小路狂奔，到了庄园周围的灌木丛，福尔摩斯猛地停住。

“他们没进庄园，脚印往左边去了，看，月桂树丛旁边。啊！我说吧。”

他正说着，前方茂密的绿树丛传来女人的尖叫，声音颤抖，充满恐惧，叫到最大声突然没了，接着是一声呛咳和闷叫。

“这边！这边！在滚球场，”单车人边喊边冲进树丛，“啊，没种的畜生！跟我来，先生们！天啊！太晚了！太晚了！”

我们冲进了一片幽静的草地，四周古树环绕。远处有棵大橡树，树荫下站着极不相称的三个人。一位女士，也就是我们的委托人，耷拉着脑袋，快要昏倒的样子，嘴上绑着手帕。站在她对面的是一个红胡子年轻人，胖肿脸，面目狰狞，裹着绑腿的双腿大大分开，一手叉腰，一手挥舞马鞭，一副打了胜仗的得意模样。两人中间是个白胡子老人，浅花呢套装外罩了件短法衣，显然刚主持完婚礼仪式。我们赶到时，他正把祈祷书塞进口袋，拍着邪恶的新郎的后背，高兴地表示祝贺。

“他们结婚了？”我喘着粗气说。

“快！”领路人喊道，“快！”他飞奔穿过草坪，我和福尔摩斯紧跟其后。我们到了跟前，女士站不稳了，靠在树干上。冒牌牧师威廉森假模假式地向我们鞠躬，盛气凌人的伍德利迎上前，恶狠狠地狂笑一声。

“胡子可以拿掉了，鲍勃，”他说，“我知道是你，不会错。你和朋友来得正是时候，刚好为你们介绍一下伍德利太太。”

领路人的反应不一般。他扯掉伪装用的黑胡子，扔到地上，露出蜡黄的长脸，脸上刮得干干净净。他举枪对准年轻的恶棍，对方正朝他逼近，手里挥舞着危险的马鞭。

“是的，”我们的盟友说，“我是鲍勃·卡罗瑟斯。就算上绞架，我也要替这位女士主持公道。骚扰她会有什么下场，我早警告过你了。老天作证，我说到做到！”

“来不及了，她现在是我妻子。”

“不，是你的遗孀。”

枪响，血从伍德利的马甲喷出来。他一声惨叫，转身仰面倒地，凶狠的红脸瞬间起了一块块可怕的白斑。老头不顾身上还穿着法衣，破口大骂，污秽的言语简直前所未闻。他掏出枪，还没来得及举起来，福尔摩斯的枪口就对准了他。

“该收场了，”我朋友冷冷地说，“把枪扔掉！华生，捡起来！对着他脑袋！谢谢。还有你，卡罗瑟斯，枪给我。不能再使用暴力。快，给我！”

“你到底是什么人？”

“我叫夏洛克·福尔摩斯。”

“天啊！”

“看来听说过我。警察来之前，我先代劳。你，过来！”那个小马夫钻进草地，样子吓得不轻，福尔摩斯冲他叫道，“过来，把这张便条送到法纳姆，越快越好。”他从记事本上撕下一页纸，草草写了几个字。“交给警察局长。他来之前，我负责看管你们。”

福尔摩斯淡定从容，控制住惨剧现场，所有人都听从他指挥。威廉森和卡罗瑟斯把受伤的伍德利抬回庄园，我搀扶受惊的女士。伤者放到床上，福尔摩斯要我检查一下。我去找他汇报伤势，他坐在老旧的餐厅里，墙上挂着壁毯，两个犯人坐在他面前。

“他死不了。”我说。

“什么？”卡罗瑟斯大叫，从椅子上跳起来，“我先上去结果了他。这么温柔善良的女士，难道一辈子都要跟混蛋杰克·伍德利拴在一起？”

“这一点完全不必担心，”福尔摩斯说，“她绝不可能成为他的妻子，有两个非常充分的理由。第一，威廉森先生不具备主持婚礼的资格。”

“我是任命的牧师。”老无赖喊道。

“后来被开除了。”

“一日为牧师，终身为牧师。”

“没这回事。结婚证书呢？”

“有，在我兜里。”

“肯定是骗来的。不管怎样，强迫的婚姻不合法，而且是重罪，你有生之年会明白的。没算错的话，接下来会给你十年左右时间想明白。至于你，卡罗瑟斯，不开枪就好了。”

“我也有点儿后悔，福尔摩斯先生，不过一想到她被那个畜生控制，我就失去了理智。我爱她，用尽一切办法保护她，福尔摩斯先生，这是我第一次知道什么是真爱。那畜生是南非的大恶霸，从金伯利到约翰内斯堡，他的名字就是噩梦。两个混蛋住在这座房子里，我知道他们在等待机会。福尔摩斯先生，说出来你也许不信，自从女士来我家工作，每次经过这座房子，我都骑车跟在后面，保证她不受伤害。我跟她保持车距，戴上假胡子，不让她认出我。她是位正直的女士，要是发现我在村路上跟踪她，肯定辞职走了。”

“为什么不把危险告诉她？”

“她一样会走，我受不了这种痛苦。哪怕她不可能爱我，只要能在家里看见她的身影、听见她的声音，我就心满意足了。”

“卡罗瑟斯先生，”我说，“你所谓的真爱，我看是自私。”

“也许真爱本来就是自私的。不管怎样，我不能让她走。再说了，被那两个家伙盯上了，身边还是有人保护比较好。后来收到电报，我断定他们要动手了。”

“什么电报？”

卡罗瑟斯从兜里掏出电报，说：“就是这个。”

电文简单明了：

老人死了。

“哈！”福尔摩斯说，“我知道怎么回事了，也知道你为什么说这封电报促使他们动手。趁等待的时间，不如你自己讲讲吧。”

身穿法衣的老恶棍又是一通不堪入耳的谩骂。

“我对天发誓，”他说，“你敢出卖我们，鲍勃·卡罗瑟斯，你刚才怎么对付伍德利的，我就怎么对付你！女人的事你尽管说，那是你自己的问题，但是把朋友出卖给便衣，那就是大错特错。”

“少安毋躁，牧师阁下，”福尔摩斯点燃烟，“你们的罪证够明显了，我不过是想问几个细节，完全出于个人的好奇心。既然你们不方便开口，那我来说，看看你们的秘密还能守多久。首先，你们三个，威廉森、卡罗瑟斯、伍德利，揣着阴谋从南非回来。”

“第一句就是胡说，”老头说，“我两个月前才认识他们，这辈子从没去过非洲。你的话可以塞进烟斗吸回去了，狗拿耗子的福尔摩斯先生！”

“他说的是真的。”卡罗瑟斯说。

“好吧，好吧，两个从国外回来，牧师阁下是正宗的‘国货’。你们在南非认识了拉尔夫·史密斯，发现他活不了多久了，遗产继承人是他侄女。怎么样，嗯？”

卡罗瑟斯点点头，威廉森骂骂咧咧。

“你们确定她是最近的亲属，而且知道老人不可能立遗嘱。”

“他不识字。”卡罗瑟斯说。

“于是两人一起回国，打听女士的下落。你们的计划是，其中一个和她结婚，另一个跟着分赃。最后决定由伍德利完成结婚任务，怎么决定的呢？”

“航行途中赌牌，拿她当赌注，他赢了。”

“原来如此。你雇女士到家里工作，方便伍德利求爱。她看出他是个无赖加酒鬼，根本不想跟他有任何往来。这时候，你发现自己爱上了她，你们的计划也因此打乱，你怎么可能容忍这个恶棍占有她？”

“不可能，绝对忍不了！”

“你们大吵一架，他一气之下走了，打算撇下你单干。”

“威廉森，我看没什么是这位先生不知道的，”卡罗瑟斯苦笑一声，“是的，我们吵了一架，他还一拳把我打倒，我现在算是跟他扯平了。后来有段时间没见到他，他和这个被开除的牧师混在了一起。我发现他们住进了这个庄园，这是女士去车站的必经之地。我意识到情况不妙，从那以后格外注意她的安全，时不时来庄园瞧瞧，想知道他们玩的什么把戏。两天前，伍德利去了我家，带着这封电报，上面说拉尔夫·史密斯死了。他问我还愿不愿意按原计划行动，我说不愿意。他又问我愿不愿意娶她，然后把财产分他一份，我说我倒是愿意，可女士不肯嫁给我。他说：‘我们先逼她结婚，过个一两周，她自然会回心转意。’我说什么也不肯武力相逼，那个满嘴脏话的畜生骂骂咧咧走了，发誓要把她弄到手。她准备这周末离开我家，我安排了马车送她去车站，但还是放心不下，打算骑车跟着。没想到她提前动身，等我赶上去，灾难已经发生了。看见你们两位坐着她的马车回来，我立刻明白出了事。”

福尔摩斯站起来，把烟头扔进壁炉。“我的反应太慢了，华生，”他说，“你上次向我汇报，说好像看见骑车人在林子里整理领结，当时我就该推出怎么回事。算了，这桩奇案多少有些特色，还是值得庆贺的。车道上来了三个郡里的警察，小马夫能跟上他们，太好了，说明今早的历险没给他留下永久伤害，跟那位有趣的新郎官一样幸运。好了，华生，轮到你发挥医术了，去看看史密斯小姐。如果恢复得差不多了，我们非常乐意护送她回母亲家。还没恢复的话，我们就给米德兰发电报，请那位年轻的电气工程师过来，相信这个消息会是治愈她的特效药。至于你，卡罗瑟斯先生，虽说是阴谋的参与者，但已经尽力弥补了过失。这是我的名片，先生，需要我出庭为你作证，请随时联系。”

手头的案子一件接一件，有时候很难给故事收尾，很难提供最终的细节以满足好奇，读者也许也发现了这一点。每件案子不过是下一件的序幕，精彩剧情落幕，演员便从我们忙碌的生活中彻底退场。不过说到这个案子，我倒是在笔记末尾找到了简短几笔。瓦奥莱特·史密斯小姐最终继承了一大笔遗产，跟西里尔·莫顿结婚。莫顿现在是“莫顿-肯尼迪电气公司”资深合伙人，公司位于威斯敏斯特区，在业界小有名气。威廉森和伍德利因诱拐罪、伤人罪被起诉，分别判处七年和十年有期徒刑。卡罗瑟斯的结局没有记录，但我肯定法庭不会重判他的伤人罪，毕竟伍德利这样的危险分子早就声名在外，判卡罗瑟斯几个月监禁足够公平了。

修道院公学

贝克街的“小舞台”上演了不少夸张的出场和退场，回想起来，唯有桑尼克罗夫特·赫克斯特布尔的第一次亮相最具悬念。他的名片先送上来，上面印满了学术头衔，硕士、博士，等等，小小一张名片都快塞不下了。几秒钟后，他本人进来了，身材魁梧，风度不凡，神情威严，一看就是个沉着稳重的人。没想到门刚关，他一个趔趄靠在了桌上，顺着桌子往下滑，高大的身躯倒在壁炉前的熊皮地毯上，整个人失去了知觉。

我们跳起身，半天没回过神，惊讶地盯着这个庞然大物。他像一艘巨轮，在生命的海洋突遭致命风暴，沉没海底。福尔摩斯赶紧拿来抱枕，垫在他头下，我给他喂了点白兰地。他疲倦的脸上没有一丝血色，脸上因为焦虑爬满了皱纹，紧闭的双眼下吊着两个铁青的眼袋，松弛的嘴角沮丧地下垂，肉鼓鼓的下巴满是胡茬，衣领和衬衫有长途旅行留下的污渍，饱满的脑袋顶着乱蓬蓬的头发。躺在我们面前的这个人显然遭遇了不幸。

“怎么回事，华生？”福尔摩斯问。

“劳累过度，可能只是饥饿和疲惫造成的。”我按着他微弱的脉搏，感受到生命的细流缓缓流动。

“麦克尔顿到伦敦的往返票，”福尔摩斯从客人的表袋子掏出一张车票，“从北方过来的。现在还不到十二点，他一定起了个大早。”

满脸褶皱的眼皮开始颤动，一双空洞的灰眼睛望向我们。过了一会儿，那人摇摇晃晃爬起来，羞愧得满脸通红。

“福尔摩斯先生，原谅我的虚弱，有点累过头了。麻烦给我一杯牛奶、一块饼干，很快就好了，谢谢。先生，我亲自过来就是想请你跟我一起回去，电报恐怕无法让你相信案子紧急。”

“等你恢复……”

“已经恢复了。我也不知道刚才怎么那么虚弱。福尔摩斯先生，希望你跟我坐下一趟车去麦克尔顿。”

我朋友摇摇头。

“我的搭档华生医生可以证明，我们现在非常忙。我手头正在处理弗勒斯文件案，阿伯加文尼谋杀案马上也要开庭了。除非是要案，否则不可能离开伦敦。”

“当然是要案！”客人抬起双手，“霍尔德尼斯公爵的独子被绑架了，难道你没听说？”

“什么？前任内阁大臣？”

“没错。本来想瞒着媒体，不料昨晚的《环球报》登了些小道消息，我还以为你有所耳闻。”

福尔摩斯伸出瘦长的手臂，从百科全书中抽出“H”那一卷。

“‘霍尔德尼斯，第六代公爵，获嘉德勋章[1]，枢密院顾问官[2]’，头衔真不少！‘贝弗利男爵，卡斯顿伯爵’，哎呀，都是有分量的头衔！‘1900年至今，任哈勒姆郡治安长官。1888年，与查尔斯·阿普尔多尔爵士的女儿伊迪丝结婚。独子及继承人：索尔泰尔勋爵。拥有约二十五万英亩土地，并在兰开夏郡和威尔士拥有多处矿场。住址：伦敦卡尔顿府；哈勒姆郡霍尔德尼斯庄园；威尔士班戈市卡斯顿城堡。1872年，任海军大臣。首席大臣……’行了，行了，女王陛下最伟大的臣民非他莫属！”

“最伟大的，也是最富有的。福尔摩斯先生，我知道你有很强的职业精神，为了探案而探案，但我还是想告诉你，公爵已经说了，谁能帮他找回儿子，立刻送上五千英镑的支票，如果还能抓住绑匪，再加一千。”

“真够阔绰的，”福尔摩斯说，“华生，我们跟赫克斯特布尔博士去趟北方。好了，博士，喝完牛奶，请你说说发生了什么、什么时候发生的、怎么发生的。还有，你本人在麦克尔顿附近的修道院公学工作，怎么会跟案子扯上关系？根据下巴上的胡茬判断，你被案子困扰三天了，为什么等到现在才来找我？”

客人喝完牛奶、吃完饼干，眼睛有了神采，脸色也渐渐好起来，生动清晰地讲述了事情经过。

---

1 嘉德勋章（The Most Noble Order of the Garter）是英国王室颁发的一种骑士勋章，1348 年设立，是世界上历史最悠久的骑士勋章。

2 枢密院（Privy Council）是英国君主的顾问机构，顾问官多为政治家，如首相、内阁成员等。

“先得告诉你们，先生们，修道院公学是所预科学校，我是创办人，也是校长。你们可能对我的名字有印象，《贺拉斯述评》是我写的。毫不夸张地说，修道院公学是英格兰最优秀、最精英的预科学校。莱弗斯托克勋爵、布莱克沃特伯爵、凯斯卡特·索姆斯爵士，他们都把儿子送到了我的学校。三周前，霍尔德尼斯公爵派秘书詹姆斯·怀尔德先生来找我，打算安排索尔泰尔勋爵入学。勋爵十岁，是公爵的独子及继承人。我以为学校这下子登上了光辉的顶点，万万没想到迎来的却是人生最悲惨的厄运。

“五月一日，夏季学期开学，男孩来了，是个可爱的孩子，很快适应了学校的生活。我说话向来谨慎，不过发生了这种事，有些话不能藏着掖着。不瞒你说，这孩子在家里时过得并不开心。公爵的婚姻不幸福，在我们那儿已是公开的秘密。就在不久前，夫妻俩决定分居，公爵夫人去了法国南部。孩子跟母亲的感情更深，母亲离开霍尔德尼斯庄园后，他一直闷闷不乐。正是出于这个原因，公爵把他送到了我的学校。他才来了两周，就已经完全融入其中，比以前开心多了。

“他最后一次出现是五月十三日晚，也就是周一晚。他的卧室在三楼，进去要穿过一间更大的卧室，有两个男孩住这间。他们没看见任何异常，也没听到任何动静，说明索尔泰尔勋爵不是从这个方向出去的。他卧室的窗户开着，窗外有根结实的常春藤，一直伸到地面，地上没找到脚印，但这是唯一可行的出口。

“周二早上七点发现勋爵失踪。床睡过，离开时穿戴整齐，穿的是平常的校服，伊顿公学式黑外套，深灰裤子。房间没有其他人进入的痕迹。住在大卧室里年龄稍大的男孩叫康特，睡眠一向很浅，如果有呼救或挣扎的声响，肯定能听见。

“发现索尔泰尔勋爵失踪后，我立刻召集全校点名，包括所有学生、老师和用人。这时我们才确定，失踪的不止勋爵一人，德语老师海德格也不见了。他的卧室也在三楼，位于走廊尽头，跟勋爵卧室的朝向一样。床也睡过，但他离开时显然没穿好衣服，衬衫和袜子都扔在地上。可以肯定他是爬常春藤下去的，草地上能看清脚印。草地旁边有个小棚子，他的自行车一般放在那儿，现在也不见了。

“海德格来学校两年了，推荐人对他的评价相当高，不过他不爱说话，性格比较孤僻，在老师和学生中不太受欢迎。今天已经周四了，还是没有失踪者的任何消息，跟周二比没有一点进展。霍尔德尼斯庄园当然问过，第一时间就去了。庄园离学校只有几英里，我们猜想，说不定孩子一时想家，跑回去找父亲了，可是那里也没有他的消息。公爵心急火燎，至于我，深陷悬案，责任重大，由此引发的神经衰弱你们刚刚亲眼见证了。福尔摩斯先生，你想充分发挥才能，现在正是时候，像这样能让你大展身手的案子，这辈子恐怕很难遇上。”

可怜的校长讲着故事，福尔摩斯听得入神，紧锁的眉头中间形成一道深沟。他不需要别人劝说，早就把注意力集中到案子上了。除了丰厚的报酬，案子的复杂和奇特正对他的胃口。他掏出记事本，迅速写下一两个要点。

“你应该早点来找我，太失策了，”他严肃地说，“现在才开始调查，难度系数又增加了。比方说，对于观察高手来说，常春藤和草地不可能看不出痕迹。”

“福尔摩斯先生，不能怪我。公爵大人不想惹上丑闻，担心家里的不幸成为外界的焦点，他最忌讳这种事了。”

“警方调查过了？”

“是的，先生，结果大失所望。有人很快提供了明显线索，说在附近车站看到一个男孩和一个年轻男人，坐早班车走了。昨晚才收到消息，在利物浦追踪到两人，最后证明他们跟案子毫无关系。我又失落又绝望，整晚失眠，一早坐车赶来这里。”

“警方追查错误线索去了，当地没人调查？”

“完全中断了。”

“白白浪费了三天时间。案子处理得太糟糕了。”

“是很糟，我承认。”

“但并不代表没法破案。我非常愿意参与调查。失踪男孩和德语老师什么关系，查过了吗？”

“没什么关系。”

“他上过老师的课？”

“没有，据了解，他们一句话也没说过。”

“这就奇怪了。男孩有自行车吗？”

“没有。”

“还有别的自行车不见了吗？”

“没有。”

“你确定？”

“当然。”

“你不会是说，趁着夜深人静，德国人抱着男孩骑车跑了？”

“我不是这个意思。”

“那你怎么解释？”

“自行车不过是个幌子，可能藏起来了，两个人步行离开。”

“也许吧，可这幌子未免太荒唐了，不是吗？棚子里还有别的自行车吗？”

“有几辆。”

“想让别人以为他们骑车走的，为什么不藏两辆车呢？”

“有道理。”

“当然有道理，当幌子的说法站不住脚。不过自行车为调查提供了很好的切入点，毕竟自行车不好掩藏也不好销毁。还有个问题，男孩失踪前一天，有人来看过他吗？”

“没有。”

“信呢？”

“有，收到一封。”

“谁寄的？”

“他父亲。”

“你拆开看了？”

“没有。”

“那怎么知道是他父亲？”

“信封上有家族纹章，而且一看就是公爵特有的硬朗笔锋。再说了，公爵本人也记得写过信。”

“这封之前还收到过其他信吗？”

“好几天都没信。”

“有没有法国寄来的？”

“从来没有。”

“你应该明白我为什么问这些问题。男孩要么是被强迫带走，要么是自愿出走。如果是后一种情况，不难推断有外界的怂恿，这么小的孩子才会做出这种事。既然没人来看他，只可能通过写信鼓动，所以我想知道谁给他写过信。”

“恐怕我帮不上忙，据我所知，给他写信的只有他父亲。”

“巧的是，正好在他失踪那天写过。父子俩关系亲近吗？”

“公爵大人跟谁都不亲近。他只关心国家大事，不太把普通人的情感当回事。不过他以自己的方式爱着孩子。”

“你刚才提到，孩子跟母亲的感情更深？”

“对。”

“是孩子亲口说的？”

“不是。”

“公爵说的？”

“怎么可能？当然不是！”

“那你怎么知道？”

“我跟公爵的秘书詹姆斯·怀尔德先生私底下聊过，索尔泰尔勋爵的感受是他告诉我的。”

“明白了。对了，男孩失踪后，有没有在他卧室找到公爵的最后一封信？”

“没有，他随身带走了。福尔摩斯先生，是时候去尤斯顿车站了。”

“这就叫马车。给我们一刻钟准备，稍后听你差遣。赫克斯特布尔博士，如果你要往回发电报，最好让周围人以为调查的重心还在利物浦，或者在错误线索可能引向的任何地方。我们悄悄潜入当地调查，也许气息还没散尽，我和华生这样的老猎狗还能闻出点儿名堂。”

当晚抵达皮克区，空气清爽宜人，赫克斯特布尔博士的名校就坐落此地。到了学校，天色已暗。大厅桌上放着一张名片，管家在主人耳边低语几句，校长转向我们，疲倦的脸上写满激动。

“公爵来了，”他说，“公爵和怀尔德先生在书房。走，先生们，我来给你们介绍。”

这位著名政治家的照片我见过无数次，但本人跟照片大不一样。他身材高大，仪态高贵，穿着讲究，瘦削的脸憔悴不堪，鼻子形状怪异，又长又弯，脸色像死人一样灰白，在鲜红胡子的对比下格外吓人。胡子很长，稀稀疏疏垂到白马甲上，表链在胡子边缘闪闪发亮。这样一个庄严的人物站在壁炉前的地毯中央，面无表情地看向我们。旁边站着一个年轻人，我想应该是私人秘书怀尔德，小个子，神情机警，浅蓝色眼睛透着聪明，表情很善变。最先开口的人是他，语气果断自信。

“赫克斯特布尔博士，我今早来过一趟，可惜太晚了，没能阻止你去伦敦。听说你是去找夏洛克·福尔摩斯先生，请他帮忙查案。公爵大人很意外，这么重要的事竟然没跟他商量。”

“我得知警方破不了案……”

“公爵大人绝不认为警方破不了案。”

“可是，怀尔德先生……”

“赫克斯特布尔博士，你非常清楚，公爵大人最忌讳流言蜚语，知道这件事的人越少越好。”

“这个问题不难解决，”校长唯唯诺诺地说，“福尔摩斯先生可以坐明早的车回伦敦。”

“不回，博士，不回，”福尔摩斯不动声色地说，“北方空气清爽宜人，我打算在荒原上待几天，动动脑筋思考一些问题。当然了，住学校还是住村里的旅馆，你说了算。”

可怜的校长左右为难，红胡子公爵开口打破了窘境，声音像锣声一样低沉洪亮。

“赫克斯特布尔博士，我同意怀尔德先生的看法，应该事先跟我商量一下。既然福尔摩斯先生已经知道了，不请他帮忙就太说不过去了。福尔摩斯先生，不用去旅馆，欢迎来我的霍尔德尼斯庄园住。”

“谢谢公爵大人。为了查案，还是留在案发现场更合适。”

“看你方便，福尔摩斯先生，需要我和怀尔德先生提供什么信息，请随便问。”

“我可能会专门去庄园拜访，”福尔摩斯说，“现在有几个问题，先生，对于儿子的神秘失踪，你自己有没有什么解释？”

“没有，先生。”

“你觉得公爵夫人跟失踪有关吗？抱歉，不得不提到让你难堪的事。”

公爵显然有些犹豫，最后说：“我觉得无关。”

“另一种非常明显的解释是，绑架孩子，索要赎金。你有收到类似的勒索吗？”

“没有，先生。”

“还有个问题，公爵大人，听说案发当天你给儿子写过信？”

“不，是案发头一天写的。”

“没错，但他是案发当天收到的？”

“对。”

“信里的内容会不会影响他的心情，刺激他出走？”

“不会，先生，绝对不会。”

“信是你自己寄的？”

公爵刚要回答，秘书突然插话，情绪有点激动。

“公爵大人从不用自己寄信，”他说，“这封信和别的信一起放在书房桌上，是我亲手放进邮袋的。”

“你确定这封信在当中？”

“确定，我亲眼看见的。”

“公爵大人，你那天写了多少封信？”

“二三十封吧，我的书信来往比较频繁。这跟案子有什么关系？”

“不是毫无关系。”福尔摩斯说。

“根据我的判断，”公爵继续说，“我已经建议警方把注意力转移到法国南部。刚才说了，我觉得公爵夫人不会鼓励孩子做这种出格的事，但孩子本身不会辨别是非黑白，很可能在德国人的唆使、帮助下，跑去找公爵夫人了。行了，赫克斯特布尔博士，我们该回庄园了。”

看得出来，福尔摩斯还有问题想问，但公爵态度生硬，终止了交谈。对深植于骨子里的贵族天性来说，跟陌生人谈论家庭私事简直是有悖天理。每个新问题就像一道强光，照进人生中小心遮盖的阴暗角落，而公爵担心的正是这个。

公爵和秘书走了，福尔摩斯像往常一样迫不及待，立刻着手调查。

我们仔细检查了男孩的卧室，没什么收获，只能确定唯一的出口是窗户。德语老师的房间和物品也没有任何线索，窗外倒有些痕迹，有一节常春藤承受不住他的重量断了，借着提灯的光线，可以看见他落地时留在草坪上的脚跟印。只有矮草丛中的这么一个小坑，见证了这场神秘的夜间出走。

福尔摩斯独自离开学校，十一点过了才回来。他弄来一大张这一带的军用地图，拿到我房间，在床上摊开，把油灯稳稳放在地图中央。他边看图边抽烟，时不时用烟味浓烈的琥珀烟斗指出重要方位。

“华生，这案子越来越吸引人了，”他说，“案情确实有些有意思的地方。调查刚开始，先来熟悉一下地形特点，对查案大有帮助。看这张地图，黑方块是修道院公学，我在这儿放个大头针。看，这条线是大路，东西走向，经过学校，足足一英里没有岔路。如果两人选择从大路离开，只有这么一条路。”

“没错。”

“幸运的是，案发当晚这条路上经过了什么人，我们也能查清。你看这里，烟斗指的地方，东边第一个岔路口，有个郡里的警察值勤。他保证，从十二点到六点，一分钟也没离开岗位，不管小孩还是大人，只要从路上经过，不可能看不见。我今晚找这位警察聊了几句，感觉他是个十分可靠的人。东边可以排除了，再来看西边。这里有家‘红牛’旅馆，老板娘生病了，派人去麦克尔顿请医生。医生去别处出诊了，第二天早上才赶来。旅馆的人整晚都在等医生，一刻没休息，有几个人还不停朝大路张望，都说没看见任何人经过。如果他们的证词属实，我们算是交了好运，西边也可以排除了，而且可以确定，两人根本没走大路。”

“不走大路怎么骑车？”我反驳道。

“问得好，待会儿再来解决自行车的问题。继续推理：既然没走大路，只能穿过学校北边或南边的乡野，这点毫无疑问。我们来看看哪边的可能性更大。你看，南边是一大片耕地，分成一小块一小块田，每块之间有石墙相隔。不得不承认，这种地方不可能骑车，南边可以排除。再看北边，这里有一小片树丛，叫‘杂林’。再往北是一大片起伏的荒原，叫‘下吉尔荒原’，蔓延十英里，越往北地势越高。这里是霍尔德尼斯庄园，在荒原边上，走大路过去十英里，穿荒原的话只有六英里。荒原上没什么人烟，只住了几个农民，靠饲养牛羊为生。除此之外，唯一的生命是鸻鸟、杓鹬。到了切斯特菲尔德路，人多起来了，你看，有教堂、村舍和旅馆，再往北是陡峭的山坡。由此可见，我们的目标应该锁定在学校北边。”

“怎么骑车？”我追问。

“好了，好了！”福尔摩斯不耐烦地说，“会骑车的人不一定非要在大路上骑，荒原上小路纵横交错，正好又是满月。嘿！怎么回事？”

一阵急促的敲门声后，赫克斯特布尔博士走进房间，手里拿着一顶蓝色板球帽，帽顶有个白色V形花纹。

“终于有线索了！”他叫道，“谢天谢地！终于找到孩子的踪迹了！这是他的帽子。”

“在哪儿找到的？”

“吉普赛人的篷车里。他们在荒原上扎过营，周二离开的。警方今天追上他们，搜查了篷车，找到了这个。”

“他们怎么解释？”

“撒谎抵赖，说是周二早上在荒原上捡的。他们知道孩子在哪儿，这帮恶棍！谢天谢地，都抓进大牢了。要么靠法律的威力，要么靠公爵的财力，总有办法撬开他们的嘴巴。”

校长走后，福尔摩斯说：“算是个好消息，至少证明我们的结论是对的，应该在下吉尔荒原这边找。警方除了抓吉普赛人，没在当地进行任何实质性调查。看这儿，华生！有条河道横穿荒原，地图上标出来了。河道有的地方特别宽，成了沼泽地，霍尔德尼斯庄园和学校之间的地带尤其如此。最近天气干燥，别的地方很难留下印记，但沼泽地不一样，多少会留下点什么。明天一早我来叫你，你我一起试试，看能不能为谜案挖出一点线索。”

第二天天刚亮，我一睁眼就看见福尔摩斯瘦长的身影立在床边。他穿戴整齐，看样子已经出去过一趟。

“草坪和自行车棚都检查过了，”他说，“‘杂林’也转了一圈。好了，华生，隔壁房间准备了热可可，请你抓紧时间，今天可是任务艰巨啊。”

他双眼直放光，满脸通红，好像工匠大师看见即将开工的作品一样兴奋。眼前这个福尔摩斯活跃、敏捷，跟贝克街那个昏昏沉沉、面色苍白的梦游者判若两人。我望着他充满活力的矫健身影，预感这确实将是高强度的一天。

然而出师不利。我们满怀期待穿越荒原，到处是黄褐色泥煤，羊群踩出了无数条纵横交错的小路，最后出现了一片宽阔的浅绿色沼泽地，横在我们和霍尔德尼斯庄园之间。如果男孩真的回家了，沼泽是必经之地，一定会留下痕迹。可是男孩也好，德国人也好，什么痕迹也没有。福尔摩斯脸色越来越阴沉，沿着沼泽地边缘大步走着，急切地观察苔藓覆盖的地面上的每个泥印。羊蹄印最多，相隔几英里的地方有一些牛蹄印，仅此而已。

“首战就被将了一军，”福尔摩斯沮丧地望向起伏的荒原，“那边还有一片沼泽地，中间隔着细窄的河道。嘿！快看！快看！这是什么？”

眼前有条黑丝带一样的小路，路中间的泥土湿软，能清楚看见自行车经过的痕迹。

“太好了！”我欢呼，“终于找到了。”

福尔摩斯摇摇头，脸上尽是疑惑和期待，没有喜悦。

“确实是自行车，但不是我们要找的那辆，”他说，“我熟悉四十二种轮胎印，这个是邓禄普轮胎，你看，外胎还补了一块。海德格的车是帕默轮胎，数学老师埃夫林可以作证。胎纹应该是纵向条状的，所以这不是海德格的车。”

“会不会是男孩的？”

“有可能，但前提是他得有车，这一点我们根本没法证明。你看，车是从学校方向骑过来的。”

“或者是往学校骑？”

“不是，不是，亲爱的华生。骑车时体重落在后轮上，后轮的压痕显然要深一些。你看，后轮经过的好几个地方，完全盖住了前轮的浅痕。不用怀疑，车是从学校骑过来的。不管跟案子有没有关系，我们先跟着它往回走，不忙着往前。”

我们往回走了几百码，出了沼泽地，轮胎印消失了。继续沿着小路往回走，到了一处有溪流的地方，又看见了轮胎印，这次几乎全被牛蹄印盖住了。从那之后再不见任何痕迹，小路一直通向“杂林”，就是学校后面的一片小树林，自行车应该是从小树林里出来的。福尔摩斯找了块大石头坐下，双手托着下巴。我连抽了两根烟，他一动也不动。

“好吧，好吧，”他终于开了口，“也许换了轮胎，不让人认出来，这种狡猾的办法也不是不可能。能跟智商这么高的罪犯打交道，我深感荣幸。这个问题暂时放一放，现在回沼泽地，那里还有许多资源有待开发。”

回到沼泽地边缘，继续进行全面的检查，我们的坚持很快得到了丰厚的回报。沼泽地地势较低的一边有条泥路，福尔摩斯刚走过去，忍不住一声欢呼。路中间有道痕迹，像一捆细电线留下的，正是帕默轮胎印。

“这是海德格先生，错不了！”福尔摩斯高兴地叫道，“华生，看来我的推理非常合理。”

“祝贺。”

“不过这才只是个开始。小心，别踩小路。跟着轮胎印走，恐怕走不了多远就没了。”

我们往前走，好在这一片荒原多是一块块松软的湿地，轮胎印偶尔消失了，很快又重新冒出来。

“骑车人在加速，发现了吗？”福尔摩斯说，“我可以百分百确定。看这些车印，前后胎的压痕一样清晰、一样深，只能说明骑车人把身体重量压到了车把上，全速冲刺的时候就是这个样子。哎呀！他摔倒了。”

一大摊模糊的烂泥盖住了轮胎印，足有好几码，然后出现了几个脚印，接着又是轮胎印。

“滑倒了。”我猜测。

福尔摩斯捡起一根压断的荆豆花枝，我吓了一跳，黄色花瓣上溅满了深红的血滴，小路上、石南丛中也都是深色血污。

“情况不妙！”福尔摩斯说，“情况不妙！别过来，华生！不要留下脚印！这些怎么解释呢？他受伤摔倒——站起来——又上车——继续骑。可是没有其他人的痕迹啊，旁边都是牛蹄印，难道是被公牛角顶伤了？绝不可能！可是确实没有其他人的痕迹啊。继续向前，有血迹和轮胎印引路，一定能找到他。”

我们没找太久就有了新发现。湿漉漉的小路泛着光，轮胎印变成了歪歪扭扭的曲线。我朝前看，突然看见浓密的荆豆丛中有金属闪光。我们从那里拽出一辆自行车，帕默轮胎，一个脚踏板弯了，整个车头全是血，看上去十分恐怖。荆豆丛的另一边露出一只鞋，我们绕过去，那里躺着不幸的骑车人，高个子，大胡子，戴着眼镜，一边的镜片没了。死因是头部遭重击，导致部分颅骨粉碎。受到这样的重伤还能骑行一段距离，说明这个人身体强壮、勇敢无畏。他穿了鞋，但没穿袜子，敞开的外套露出里面的睡衣。毫无疑问，他就是德语老师。

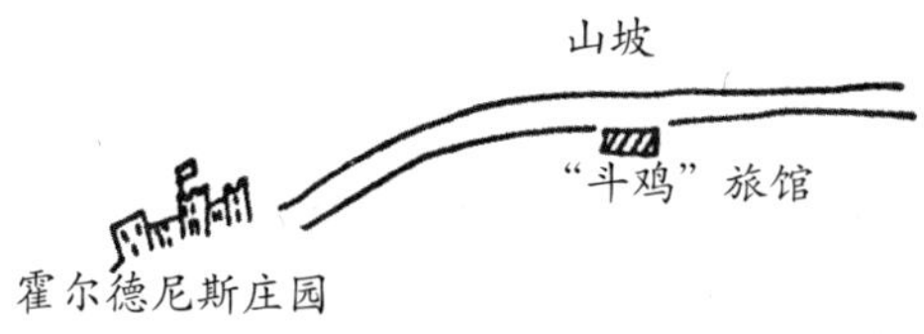

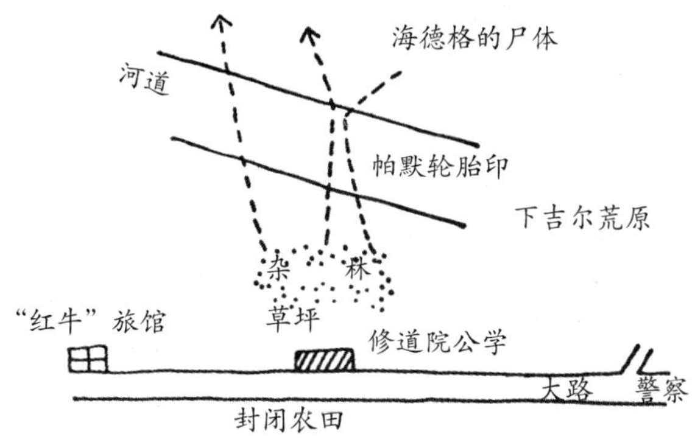

福尔摩斯庄重地挪了挪尸体，小心翼翼检查一番，然后坐下来陷入了沉思。他眉头紧锁，看样子这个可怕的发现对调查并没有太大帮助。

过了一会儿，他说：“华生，接下来做什么有点难决定。我的想法是继续查案，我们已经浪费了不少时间，不能再耽误下去了。可是，我们有责任向警方报告新情况，这个可怜人的尸体也得有人看着。”

“我可以回去报信。”

“我需要你留在身边帮忙。快看！那边有个人在挖煤。叫他过来，他可以去报警。”

我把那个农民带过来，他吓得不轻。福尔摩斯写了张便条，嘱咐他交给赫克斯特布尔博士。

"好了，华生，"福尔摩斯说，"上午收获了两条线索：一辆自行车是帕默轮胎，它的结局已经很清楚；另一辆是补过的邓禄普轮胎。调查第二条线索之前，先来梳理一下掌握的情况，分清主次，也好最大化利用资源。我首先想强调一点，男孩肯定是主动离开的，他从窗户爬下去走了，要么一个人，要么和别人一起。这一点确定无疑。"

我表示赞同。

"好，再来看看这位不幸的德语老师。男孩出走时穿戴整齐，说明他是有准备、有计划的。德语老师不一样，连袜子都没穿，完全是仓促离开。"

"没错。"

"他为什么出去呢？因为他从卧室窗户看见男孩跑掉了，想追上去带回学校。他骑上自行车追赶男孩，路上遭遇了不幸。"

"有道理。"

"现在进入推理最关键的环节。一般来说，大人想追小孩，跑上去就行了，以他的速度肯定能追上。但是德语老师没有这样做，他选择了骑车，据说他车骑得很好。之所以这么做，是因为他看见男孩有快捷的逃跑方式。"

"另一辆自行车。"

"继续还原当时的情景。他在距离学校五英里的地方遇害。注意，不是中弹，开枪的话连小孩都会，而是遭到非常有力的致命一击。由此看来，孩子身边还有一个人。骑车高手骑了五英里才追上他们，可见逃走的速度相当快。血案现场我们也检查过了，发现了什么？除了牛蹄印，什么也没发现。我还在周围转了一大圈，五十码范围内没有轮胎印，也没有人的脚印，另一个骑车人跟谋杀扯不上关系。”

“福尔摩斯，这说不通。”我叫道。

“对！”他说，“你的看法对极了，确实说不通，说明有些地方出了错。你亲眼看过现场，能想办法解释一下吗？”

“会不会是摔倒时撞碎了颅骨？”

“华生，那里可是沼泽地。”

“没辙了。”

“嘿，别这么说，比这还要难的问题我们都解决过。至少掌握了一堆证据，就看我们怎么利用了。走，帕默轮胎研究结束，接下来专攻打了补丁的邓禄普轮胎。”

我们找到轮胎印，跟着它走了一段距离，很快穿过了河道。荒原地势渐高，形成一道石南丛生的长坡，轮胎印看不见了。从它最后出现的地点看，自行车有两个可能的去向：一个是霍尔德尼斯庄园，往左数英里，能看见庄园高耸的塔楼；另一个是正前方低矮灰暗的村舍，切斯特菲尔德路就在那里。

我们走到一家旅馆跟前，房子阴森邋遢，大门上方挂着斗鸡图案的招牌。福尔摩斯突然痛苦地叫了一声，紧紧抓住我肩膀，差点摔倒在地。他的踝关节扭了，这种急性损伤一时半会好不了。他一瘸一拐地挪到门口，有个皮肤黝黑的老人蹲在那儿，嘴里叼着黑陶烟斗。

“你好，鲁本·海斯先生。”福尔摩斯说。

“你是谁？怎么知道我名字？”村夫说道，狡猾的双眼透着怀疑。

“你头顶的招牌写着呢，谁是房子的主人，一眼就能看出来。请问你家有马车吗？”

“没这种东西。”

“我的脚不敢着地。”

“那就别着地。”

“不着地怎么走路？”

“跳着走呗。”

海斯先生的态度远谈不上友好，福尔摩斯还是客客气气地回应。

“你看，老兄，”他说，“我现在是寸步难行，只要能对付过去，用什么法子我都无所谓。”

“我也无所谓。”旅馆老板粗暴地说。

“事关重大，如果能借我一辆自行车，给你一英镑金币。”

老板竖起了耳朵。

“你要去哪儿？”

“霍尔德尼斯庄园。”

“你们是公爵的朋友？”老板打量着我们衣服上的脏泥，眼神充满嘲讽。

福尔摩斯和气地笑道：“反正他见了我们会很高兴。”

“为什么？”

“我们带来了消息，关于他失踪的儿子。”

老板猛地一惊。

“什么？你们找到他了？”

“听说在利物浦，警方随时可能找到。”

那张阴郁的胡子拉碴的脸上又闪过一丝波动。他的态度一下子友善起来。

“大家都敬重公爵，我偏不，”他说，“以前在他家当车夫头，他没把我当人看，听一个卖粮食的满嘴胡言，什么也不问就把我解雇了。不过听到利物浦有小勋爵的消息，我还是很高兴的。你想去庄园，我可以帮忙。”

“谢谢，”福尔摩斯说，“我们先吃点东西，然后借你的自行车一用。”

“我没有自行车。”

福尔摩斯掏出一枚金币。

“我都说了，老兄，真没自行车，马倒是有两匹，可以骑去庄园。”

“好吧，好吧，”福尔摩斯说，“先吃东西，吃完再说。”

厨房铺着石板，里面只有我们两人，福尔摩斯扭伤的脚踝竟然康复了，真是神速。天快黑了，我们从清晨到现在滴食未进，所以多花了点时间吃东西。福尔摩斯陷入了沉思，有一两次走到窗边，一脸严肃地盯着外面。窗外是脏兮兮的院子，远处角落有个铁炉，一个满身污垢的小铁匠正在干活。另一边是马厩。福尔摩斯从窗边回来坐下，突然大喊一声，从椅子上跳起来。

“啊哈，华生，我想明白了！”他叫道，“对，对，肯定是这么回事。华生，今天看到了牛蹄印，记得吗？”

“嗯，看到了一些。”

“在哪儿？”

“到处都有，沼泽地，小路，海德格不幸出事的地方。”

“没错。牛呢，华生，荒原上看到了多少？”

“好像一头也没有。”

“这就怪了，华生，沿路都看到了牛蹄印，可是整个荒原没有一头牛。是不是很怪，华生？”

“是啊，太奇怪了。”

“好了，华生，努力回忆回忆，小路上有牛蹄印吗？”

“有。”

“是不是有时候是这样的，华生？”他把面包屑摆成了这种形状：::::: “有时候是这样—— :.:.:.:.” “偶尔又是这样的——.·.·.·.” “还记得吗？”

“我忘了。”

“我记得，百分之百确定，等有空了再回去证实一下。我真是睁眼瞎，连这都没看出来。”

“看出什么？”

“这是一头神奇的牛，一会儿慢走，一会儿小跑，一会儿飞奔。华生，这么高明的障眼法，绝不是乡村旅馆的老板能想出来的！外面没人了，就剩小铁匠。我们溜出去，看能不能发现什么。”

摇摇欲坠的马厩里有两匹马，毛发又脏又乱。福尔摩斯抓起其中一匹的后腿，顿时大笑起来。

“新钉上去的旧蹄铁！旧蹄铁，新蹄钉！这个案子可以载入经典了。去铁炉那边看看。”

小铁匠一直埋头干活，不理会我们。地上散落着废铁和木头，福尔摩斯的眼睛左右迅速扫视。就在这时，身后传来脚步声，是旅馆老板。他眉头紧锁，眼露凶光，黝黑的脸气得直抽搐，手里握着一根铁头短棒，杀气腾腾地走过来。我暗自庆幸，幸亏兜里有枪。

“该死的探子！”他嚷道，“在那儿干什么？”

“怎么了，海斯先生？”福尔摩斯冷静地说，“这么激动，别人还以为你有什么见不得人的秘密呢。”

老板拼命压住脾气，放松嘴角，凶狠的脸上挤出一丝假笑，比皱眉的样子还要可怕。

“铁炉能有什么秘密？想怎么看都行，”他说，“不过听好了，先生，没我允许，在我的地盘上随便查探，那可行不通。劝你们赶紧结账走人，越快越好。”

“好，海斯先生，”福尔摩斯说，“我们没有恶意，只想看看你的马。我还是走着去吧，反正不太远。”

“离庄园大门不到两英里，左边有条大路。”他冷冰冰地盯着我们，直到我们离开旅馆。

没走多远，转过弯，老板看不见我们了，福尔摩斯立刻停下来。

“小孩子们常说旅馆是个温暖的地方，”他说，“我每走远一步，就感觉又添一分寒意。不行，不行，绝不能离开这家旅馆。”

“我觉得这个鲁本·海斯什么都知道，”我说，“他脸上明显写着‘罪犯’两个字。”

“啊！他也给你这种印象，是吧？还有马和铁匠炉，这个‘斗鸡’旅馆确实有意思。我们再回去看看，这次悄悄行动。”

身后是一片长长的斜坡，布满大块的灰色石灰岩。我们离开大路，爬上山坡，朝霍尔德尼斯庄园方向望去，有个骑车人正飞驰而来。

“趴下，华生！”福尔摩斯叫道，一手用力按我肩膀。我们刚藏好，骑车人从面前的大路一晃而过。尘土飞扬，我瞥见一张苍白焦急的脸，张着嘴，眼睛急切地盯着前方，整张脸写满了恐慌。这人像是詹姆斯·怀尔德，但没有头天晚上见面时的潇洒模样，更像是夸张的漫画人物。

“公爵秘书！”福尔摩斯大声说，“快，华生，追上去！”

我们匆忙爬过一块块巨石，很快到了能看见旅馆大门的地方。怀尔德的自行车靠在门边墙上，房子周围没一个人影，窗户里面也没什么动静。太阳落到庄园高耸的塔楼后面，夜幕渐渐降临。昏暗中，马厩院子里亮起两盏灯，是轻便马车的侧灯。不久传来马蹄声，马车奔上大路，朝切斯特菲尔德方向急速而去。

“华生，你怎么看？”福尔摩斯低声问。

“像是逃跑。”

“据我观察，马车上只有一个人。肯定不是怀尔德先生，看，他在门口。”

黑暗中突然冒出一块红色亮光，中间是秘书的黑影。他探出脑袋，望向黑夜，显然是在等人。过了一会儿，路上响起脚步声，另一个黑影出现在亮光中。门立刻关上了，四周又陷入漆黑。五分钟后，二楼一个房间亮起了灯。

“‘斗鸡’旅馆的生意真够神秘的。”

“酒吧间在房子另一边。”

“没错，他们应该是老板的私客。这么晚了，怀尔德先生跑到这样脏兮兮的地方做什么？来跟他碰头的人又是谁？走，华生，我们要冒冒险，近距离调查一下。”

我们悄悄爬下山坡，来到大路，轻手轻脚走到旅馆门口。自行车还靠着墙，福尔摩斯划了根火柴，照向后轮。我听见他笑了一声，火光下正是补过的邓禄普轮胎。亮灯的房间在我们头顶。

“华生，我得看一眼里面。你弯腰扶着墙，我就能看见。”

不一会儿，他踩在了我的肩膀上，刚上去没多久又下来了。

“走吧，老兄，”他说，“今天忙了这么久，能挖的线索都挖到了。回学校还要走一段路，尽早动身为好。”

长途跋涉穿过荒原，福尔摩斯一句话没说。到了学校，他没进去，而是去了麦克尔顿车站，在那儿发了几封电报。深夜，我听见他安慰赫克斯特布尔博士，校长因为教师的惨死悲痛不已。再晚些时候，他来到我房间，跟早上出发时一样思维敏捷、精力充沛。“一切顺利，老兄，”他说，“我保证，明晚之前一定能破解谜案。”

第二天上午十一点，我和福尔摩斯到了霍尔德尼斯庄园，穿过著名的紫杉大道，跟着用人进入豪华的伊丽莎白式门厅，最后到了公爵的书房。房间里只有怀尔德先生，模样温文尔雅，可是眼神游离，面部不停抽搐，看来是头天晚上的极度恐慌留下了后遗症。

“你们来找公爵？抱歉，公爵不太舒服，听说了不幸的消息，情绪非常低落。昨天下午赫克斯特布尔博士发来电报，报告了你们的发现。”

“怀尔德先生，我必须见公爵。”

“可他在卧室。”

“那我就去卧室。”

“他一定还躺在床上。”

“我到床边见他。”

福尔摩斯态度冷静强硬，秘书知道再怎么阻拦也没用。

“好吧，福尔摩斯先生，我去告诉他你们来了。”

一小时后，公爵总算出现了，脸色比之前更苍白，背也驼了，看上去比头天早上苍老了许多。他庄重地跟我们打招呼，在书桌前坐下，红胡子一直垂到桌面上。

“福尔摩斯先生，什么事？”他说。

秘书站在公爵椅子旁，我朋友盯着他，说：“公爵大人，最好请怀尔德先生离开，这样我说话更方便。”

秘书一下子脸色煞白，恶狠狠瞥了一眼福尔摩斯，说：“只要公爵大人愿意……”

“行了，行了，你还是出去吧。福尔摩斯先生，你想说什么？”

等秘书退出去、关上门，我朋友才开口。

“公爵大人，事情是这样，”他说，“我和搭档华生医生听说这案子有赏金，赫克斯特布尔博士告诉我们的，我想找你本人确认一下。”

“有这么回事，福尔摩斯先生。”

“他没说错的话，找到你儿子，赏金五千英镑？”

“对。”

“找到绑匪，再加一千？”

“对。”

“附加这条的‘绑匪’，既包括带走他的人，也包括合谋扣留他的人？”

“是的，是的，”公爵不耐烦地说，“福尔摩斯先生，只要你完成得出色，我是不会亏待你的。”

我朋友揉搓着瘦长的手指，一副掉进钱眼的样子。我有点吃惊，他一向在金钱方面的要求都不高。

“桌上是公爵大人的支票簿吧，”他说，“请给我开张六千英镑的支票，最好是划线支票，代收行是首都郡县银行牛津街支行。”

公爵直挺挺坐着，一脸严肃，冷冷地看着我朋友。

“你在开玩笑吗，福尔摩斯先生？这可不是什么好玩的事。”

“一点都不是在开玩笑，公爵大人，我这辈子从没这么认真。”

“你到底什么意思？”

“意思是我有资格拿赏金。我知道你儿子在哪儿，也知道谁扣留了他，至少知道其中几个吧。”

公爵的脸白得可怕，红胡子越发显得刺眼。

“他在哪儿？”他喘着粗气问。

“在‘斗鸡’旅馆，准确说是昨晚在，离庄园大门不过两英里。”

公爵一下子往后倒靠在椅背上。

“你指控谁？”

福尔摩斯的回答出人意料。他迅速走上前，一手搭着公爵肩膀。

“你！”他说，“好了，公爵大人，麻烦开支票。”

公爵跳起来，紧握双拳，我永远忘不了他当时的样子，仿佛坠入了深渊。毕竟是贵族，自制力不一般，他强压住情绪，坐下来，双手捂着脸，好几分钟没说话。

“你知道多少？”他终于开口问道，头都没抬。

“我昨晚看见你们在一起。”

“除了你朋友，还有别人知道吗？”

“我没对任何人说。”

公爵手指颤抖，拿起笔，打开支票簿。

“福尔摩斯先生，我说到做到。你查到了消息，我再怎么不想听，支票还是要给你的。当初开赏金的时候，没料到事情会是这样的结局。福尔摩斯先生，你和你的朋友处事都很谨慎吧？”

“公爵大人这话什么意思？”

“我直说吧，福尔摩斯先生，既然只有你们两人知道真相，就没必要再往外传了。我给你们一万两千英镑，可以吗？”

福尔摩斯笑起来，摇摇头。

“公爵大人，恐怕没这么容易解决，案子可是关系到一个老师的性命。”

“詹姆斯什么都不知道，不能让他承担责任。他倒霉，雇了个心狠手辣的家伙，命案是那个恶棍的杰作。”

“公爵大人，我认为一个人犯了案，由此引发了别的案子，这个人也应该承担道德责任。”

“从道德角度看，你说的确实没错，福尔摩斯先生，可是从法律角度看就不对了。命案发生时，这个人不在现场，不能定罪。他像你一样厌恶、痛恨杀人，一听到消息，又惊恐又自责，立刻向我坦白了一切，跟杀人犯彻底划清了界限。啊，福尔摩斯先生，救救他，救救他！一定要救救他！”公爵再也克制不住了，在房间里走来走去，脸上不停抽搐，握紧的拳头在空中乱舞，最后终于冷静下来，又回到桌边坐下，“你们没对任何人说，先来这里，我很感激，”他说，“至少我们可以商量一下，怎么控制住这个可怕的丑闻。”

“没错，”福尔摩斯说，“公爵大人，只有我们之间绝对坦诚才能办到。我愿意尽我所能帮你，要帮上忙，必须了解整件事的细枝末节。我知道，你刚才说的是詹姆斯·怀尔德先生，他不是凶手。”

“对，凶手逃走了。”

福尔摩斯含蓄地笑了笑。

“公爵大人可能没听说我的小名气，从我手上逃脱可不是你想象的这么容易。鲁本·海斯先生已在切斯特菲尔德落网。警方根据我的情报，昨晚十一点将他抓获。今早离开学校前，我收到了当地警长的电报。”

公爵惊讶地盯着我朋友。

“你就像拥有超能力一样，”他说，“这么说，鲁本·海斯抓到了？很高兴听到这个好消息，只希望不要影响詹姆斯的命运。”

“你的秘书？”

“不，先生，是我儿子。”

这下轮到福尔摩斯大吃一惊了。

“说实话，公爵大人，这我真没想到，请你解释清楚。”

“我什么也不会隐瞒了。因为詹姆斯的愚蠢和嫉妒，我们陷入了这样的困境，我同意你的看法，不管承受多大的痛苦，只有绝对坦诚才是最好的出路。福尔摩斯先生，我年轻时爱过一位女士，是一生只有一次的真爱。我向她求婚，她拒绝了，说这场婚姻会毁了我的前程。如果她活着，我绝不可能娶别人为妻。她去世了，留下一个儿子。为了她，我把这孩子当宝贝一样照料。虽然不能公开承认父子关系，但我送他读了最好的学校，等他成人后，一直留在我身边。他无意中发现了我的秘密，仗着是我儿子，又有能力制造我最痛恨的丑闻，从此嚣张起来。我的婚姻不幸也跟他有关。最要命的是，他从一开始就憎恨我的小儿子，也就是我的合法继承人，恨意从没削减过。你可能要问，既然都这样了，为什么还把詹姆斯留在家里。那是因为我从他脸上看到了他母亲的样子，为了深爱的人，只能长久忍受痛苦。他的举止神态也像极了他母亲，举手投足都能勾起我的回忆。我没法让他离开，但又害怕他伤害阿瑟，也就是索尔泰尔勋爵，为了安全起见，只好把小儿子送到赫克斯特布尔博士的学校。

“海斯是我的佃户，詹姆斯负责收租，两人渐渐混熟了。

那家伙是个天生的恶棍，也不知道为什么，詹姆斯总喜欢与恶为友，跟他成了死党。詹姆斯决定绑架索尔泰尔勋爵，就去找那个家伙帮忙。你应该记得，案发当天我给阿瑟寄过信。詹姆斯拆开信，往里塞了张便条，约阿瑟到学校附近的‘杂林’见面。他用了公爵夫人的名义，好让孩子上钩。我说的这些都是詹姆斯亲口向我坦白的。当天傍晚，他骑车过去，在小树林见到阿瑟，说他母亲在荒原上等着见他，要他半夜十二点再来小树林一趟，有人骑马接他去见母亲。可怜的阿瑟中了圈套，按时赴约，海斯带着一匹小马在那儿等他。阿瑟上马，他们一起离开。有人追上了他们——詹姆斯也是昨天才听说——海斯用手杖猛击追来的人，导致对方伤重身亡。阿瑟被海斯带回‘斗鸡’旅馆，关进楼上一个房间，由海斯太太照看。海斯太太心地善良，完全受凶残的丈夫操控。

“好了，福尔摩斯先生，两天前和你初次见面时，事情发展到了这一步，当时我跟你一样不知情。你会问詹姆斯的作案动机是什么，我可以告诉你，他对我继承人的憎恨已经到了失去理智、近乎疯狂的程度。在他看来，他本人才是我全部财产的继承人，而社会法规剥夺了他的权利，他为此积怨很深。另外还有个非常明确的目的。他急于让我撤销限定继承权，以为这事我能说了算，所以打算跟我做笔交易。只要我同意撤销，并在遗嘱中将所有财产留给他，他就放了阿瑟。他心里清楚，我绝不忍心找警察帮忙。我只是说他打算跟我谈条件，其实他并没这么做，事态发展太快了，根本没给他时间实施计划。

“你发现了海德格的尸体，彻底破坏了他的阴谋。詹姆斯听到消息，吓得半死。消息是昨天传来的，当时我们正坐在这间书房，赫克斯特布尔博士发来电报。詹姆斯一时情绪失控，既悲痛又焦虑，坐立不安。我一直心存怀疑，看他这副模样，怀疑立刻得到证实。我斥责他的所作所为，他主动坦白了一切，恳求我暂时保守秘密，给他们三天时间，好让那个罪恶的同伙逃跑保命。他苦苦哀求，我心软了，对他我总是狠不下心。詹姆斯立刻赶去'斗鸡'旅馆给海斯报信，出钱帮他逃跑。白天我没法去旅馆，会招惹谣言，天一黑马上赶去见亲爱的阿瑟。他安然无恙，但是目睹了可怕的凶杀，受到了过度惊吓。既然答应了詹姆斯，就算心里一百个不情愿，我还是同意让阿瑟在旅馆再待三天，海斯太太负责照顾。很明显，一旦告诉警方孩子在哪儿，凶手也就暴露了；凶手绳之以法，可怜的詹姆斯也就毁了。福尔摩斯先生，你要我坦诚，我听你的，什么都说了，直截了当，毫无隐瞒。你是不是也一样坦诚呢？"

"当然，"福尔摩斯说，"公爵大人，首先我得告诉你，从法律角度看，你把自己置于非常不利的境地，不仅纵容重罪犯，还协助杀人犯逃跑，毫无疑问，詹姆斯给同伙的钱都是你出的。"

公爵点点头。

"这个问题已经够严重了，更过分的是公爵大人对小儿子的态度。你竟然让他在那种鬼地方待三天。"

"我郑重承诺过……"

"对犯罪分子来说，承诺算什么？他们又没保证不再带走孩子。为了迁就犯罪的大儿子，让无辜的小儿子暴露在不必要的危险中，这是不可原谅的罪行。”

在自己的庄园被人狠狠训斥，对骄傲的霍尔德尼斯公爵来说还是头一遭。他涨红了脸，高额头也是通红一片，愧疚得说不出话来。

“我可以帮你，只有一个条件，叫男用人进来，听我随便吩咐。”

公爵二话不说，按下电铃，进来了一个男用人。

“好消息，”福尔摩斯说，“你家小主人找到了。公爵有令，立刻派车去‘斗鸡’旅馆，接索尔泰尔勋爵回家。”

用人高兴地出去了，福尔摩斯说：“好了，未来的状况有把握了，可以考虑对过去宽大处理。我不是官方人士，只要正义得到伸张，没必要把知道的情况全部公开。至于海斯，我无话可说，等待他的是绞架，我不会花半点力气解救他。他会抖出些什么可就说不准了，不过我相信公爵大人有办法提醒他，保持沉默才是最佳选择。警方肯定会认为，海斯绑架孩子进行勒索。他们自己查不出真相，也就没必要给他们更多提示了。不过，我还是要警告公爵大人，詹姆斯·怀尔德先生继续留在你家，只会带来更多不幸。”

“我明白，福尔摩斯先生。已经决定了，他去澳大利亚自谋生路，永远离开我。”

“公爵大人，你刚才说婚姻不幸是他造成的，既然他要走了，我建议你尽量挽回公爵夫人，努力恢复不幸中断的关系。”

“这件事也安排妥当，福尔摩斯先生，我今早给公爵夫人写了信。”

“这样的话，”福尔摩斯站起身，“我和朋友短暂的北方行也算硕果累累，值得庆贺。还有最后一个小问题想弄清楚。海斯这家伙给马换了蹄铁，冒充牛蹄印，这么聪明的办法，是不是怀尔德先生教的？”

公爵愣了一下，满脸诧异。他打开一扇门，带我们进去，房间很大，装饰得像博物馆。他走到角落的玻璃柜前，指向上面的一段文字，内容如下：

> 这些蹄铁是从霍尔德尼斯庄园的护城河中挖出来的，适用于马蹄，但为了迷惑追踪者，蹄铁底部做成了分趾形状。中世纪时期，霍尔德尼斯家族的一些男爵四处劫掠，蹄铁可能是他们的物品。

福尔摩斯打开柜子，舔了一下手指，顺着蹄铁边摸了一圈，手指上留下薄薄一层新泥。

“谢谢，”他关上柜子，“这是我在北方看到的第二有趣的东西。”

“第一呢？”

福尔摩斯折好支票，小心翼翼地夹进记事本。“我是穷人。”他边说边爱惜地拍拍记事本，塞进了内兜深处。

黑彼得

1895年，可以说是我朋友脑力、体力大爆发的一年。他名气越来越大，找上门来的案子越来越多。许多声名显赫的人物光临了简陋的贝克街公寓，其中一些客户的身份不便公开，就连稍作暗示也会觉得有失体统。福尔摩斯像所有伟大的艺术家一样，为艺术而艺术，他提供的服务价值不菲，但除了霍尔德尼斯公爵一案，极少见他索取高额酬金。他就是这么不食人间烟火，这么任性，如果案子不对胃口，即使再有权有钱的客户也会拒绝。相反，只要案子奇特，充满戏剧色彩，能挑战智力，充分发挥想象，即使再卑微的客户，他都会花上好几周时间大力相助。

在这难忘的一年里，他查办了一连串风格迥异的奇案，比如轰动一时的托斯卡主教突然身亡案，教皇陛下钦点福尔摩斯负责调查；他还把臭名远扬的驯鸟师威尔逊送进了大牢，为伦敦东区消除了祸害。紧接着这两个著名案件，又发生了樵港别墅惨案，彼得·凯里船长离奇死亡。不把这个独特的案子写下来，福尔摩斯的探案故事集就算不上完整。

七月的第一周，我朋友经常不在家，每次出门都要很久才回来，看来手头有案子在忙。这段时间，有几个长相粗野的男人找上门，想见巴兹尔船长，我知道福尔摩斯又在用假身份查案。他有无数种伪装、无数个化名，用来掩盖令人生畏的真实身份；在伦敦不同地方至少有五个临时住处，供他扮演不同角色。他没透露调查的是什么，我也不习惯逼他开口，他第一次向我提到这个案子的时候，开场方式实在不同寻常。那天早饭前他就出门了，我刚坐下准备用餐，他大踏步走进房间，头戴帽子，胳膊下夹着一根像雨伞一样的大鱼叉，叉头有倒刺。

"天呐，福尔摩斯！"我叫道，"你该不会带着这个东西在伦敦转悠吧？"

"我坐车去了趟肉店。"

"肉店？"

"现在胃口大开，亲爱的华生，饭前运动真是有益身心啊。我敢打赌，你肯定猜不到我做了什么运动。"

"我还是别猜了。"

他边笑边倒咖啡。

"在阿勒代斯肉店后面，你要是亲临现场，会看见屋顶钩子上挂着一头死猪，一位身穿衬衣的先生正用这个武器使劲刺向它。这位活力四射的先生就是本人。结果非常满意，我只试了一下，就毫不费力刺穿了死猪。也许你也想试试？"

"一点儿也不想。为什么刺死猪？"

"我觉得跟樵港别墅谜案有间接关系。啊，霍普金斯，昨晚收到你电报了，正等着你呢。来，一起吃早饭。"

来客三十来岁，模样格外机警，穿着素净的粗花呢便装，但仍保持着穿官方制服时的挺拔姿态，我一眼认出是斯坦利·霍普金斯。福尔摩斯对这位年轻警探寄予了厚望，而警探对这位知名业余侦探无比佩服，像小学生一样崇拜他的科学探案法。霍普金斯皱着眉头，垂头丧气地坐下。

“谢谢，不用了，先生，来之前吃过了。我昨天来伦敦汇报，在城里住了一晚。”

“汇报什么？”

“失败，先生，彻底的失败。”

“还没进展？”

“没有。”

“啧啧！我得好好看看这个案子。”

“那我真是求之不得啊，福尔摩斯先生。我的第一个大案子就遭遇了瓶颈，看在上帝的分上，去给我帮帮忙吧。”

“行，行，正好我已经研究完所有证据，包括死因调查报告。对了，案发现场发现了一个烟袋，警方怎么解释？能提供一点线索吗？”

霍普金斯有些惊讶。

“不过是死者自己的烟袋而已，先生，内里有他的名字缩写，而且是海豹皮做的，他以前最擅长捕猎海豹。”

“可他没有烟斗。”

“是的，先生，我们没找到烟斗。他确实不抽烟，但有可能备着烟丝招待朋友。”

“有可能。之所以提烟袋，是因为换作我来办案的话，肯定会以它作为调查的切入点。好了，我朋友华生医生还不了解案情，我也愿意再听听案子的经过，请你大致介绍一下主要情况。”

霍普金斯从兜里掏出一张纸。

“我这里有一些日期，记录了死者彼得·凯里船长的经历。1845年出生，现年五十岁。以前是个成功的渔夫，胆子特别大，专门捕猎海豹和鲸鱼。1883年，在邓迪港当上了捕海豹汽船船长，船名‘独角海兽号’，连续成功出海数次。1884年退休。到处旅游了几年，最后在苏塞克斯郡买下樵港别墅，地方不大，靠近森林路。他在那里住了六年，一周前遇害。

“这个人性格极其古怪。平常过着刻板的清教徒生活，沉默寡言，整天情绪低落。家里还有妻子、二十岁的女儿和两个女佣。因为气氛阴郁，有时简直让人无法忍受，女佣换了好几拨。他动不动就喝个烂醉，一醉就成了魔鬼。听说大半夜把妻子和女儿赶到屋外，满院子追着打，整个村子都被她们的尖叫声惊醒。

“教区的老牧师去他家，劝他行为收敛点，结果被他狠揍了一顿，最后还闹上了法庭。总之，福尔摩斯先生，世上恐怕难找到像彼得·凯里这样凶悍的人物。我还听说，他当船长时的脾气比后来有过之无不及，同行都叫他‘黑彼得’。送他这个绰号不仅因为他长得黑，留着大黑胡子，还因为他的暗黑气场让周围人胆战心惊。不用说，邻居都讨厌他，都不跟他来往，没人对他的惨死表示哀痛，哪怕一点点也没有。

“福尔摩斯先生，你看过死因调查报告，应该知道他有个小木屋，不过你朋友可能还不知情。木屋距离别墅几百码，是他亲手盖的，他习惯叫它‘船舱’，每晚都在那里睡觉。里面只是一个小房间，长十六英尺，宽十英尺。他自己铺床，自己打扫，钥匙放在兜里随身带，不许任何人进入。木屋墙面有小窗户，拉着窗帘，从不打开。其中一扇朝向大路，到了晚上，路人经常指着亮灯的窗户，猜想黑彼得在里面做什么。福尔摩斯先生，死因调查报告提供的确凿证据不多，其中一条就来自这扇窗户。

“你记得吧，凶案发生前两天，子夜一点左右，有个叫斯莱特的石匠从森林路过来，经过木屋时停下，朝树丛中亮灯的方窗子看了一会儿。他发誓说，窗帘上有个男人的侧脸影子，非常清楚，而且肯定不是彼得·凯里。他熟悉船长的长相，窗帘上的人也留着胡子，但胡须短而直，跟船长的大不一样。石匠说得相当有把握，不过他在酒馆喝了两小时酒，大路和窗户之间也有段距离。再说了，他说的是周一的事，凶案是周三发生的。

“周二，彼得·凯里心情格外阴沉，喝得满脸通红，像危险的野兽一样凶猛。他在屋里乱跑，女人们听见他靠近，吓得到处躲。深夜，他回到小木屋。他女儿睡觉没关窗，第二天深夜两点左右，听见木屋方向传来一声恐怖的叫喊。他喝醉了大喊大叫是常有的事，女儿也就没放心上。七点，一个女佣起床，发现木屋门开着。大家都害怕他，直到中午才敢过去看怎么回事。从敞开的屋门看到里面的场景，她们顿时脸色煞白，飞奔到村里。不出一小时，我赶到现场，接手了这个案子。

“福尔摩斯先生，你是知道的，我这人胆子不算小，可是说实话，踏进小木屋那一刻，我吓得浑身一哆嗦。满屋子家蝇、绿头蝇乱飞，像风琴嗡嗡直响；墙上、地上仿佛屠宰场。船长叫它‘船舱’，确实是个船舱，身在其中就像上了船。屋里有水手储物箱、地图、航海图、‘独角海兽号’照片，架子上一排航海日志，一头有个床铺，一切都是典型的船长室配置。船长本人就在那儿，就在木屋中央，面目扭曲，像是地狱中煎熬的恶鬼，因为极度痛苦，花白的大胡子也翘了起来。一根钢制鱼叉直穿宽阔的胸膛，深深扎进背后的木墙，他就像钉在硬纸板上的小甲虫。想都不用想，他早死了，断气前发出了最后一声痛苦的叫喊。

“我了解你的探案方法，先生，也用到了。我没移动任何东西，非常仔细地检查了屋里屋外的地面，没有脚印。”

“准确说，是你没看到脚印。”

“我保证，先生，真没有。”

“亲爱的霍普金斯，我查案无数，还从没见过飞行作案的犯罪分子。只要罪犯靠腿走路，肯定会留下一点凹痕、擦痕或者微小的移动痕迹，逃不过观察高手的眼睛。这样一个血迹斑斑的房间，竟没有一点可以利用的痕迹，实在难以置信。不过，从死因调查报告看，有些东西确实没逃过你的慧眼。”

听我朋友一番讽刺，年轻的警探有些尴尬。

“福尔摩斯先生，是我失策，没有第一时间向你请教，现在后悔来不及了。没错，房间里确实有些东西引起了警方注意。比如用作凶器的鱼叉，是从墙上架子上抓下来的，架上还有两根，第三根的位置空了，叉柄上刻着‘邓迪港，独角海兽号汽船’。由此推测，凶手可能是一怒之下起了杀心，顺手抓起最近的武器。案发时间是深夜两点，而彼得·凯里穿着整齐，说明他和凶手约好了见面。桌上有瓶朗姆酒、两个用过的杯子，进一步证明了这一点。”

“是的，”福尔摩斯说，“两个推测都有道理。除了朗姆酒，房间还有其他酒吗？”

“有，酒柜有白兰地，水手箱上有威士忌。这些酒瓶都是满的，显然没喝过，对案子来说不重要。”

“不一定，这些酒的存在本身就有意义，”福尔摩斯说，“好了，继续说说你觉得重要的东西。”

“刚才提到的烟袋在桌上。”

“桌上哪个位置？”

“正中央。袋子是带毛的海豹皮做的，皮质粗糙，袋口用皮绳捆住，口盖内里有‘P. C.[1]’字样，里面装着半盎司烟丝，是船员常抽的劲道很大的那种。”

“好极了！还有呢？”

霍普金斯从兜里掏出一个记事本，土褐色外皮磨损得毛毛糙糙，纸张也褪了色。第一页写着姓名首字母“J. H. N.”和年份“1883”。福尔摩斯把它放桌上，开始仔细检查，我和霍普金斯分站他身后两边，越过肩膀看过去。第二页有印刷体字母“C. P. R.”，然后连续几页都是数字。再后面有“阿根廷”“哥斯达黎加”“圣保罗”几个标题，每个标题之后也是

---

1 彼得·凯里的英文是 Peter Carey。

连续几页符号和数字。

“你觉得这是什么？”福尔摩斯问。

“好像是证券交易的明细。我认为‘J. H. N.’是证券经纪人的名字缩写，‘C. P. R.’可能是他的客户。”

“应该是加拿大太平洋铁路[1]。”福尔摩斯说。

霍普金斯狠狠捶了一下大腿，咬着牙骂自己。

“我真蠢！”他叫道，“当然是你这种解释。接下来就剩‘J. H. N.’了，我查过证券交易所的档案，1883年，不管场内场外的经纪人，没有谁的名字对得上，但我始终认为这是目前掌握的最关键的线索。不得不承认，福尔摩斯先生，名字缩写很可能是现场第二人的，也就是说，是凶手的。另外，我还想强调一点，案子中出现的记事本涉及大量有价证券，终于为我们提供了作案动机的线索。”

福尔摩斯脸色有些异样，看得出来，案情的转折完全出乎意料。

“确实不得不承认，两点都有道理，”他说，“死因调查报告并没提到记事本，坦白说，它的出现改变了我对案子的看法。本来想好了一个结论，可惜没法解释记事本。里面记录的证券都查过了？”

“警局正在查。这些地方都在南美，证券持有者的完整信息也应该在南美，恐怕得等上好几周才有结果。”

福尔摩斯用放大镜检查记事本的封面。

1　加拿大太平洋铁路的英文是 Canadian Pacific Railway。

“这里有块颜色不一样。”他说。

“对，先生，是血迹。本子是从地上捡的。”

“血在本子上面还是下面？”

“贴着地板那面。”

“说明是谋杀发生后掉地上的。”

“没错，福尔摩斯先生，我也想到了，可能是凶手慌忙逃跑时掉的，位置在门旁边。”

“死者的财产里没有这些证券吧？”

“没有，先生。”

“有可能是抢劫吗？”

“没有，先生，屋里什么东西都没动。”

“哎呀，真是越来越有趣了。现场有把刀，对吧？”

“带鞘刀，刀没拔出来，位置在尸体脚边，凯里太太认出那是丈夫的刀。”

福尔摩斯陷入了沉思，过了一会儿，说：“嗯，看来我得亲自去现场看看。”

霍普金斯一声欢呼。

“谢谢，先生，你给我吃了定心丸。”

福尔摩斯朝警探摇摇手指。

“换作一周前，案子会好办些，”他说，“当然了，现在去也能查出点名堂。华生，有时间欢迎一起去。霍普金斯，麻烦你叫车，一刻钟后出发去森林路。”

我们在路边小站下了火车，又坐了几英里马车，穿过一片广阔的森林遗址。这一片属于著名的大森林地带，历史上阻挡了撒克逊侵略者，被称作不可穿越的“林野”，守卫英国长达六十年之久。后来这里建了国家第一座炼铁厂，开始砍树炼铁，大片森林成了平地。现在钢铁产业都转移到北方富矿区，这里只剩面目全非的树丛和伤痕累累的地面，还能看见过去留下的“杰作”。马车到了一个郁郁葱葱的小山坡，坡顶有片空地，立着一座又长又矮的石屋，蜿蜒的车道穿过田野通向门口。更靠近大路的地方有座小木屋，三面环树，对着我们的一面有屋门和一扇窗户。这就是凶案现场。

霍普金斯先带我们进了石屋，介绍我们认识死者的妻子。她憔悴不堪，满头白发，瘦削的脸上刻着一道道皱纹，眼眶发红，眼神深处藏着恐惧，看得出多年来吃尽苦头、受尽虐待。她女儿陪在身边，白皮肤，金头发，谈起父亲眼睛直冒火，说他的死是件喜事，要感谢送他去见死神的人。黑彼得把这个家变成了地狱，出门回到阳光下，有种重返人间的解脱感。田野间有条小路，是死者生前踩出来的，我们沿路前行。

小木屋是座再简单不过的房子，木墙木顶，门旁有扇窗户，最靠里的墙面上还有一扇。霍普金斯从兜里掏出钥匙，弯腰准备开锁，突然停住不动，神情专注又惊讶。

“有人撬过门。”他说。

一点没错，木门上有刮痕，油漆刮掉了，露出白色木头，像是不久前刚弄的。福尔摩斯检查了窗户。

“窗也被撬过。不管是谁，反正没进去，强盗本领还没练到家啊。”

“太奇怪了，”警探说，“我敢发誓，昨晚还没有这些痕迹。”

“也许是好奇的村民干的。”我猜测。

“不可能。他们连靠近木屋都不敢，更别说硬闯进去了。福尔摩斯先生，你觉得呢？”

“我觉得好运气来了。”

“你的意思是，这个人还会再来？”

“可能性非常大。他没料到门是锁着的，只能用随身带的折叠小刀撬，结果当然是撬不开，接下来怎么办呢？”

“带上合适的工具，第二天晚上再来一趟。”

“我正是这么想的。我们不在这儿恭候大驾，可就有失礼节了。好了，进去看看。”

惨案现场已经清理过了，但小屋里的家具还保持着案发当晚的样子。整整两小时，福尔摩斯注意力高度集中，挨个查看每样物品。从他的表情看得出来，收获并不大。细心检查的过程中，他只停下过一次。

“霍普金斯，你拿了这个架子上的东西吗？”

“没有，什么也没动。”

“肯定有东西被拿走了。架子这个角落的灰尘比其他地方少，可能是平放的书，也可能是盒子。好了，好了，没什么可查了。走，华生，去美丽的树林里转转，赏赏花，逗逗鸟，享受几小时。霍普金斯，我们晚点再来这里会合，看能不能跟这位夜访者来个近距离接触。”

夜里十一点多，我们打好埋伏。霍普金斯觉得应该让木屋门开着，福尔摩斯认为这样会引起对方怀疑。门锁并不难撬，只需要强度稍大一点的刀片就行。福尔摩斯还认为，最好在屋外而不是屋内等，靠里的那扇窗户周围都是树丛，埋伏在那儿最合适。只要对方划亮火柴，我们就可以监视他的一举一动，查清他深夜溜进木屋的目的。

等待漫长而乏味，但心情却无比兴奋，就像守在水池边的猎人，盼着猎物来喝水。黑暗中会冒出怎样一头野兽呢？是作恶多端的猛虎，想逮住它就得跟獠牙利爪死拼一场？还是狡猾躲闪的豺狼，专门攻击毫无防备的胆小鬼？

我们蹲在树丛中，静静等待任何可能出现的猎物。刚开始能听到夜归村民的脚步声，还有村子里传来的说话声，偶尔缓解一下枯燥的气氛。渐渐地，这些声音越来越少，最后只剩下彻底的寂静。远处教堂的钟声到点报时，提醒我们夜越来越深。天空下起小雨，窸窸窣窣落在头顶的树叶上。

两点半的钟声敲过，这是黎明前最黑暗的时刻。突然，大门方向传来啪嗒一声响，又轻又脆，我们猛地一惊。有人上了车道。接着又是漫长的寂静，我开始怀疑刚才的声音是不是幻听。就在这时，木屋另一头响起鬼祟的脚步声，过了一会儿，传来金属的摩擦和碰撞声。有人在撬锁。这一次技术提高了，要不就是工具改进了，咔一声脆响，合页嘎吱转动了。有人划了根火柴，迅速点燃蜡烛，稳定的烛光照亮了整个小屋。透过薄纱窗帘，我们目不转睛地盯着里面的情景。

夜访者是个年轻男人，看样子顶多二十出头，身体瘦弱，留着黑胡子，衬得脸色越发像死人一样惨白。我从没见过谁吓成他这副可怜相，牙齿直打战，四肢不停发抖。穿着倒像个绅士，诺福克式外套，灯笼裤，头戴布帽。他惶恐不安地朝四周望了一圈，把蜡烛放到桌上，走到角落里，从我们的视线消失了。再次出现时，手里拿着一大本书，是架子上那排航海日志中的一本。他靠着桌子，快速翻看书页，查到了他想找的记录，气愤地挥了挥拳头，合上书，放回角落，吹灭蜡烛。那人正准备转身离开，霍普金斯一把揪住他的衣领，他意识到自己被人逮着了，吓得倒吸一口凉气。蜡烛重新点燃，可怜的猎物在警探手中哆哆嗦嗦，一屁股倒在储物箱上，绝望的眼神在我们身上打转。

“好了，亲爱的朋友，”霍普金斯说，“你是谁？来这儿做什么？”

那人强打精神，尽量镇定地看着我们。

“你们是侦探吧？”他说，“肯定以为我跟彼得·凯里船长的死有关。我向你们保证，我是无辜的。”

“是不是无辜我们会查清的，”霍普金斯说，“先说说你叫什么。”

“约翰·霍普里·内利根[1]。”

我看见福尔摩斯和霍普金斯迅速交换了一个眼神。

“你在这里做什么？”

“你们能保密吗？”

“不能，当然不能。”

“那我为什么要告诉你们？”

1 约翰·霍普里·内利根的英文是John Hopley Neligan。

“你不回答，上了法庭会对你非常不利。”

年轻人皱起眉头。

“好吧，我告诉你们，”他说，“有什么好隐瞒呢？我只是不想让过去的丑闻又成为新闻。听说过道森和内利根吗？”

霍普金斯的表情说明他从没听说，福尔摩斯则表现出极大的兴趣。

“你说的是西部的银行家，”他说，“他们亏了一百万，康沃尔郡有一半家庭都毁在他们手上，事发后内利根失踪了。”

“没错，内利根是我父亲。”

终于有点确凿的线索了，不过，一个是潜逃的银行家，另一个是被自己的鱼叉钉在墙上的彼得·凯里船长，这中间似乎隔着十万八千里。我们仔细听年轻人解释。

“道森早退休了，事情主要牵扯到我父亲。我当时才十岁，但完全能感受到这件事带来的耻辱和恐惧。大家都说父亲偷了所有证券跑了，其实不是这么回事。他相信只要给他足够时间，就能把证券兑现，债务可以全额偿还，一切都能好转。拘捕令下达的前一天，父亲坐着他的小帆船动身去了挪威。我还记得临走前的晚上，他跟母亲道别，留下一份清单，上面列了他带走的证券。他发誓说会回来还自己一个清白，不会让信任他的人吃亏。唉，从那以后再没有他的消息。船也好，人也好，都彻底消失了。我和母亲以为出了船难，他和那些证券都跟着船沉入了海底。我们有个朋友是商人，诚实可靠，前不久发现伦敦市场上出现了父亲带走的证券。我们有多震惊可想而知。我花了好几个月时间追查，几经周折，终于查到了出售证券的源头，就是这个木屋的主人，彼得·凯里船长。

“我当然也查过这个人的背景。他以前是捕鲸船船长，他的船从北冰洋返航的时间正好跟我父亲去挪威的时间重合。那年秋天风暴频发，南方刮来的大风持续不断。父亲的小帆船很可能被吹到北边，跟捕鲸船相遇。如果真是这样，父亲到底发生了什么事呢？不管怎样，只要有彼得·凯里作证，证明这些证券是怎么流向市场的，那就代表父亲并没有卖证券，当年带走证券并不是为了谋取私利。

“我来苏塞克斯见船长，他正好在这时候惨遭谋杀。我看了死因调查报告，里面提到小木屋，说他以前的航海日志都保存在屋里。我突然想到，如果能找出1883年8月的日志，看看‘独角海兽号’经历了什么，也许能破解父亲的失踪之谜。昨晚我想进来看日志，结果开不了门。今晚又试一次，成功了，可是日志里关于那个月的记录全都撕掉了。然后，我就落到了你们手中。”

“就这些？”霍普金斯问。

“对，就这些。”他回答时眼神游离。

“没有别的要说？”

他迟疑了一下。

“没了，都说了。”

“昨晚之前没来过这里？”

“没有。”

“那这个怎么解释？”霍普金斯吼道，举起记事本，封面有血迹，第一页有年轻人的名字缩写，铁证如山。

可怜的家伙彻底崩溃了，双手捂着脸，浑身不停颤抖。

“你们从哪儿弄来的？”他痛苦地说，“我没想到，还以为在旅馆弄丢了。”

“够了，”霍普金斯严厉地说，“还有什么想说的，统统留给法庭吧，马上跟我回警局。好了，福尔摩斯先生，非常感谢你和朋友来帮忙。事实证明，来这一趟意义不大，你不在我也能成功破案。不管怎样，还是谢谢了。布兰布尔泰旅馆给你们预留了房间，我们可以一起走到村子。”

第二天早晨，回伦敦路上，福尔摩斯问：“华生，你怎么看？”

“我看你不太满意。”

“啊，不，亲爱的华生，我超级满意，只不过不太赞同霍普金斯的方法。我对他有些失望，本以为他会发挥得更好。永远都要考虑到第二选项，并且准备好应对措施，这是罪案调查的首要原则。”

“这个案子还有第二选项？”

“正是我自己追查的一条线索。也许查不出什么结果，现在还说不准，但我会坚持查到底。”

贝克街有几封信等着福尔摩斯，他抓起一封，拆开一看，得意地笑起来。

“好极了，华生！第二选项有进展了。有电报单吗？帮我填两张。第一封写：‘拉特克利夫路，船员中介公司，萨姆纳。派三人过来，明早十点到。巴兹尔。’这是我在那一行用的假名。第二封写：‘布利克斯顿，洛德街46号，斯坦利·霍普金斯警探。明天九点半来吃早餐，事关重要，不能来请回电。福尔摩斯。’行了，华生，整整十天了，这案子像鬼魂一样缠着我，我现在要彻底驱散它，相信明天就能跟它道永别。”

霍普金斯警探准时赴约，我们一起坐下享用哈德森太太准备的丰盛早餐。案子办得顺利，年轻的警探心情大好。

“你真觉得案子就这么结了？”福尔摩斯问。

“没哪件案子办得这么圆满。”

“我可不觉得圆满。”

“你这话真是莫名其妙，福尔摩斯先生，还有什么不满意？”

“你的结论能解释所有疑点吗？”

“当然能。我都查过了，案发当天，内利根住进布兰布尔泰旅馆，谎称去那里打高尔夫。他的房间在一楼，可以随时进出。当晚他去了樵港别墅，在木屋见到彼得·凯里，两人发生争执，他用鱼叉杀死了船长。作案后太过惊慌，逃跑时把记事本掉在了现场。带着记事本是想问彼得·凯里证券的事，你们也看到了，有些证券打了钩，绝大多数都没打。有钩的正是伦敦市场上出现的证券，没钩的可能还在凯里手中。据内利根自己说，他特别想拿回这些证券，好给父亲的债主们一个交代。逃跑后，他不敢再靠近木屋，过了一段时间才又现身。为了获取必需的信息，他不得不冒这个险。这些还不够简单明白？”

福尔摩斯笑着摇摇头。

“霍普金斯，你的结论有且仅有一个缺点，那就是根本不成立。你试过用鱼叉刺身体吗？没有？啧啧，亲爱的先生，必须关注这些细节啊。我朋友华生可以证明，我花了一早上进行练习。这项运动可不简单，需要强大的臂力和足够的经验。案中这一刺力量非常大，鱼叉头深深扎进了木墙。你觉得这个瘦弱的年轻人能发出这么可怕的一击吗？案发当晚跟黑彼得一起喝朗姆酒的人是他吗？两天前窗帘上的侧影是他吗？不对，不对，霍普金斯，我们要找的是另一个人，一个更难对付的人。”

警探听福尔摩斯一番质疑，脸越拉越长，希望和雄心渐渐崩塌粉碎，但又不甘心就这么轻易放弃。

“福尔摩斯先生，你总不能否认内利根当晚在场吧，记事本是铁证。我有足够证据说服陪审团，你挑出漏洞也没关系。再说了，福尔摩斯先生，我想抓的人已经抓到了，你那位大力士在哪儿呢？”

“上楼来了，”福尔摩斯冷静地说，“华生，备好枪，放到方便拿的地方。”他站起来，把一张有字的纸放到墙边桌上，“万事俱备，”他说。

外面传来粗哑的说话声，哈德森太太推开门，说有三个人找巴兹尔船长。

“让他们一个一个进来。”福尔摩斯说。

最先进来的是个小个子，长得像里布斯顿苹果[1]，脸颊通

1　里布斯顿苹果（Ribston pippin）因最先种植于里布斯顿庄园而得名，形状多为圆形或圆锥形，果皮偏橘黄色，带红条纹。

红，蓬松的络腮胡全白了。福尔摩斯从兜里掏出一封信。

“名字？”他问。

“詹姆斯·兰卡斯特。”

“抱歉，兰卡斯特，人员已满。这半镑金币给你，添麻烦了。请到那个房间稍等几分钟。”

接着是个干瘦的高个子，稀疏的直发，脸色蜡黄，名叫休·帕廷斯。他也被拒绝了，拿了半镑金币，到另一房间等候。

第三个应聘者长相不同寻常，像凶狠的斗牛犬，蓬乱的头发和胡子围着脸一圈，浓密的眉毛往下垂，挡不住两只黑眼睛的凶光。他像船员一样敬礼站好，手里不停摆弄着帽子。

“名字？”福尔摩斯问。

“帕特里克·凯恩斯[1]。”

“鱼叉手？”

“是的，先生，出海二十六次。”

“邓迪港？”

“没错。”

“探险船可以吗？”

“可以。”

“期望薪酬？”

“每月八英镑。”

“马上出发可以吗？”

“我得先拿上行李。”

1　帕特里克·凯恩斯的英文是 Patrick Cairns。

"有证件吗？"

"有，先生。"他从兜里掏出一沓满是油渍的旧表单，福尔摩斯匆匆扫了一眼还给他。

"你正是我要找的人，"他说，"合同在墙边桌上，签个名，这事就定了。"

船员摇摇晃晃穿过房间，拿起笔，伏在桌上，问："签这里吗？"

福尔摩斯弯腰站他身后，双手伸过他脖子，说："这就行了。"

我听到金属"咔嗒"一响，紧接着是一声吼叫，好像愤怒的公牛。瞬时间，福尔摩斯和船员倒在地上，扭打在一起。尽管福尔摩斯动作快，铐住了船员的双手，但对方力大无比，要不是我和霍普金斯冲上去帮忙，我朋友恐怕招架不住。最后我拿起枪，冰冷的枪口顶着他的太阳穴，他这才意识到再怎么反抗也是徒劳。我们用绳子绑住他的脚踝，气喘吁吁站起来。

"霍普金斯，非常抱歉，"福尔摩斯说，"炒鸡蛋可能放凉了。不过，你的案子终于圆满收官了，想到这一点，接下来吃什么都有滋有味吧。"

霍普金斯目瞪口呆，涨红了脸，半天才迸出几句话。

"福尔摩斯先生，我不知道该说什么，看自己就像个彻头彻尾的傻瓜。我不该忘记，我是学生，你是大师，现在总算醒悟了。经过我都亲眼看见了，但还是不懂你是怎么办到的，一切都是什么意思。"

"好了，好了，"福尔摩斯心平气和地说，"我们都是在经验中吸取教训。你这次的教训是，永远不要忽视第二选项。死抱着内利根一棵树不放，当然没心思关注帕特里克·凯恩斯，谋杀彼得·凯里的真凶。”

船员沙哑的声音打断了我们的谈话。

“听好了，先生，”他说，“受到这种粗暴对待，我没话说，但请你不要随口安罪名。你说我谋杀了彼得·凯里，我说我杀了彼得·凯里，这完全是两码事。也许你不相信我，觉得我在编瞎话。”

“没有的事，”福尔摩斯说，“你想说什么尽管说。”

“几句就能说完，我对天发誓，句句属实。黑彼得这人我了解，看他拿出刀来，我知道不是他死就是我亡，于是抓起鱼叉刺向了他。他就是这么死的，你要说是谋杀，我也认了。终归都是死，我宁愿上绞架，也不想让黑彼得的刀刺穿心脏。”

“你怎么会在那儿？”福尔摩斯问。

“这就得从头说起了。让我坐起来吧，说话容易些。事情发生在1883年，确切说是那年八月。彼得·凯里是‘独角海兽号’船长，我是后备鱼叉手。我们当时在返航中，正驶出流冰带，一路逆风而行。南方刮来的大风持续了一周，有艘小帆船被吹到了北边，正好跟我们遇上。船上只有一个人，没有一点出海经验。船员们觉得船要沉，如果跳上救生艇朝挪威海岸去了，我估计最后就淹死了。我们把这个人救上船，船长和他在舱里聊了很长时间。他随身带上来的物品只有一个锡盒。没人知道他叫什么，反正我不知道。第二天晚上过后，他消失了，就像从没上过船一样。大家猜测要么是他自己跳海了，要么是因为天气恶劣，他不小心掉下去了。只有一个人知道发生了什么，那个人就是我。那天我值午夜班，亲眼看见船长抓住他的脚踝，把他掀过船舷。

“我没对别人说这事，等着看后续发展。两天后，我们看见了设得兰[1]灯塔。回到苏格兰，事情很容易就掩盖过去了，没人提出任何质疑。一个不相干的人意外身亡，谁也不想多管闲事。不久后，彼得·凯里退休了，过了很多年，我才找到他在哪儿。我想他是为了锡盒里的东西才狠下毒手，我保守秘密这么久，现在是时候让他交封口费了。

“有个船员在伦敦见过他，我打听到他的住址，准备过去敲他一笔。第一个晚上他态度还不错，说好给我一笔钱，永远不用再过海上的苦日子。我们商定两天后再见一面，给整件事画上句号。第二次去，我发现他喝得烂醉，脾气特别暴躁。我们坐下来一起喝酒，聊起过去的事。他喝得越多，神情越不对劲。我看到了墙上的鱼叉，心想万一有需要，我得用它来防身。最后他果然爆发了，冲我一通唾骂，眼里杀气腾腾，手里握着带鞘大刀，还没来得及拔出来，我抓起鱼叉刺了过去。我的天！他那声惨叫真够吓人的！那张脸搅得人睡不着觉。我站在那儿，他的血溅得到处都是。等了一会儿，周围没什么动静了，我胆子又大了起来，环视一圈，发现了架子上的锡盒。彼得·凯里能拿，我为什么不能呢？我拿上锡盒离开了木屋，最失策的地方就是把烟袋忘在了桌上。

1　设得兰（Shetland）是英国苏格兰北部群岛。

"接下来说说最奇怪的一件事。我刚踏出木屋，听见有人来了，赶紧躲进树丛。一个男人偷偷摸摸走过来，进了木屋，跟撞见鬼似地惊叫一声，拼命冲出来，一溜烟儿跑不见了。至于他是谁、来做什么，我也说不清。后来我走了十英里，在坦布里奇韦尔斯坐火车到伦敦，没引起任何怀疑。

"我检查了锡盒，里面没钱，只有一些证券，我不敢卖。黑彼得的封口费是要不到了，我困在伦敦，身无分文，只能靠老本行吃饭。我看到招聘鱼叉手的启事，待遇还不错，就去船员中介公司登记，他们派我过来这里。这些是我知道的全部情况。再说一遍，我杀了黑彼得，法院应该感谢我，我替他们省了一根绞绳。"

"说得非常清楚了，"福尔摩斯站起身，点燃烟斗，"霍普金斯，抓紧时间把犯人押到安全的地方吧，这房间可不适合当牢房，帕特里克·凯恩斯先生往那儿一坐，地上没多少空间了。"

"福尔摩斯先生，"霍普金斯说，"真不知该怎么表达谢意。我到现在还不明白你是怎么办到的。"

"只不过是从一开始就幸运地抓准了线索。如果事先知道有这么个记事本，我很可能也像你一样跑偏了。我听说的所有信息都指向同一个方向——惊人的力量、使用鱼叉的技能、加水朗姆酒、海豹皮烟袋、劲道大的烟丝——所有这些都指向船员，而且是捕鲸船船员。黑彼得极少抽烟，木屋里连烟斗都没有，我确信烟袋上的缩写'P. C.'只是巧合，并不是指彼得·凯里。记得吧，我问过你木屋有没有威士忌和白兰地，你说有？没在船上生活过的人，有这两种酒在手边，又有几个会选择喝朗姆呢？所以，凶手肯定是船员。”

“你怎么找到他的？”

“亲爱的先生，问题到这儿已经非常简单了。既然是船员，只可能是和黑彼得同在‘独角海兽号’上的船员。据我调查，黑彼得没跟别的船出过海。我花了整整三天跟邓迪港通信，最终确定了1883年‘独角海兽号’上所有船员的名单。当看到帕特里克·凯恩斯的名字出现在鱼叉手中，案子告罄。他可能在伦敦，着急想离开英国一段时间，于是我到伦敦东区转悠了几天，设计了北冰洋探险之旅，化名巴兹尔船长，开出优厚条件招聘鱼叉手。看，招来了吧！”

“厉害！”霍普金斯赞叹，“太厉害了！”

“你要尽快放了内利根，”福尔摩斯说，“坦白说，我觉得你应该给人家道歉。锡盒也要还给他。当然了，彼得·凯里卖掉的那些证券没法追回了。霍普金斯，马车来了，带犯人走吧。我和华生要去挪威，需要我出庭的话，写信联系，具体地址回头告诉你。”

米尔沃顿

接下来要写的故事已经过去多年，尽管如此，提笔还是有些顾虑。放在过去，即使再小心翼翼、字斟句酌，这个案子也绝不可能公开。如今，涉案主角再也无法接受人间法律的审判了，只要适当有所保留，故事讲出来不会对任何人造成伤害。不管对福尔摩斯还是我来说，以下记录的绝对是人生独一无二的经历。具体时间我没提，容易引人猜想的细节也都略去了，敬请读者谅解。

一个寒冬傍晚，我和福尔摩斯照常出门散步，六点左右回到寓所。福尔摩斯打开灯，灯光照到桌上的一张名片。他扫了一眼，厌恶地哼了一声，使劲扔到地上。我捡起来，名片上印着：

查尔斯·奥古斯塔斯·米尔沃顿

代理商

汉普斯特德区

阿普尔多尔别墅

“他是谁？”我问。

“伦敦最恶毒的家伙。”福尔摩斯边说边坐下，腿伸到壁炉前，“名片背面写了字吗？”

我翻过来，念道：“六点半见。米尔沃顿。”

“哼！快到了。华生，去过动物园的蛇笼吧？看着那些滑腻的毒蛇溜来溜去，看着它们冷酷的眼睛和阴险的扁脑袋，有没有一种头皮发麻、浑身直起鸡皮疙瘩的感觉？嗯，这就是米尔沃顿给我的感觉。干了这一行，我接触过的杀人犯少说也有五十个，最坏的杀人犯也不像他这样让我深恶痛绝。可是我又不得不跟他打交道，说实话，是我约他来的。”

“到底是个什么人物？”

“告诉你吧，华生，他是敲诈之王。不管什么人，尤其是女人，一旦让米尔沃顿握住了把柄，只能祈求上帝保住自己的秘密和名声了！别看他满脸堆笑，心肠比石头还硬，总是一点一点榨干对方。这家伙头脑聪明，用在正道上肯定能成大器。他有一套方法，先放出消息，说他愿意出高价购买权贵人士的信件，就是那些能让他们身败名裂的私信。‘供货商’不仅有背叛主人的贴身用人，还有不少上流社会的流氓，他们专挑单纯女人下手，骗取感情，套取秘密。米尔沃顿做起买卖来出手阔绰，听说他曾经付给一个男用人七百英镑，就为买下一张只有两行字的便条，最后毁掉了一个贵族家庭。市面上的小道消息都掌握在米尔沃顿手中，一听到他的名字，大伦敦有成百上千的人都会脸色大变。没人知道他的魔爪会伸向谁，他有钞票有头脑，从来不小打小闹，也许手里一副好牌捏上好几年，等筹码垒到最高的时刻才出手。我刚才说他是伦敦最恶毒的家伙，你想啊，钱袋子都快撑破了还不知足，还要处心积虑、毫无顾忌地折磨别人的灵魂、刺激别人的神经，跟这种人相比，一怒之下棒打朋友的暴徒算得了什么呢？”

福尔摩斯言辞如此激动，实在不多见。

“可是，”我说，“法律应该可以制裁他呀？”

“理论上可以，实际上很难。拿那些女人来说吧，当然可以控告他，让他蹲几个月大牢，但她们自己的名声也跟着毁了，有什么意义呢？所以受害者都不敢反击。除非被他敲诈的人真的无辜，我们才有底气抓他，但他跟魔鬼一样狡猾，怎么可能盯上没把柄的人呢？不行，不行，必须想别的法子对付他。”

“为什么约他来？”

“我接了个案子，委托人很有名，伊娃·布莱克韦尔小姐，上个社交季第一次露脸，可谓艳压群芳。她的遭遇非常令人同情。两周后，她将和多佛考特伯爵结婚，但是那个魔鬼弄到了她的几封信，内容有点儿随意——华生，只是随意而已，没什么出格的——写给一位年轻的穷乡绅，完全能毁掉这场婚约。米尔沃顿要她付一大笔钱，不然就把信寄给伯爵。我受托跟他见面，争取谈个合适的条件。”

这时，街上传来马蹄和马车声。我朝楼下望去，看见一辆豪华双驾马车，两匹上等的栗色马毛色油亮，腰腿在明亮的车灯下闪闪发光。随行男佣打开车门，下来一个矮壮的男人，穿着毛茸茸的羔羊皮大衣，一分钟后出现在我们房间。

米尔沃顿五十岁上下，顶着聪明的大脑袋，圆鼓鼓的脸上没胡子，永远挂着僵硬的微笑，戴一副宽大的金丝眼镜，两只灰眼睛闪烁着敏锐的光芒。外表看上去有点像慈祥的匹克威克先生[1]，只不过凝固的笑脸看不见丝毫真诚，眼珠子转来转去，冰冷的目光像要刺穿一切。他走上前，伸出又肥又短的手，轻声表示遗憾，说第一次来我们不在家，说话声跟外表一样温和。福尔摩斯没跟他握手，面无表情地盯着他。米尔沃顿嘴角又上扬了几度，耸耸肩，脱掉大衣，不紧不慢叠好放在椅背上，然后坐了下来。

“这位先生是谁？”他朝我一挥手，“这么说话慎重吗？合适吗？”

“华生医生是我朋友兼搭档。”

“很好，福尔摩斯先生，我也是为你客户的利益着想，事情太过敏感……”

“华生医生已经听说了。”

“那就直奔主题吧。你说你代表伊娃小姐，她有没有授权你接受我的条件？”

“什么条件？”

“七千英镑。”

“不给呢？”

“亲爱的先生，我实在不愿讨论这个问题。十四号前不给钱，十八号肯定没婚礼。”那张讨厌的笑脸越发得意起来。

福尔摩斯想了一会儿才开口。

1　匹克威克（Pickwick）是英国作家查尔斯·狄更斯（Charles Dickens, 1812—1870）的长篇小说《匹克威克外传》（*The Pickwick Papers*）中主要人物。

“我觉得你太想当然了，”他说，“信的内容我是清楚的，我的客户会按我的建议做。我建议她向未来的丈夫坦白一切，相信他会宽宏大量。”

米尔沃顿笑出了声。

“你显然不了解这位伯爵。”他说。

福尔摩斯一脸受挫的样子，显然他是了解的。

“这些信有什么问题呢？”他问。

“生动，太生动了，”米尔沃顿回答，“这位女士的文笔相当有吸引力，不过我向你保证，多佛考特伯爵是不会欣赏的。既然你不这么认为，我们就到此为止吧。说穿了不过是场买卖，你觉得信交到伯爵手中对你的客户最有利，那当然没必要花这么多钱买几张废纸。”他站起来，抓起羔羊皮大衣。

福尔摩斯又气愤又沮丧，脸色灰白。

“等一下，”他说，“别忙走。事情这么敏感，我们肯定会竭尽全力避免绯闻。”

米尔沃顿重新坐到椅子上。

“我就知道你是个明眼人。”他轻声说。

“可是，”福尔摩斯接着说，“伊娃小姐并不富裕。我敢说两千英镑已经是她的极限了，你开的价完全超出了她的能力。所以，请你降低要求，接受我说的金额，退还信件。我保证，这是你能拿到的最高价。”

米尔沃顿的嘴角快到耳根了，目光闪烁不定。

“我了解，她的经济状况确实像你说的一样，”他说，“不过，女人结婚的时候正是亲朋好友们掏腰包的时候，这你总该承认吧？他们左挑右选，不知道送什么礼物讨新娘子欢心。我来替他们解答，伦敦所有的烛台啊、黄油碟啊，都赶不上一小沓信件带来的快乐。”

“办不到！”福尔摩斯说。

“哎呀呀，太不幸了！”米尔沃顿叫道，掏出一个厚厚的记事本，“我向来认为，女人不为自己努力一把，实在不怎么明智。看这个！”他拿起一封信，信封上有家族纹章，“这是……算了，还是等到明早再公布名字比较保险，到时候它就在某位女士的丈夫手中了。只能怪她不愿把钻石变成玻璃，换一笔小钱支付赎金。太可惜了！还有，贵族小姐迈尔斯和多尔金上校突然解除婚约，记得吗？婚礼前两天，《晨邮报》登了一条短消息说取消了。为什么呢？说出来难以置信，本来区区一千两百英镑就可以摆平，是不是很可惜？你这么有见识的人物，竟然不顾客户的未来和名誉，跟我讨价还价，太令人失望了，福尔摩斯先生。”

“我说的是实话，”福尔摩斯回答，“筹不到这么多钱。与其毁了女士一生，拿不到一个子儿，倒不如接受我说的数目，两千已经够多了。”

“这你可错了，福尔摩斯先生，曝光绯闻能间接地创造巨大价值。类似的生意我还有十来笔，都快成形了。一旦在她们中间树个伊娃小姐这样的反面教材，合作起来就更容易了。懂了吗？”

福尔摩斯从椅子上跳起来。

“华生，挡在后面！别让他出去！好了，先生，让我们看看本子里有什么。”

米尔沃顿跟耗子似的，倏一下溜到旁边，背靠墙站着。

“福尔摩斯先生，福尔摩斯先生，”他拉开上衣前襟，内兜露出大号左轮的枪柄，“我还以为你会使什么高招呢，这种场面我见了多少回，哪回有好结果？实话实说，我是有备而来，随时准备开枪，反正法律是站在我这边的。再说了，你觉得我会把信夹在记事本里带来吗？我又不是傻子。好了，先生们，今晚我还有一两个小约会，回汉普斯特德区的路也有点远。”他走上前，拿起大衣，一手搭在枪柄上，转身朝门口走。我抄起椅子，福尔摩斯摇摇头，我只好放下。米尔沃顿笑着挤了一下眼，欠身退出房间。过了一会儿，我们听见车门“砰”地一声关上，车轮嘎吱作响，马车走了。

福尔摩斯一动不动坐在壁炉旁，双手深深插进裤兜，脑袋低垂，盯着发光的余烬发呆。这么不声不响坐了半小时，他突然跳起身，看样子像是有了主意。他冲进卧室，不久后出来了一个年轻潇洒的工人，留着山羊胡，走路大摇大摆，在油灯上点燃了陶土烟斗。“华生，我出去一下。”说完，他下楼到了街上，消失在夜色中。我知道他向米尔沃顿开战了，但做梦也没想到，这场战争竟会朝着离奇的方向发展。

接下来几天，福尔摩斯进进出出都是这身工人打扮。他只透露了一句，说每天都待在汉普斯特德区，收获很丰富。至于在那儿做什么，我一无所知。一天晚上，狂风大作，呼啸的风吹打着窗户，福尔摩斯回到家，前期调查终于全部结束了。他卸掉伪装，坐在壁炉前，像平常一样不露声色，但看得出他心里笑得很开心。

“华生，你觉得我是想结婚的人吗？”

“不是，绝对不是！”

“说件你感兴趣的事，我订婚了。”

“亲爱的老兄！恭……”

“跟米尔沃顿的女用人。”

“天啊，福尔摩斯！”

“我需要内部消息，华生。”

“这也太过分了吧？”

“必须走这么一步。我叫埃斯科特，是个水管工，生意正处在上升期。每晚我都和她散步、聊天，我的天，聊的都是些什么乱七八糟的！还好想要的消息都弄到手了。米尔沃顿的别墅里面什么样，我已经了如指掌。”

“可是那位女士怎么办，福尔摩斯？”

他耸耸肩。

“没办法啊，亲爱的华生，赌注押上桌了，必须尽力把牌打好。庆幸的是，我有个竞争力特别强的情敌，我一撤，他保准马上补位。多么美好的夜晚啊！”

“你喜欢这种天气？”

“正合我意，华生，我打算今晚去米尔沃顿家偷点东西。”

他不慌不忙地说，语气坚决，我感觉一股凉意蹿上心头，喘不上气，仿佛一眼看清了所有可能的后果，就像黑夜的荒野划过一道闪电，一切瞬间清晰——警方追查、被捕、荣耀的一生以不可挽回的失败和耻辱告终，我朋友任由可恶的米尔沃顿摆布。

“天啊，福尔摩斯，再考虑考虑吧。”我大声说。

“亲爱的老兄，已经考虑得非常清楚了。我从不莽撞行事，如果有其他办法，肯定不会走这条费力又冒险的路。我们来冷静客观地分析一下，相信你也赞同，从法律角度看，这种行为确实是犯罪，但从道义上看，完全合乎情理。你不是也想帮我抢他的记事本吗？其实入室偷窃和硬抢没什么区别。”

我反复斟酌，说：“对，那些东西都是用于非法目的，我们偷出来，从道义上看，完全合乎情理。”

“没错。道义上是没问题了，还要考虑个人安危。一位女士迫切需要帮助，作为绅士，是不是应该抛开个人安危，出手相助？”

“有可能被抓住啊。”

“嗯，必须冒这个险。想拿回信，只有这一条路可走。可怜的女士没那么多钱，也没有值得信赖的亲友，明天是最后期限，今晚不拿回信，那家伙一定会说到做到，她的一生就毁了。我只有两个选择，要么让她听天由命，要么打出最后一张牌。华生，不瞒你说，这是我和米尔沃顿之间的公平对决。你也看见了，第一次交手他占了上风，为了尊严和荣誉，我一定要战斗到底。”

“好吧，虽然我不情愿，但也只能这样了，”我说，“我们什么时候出发？”

“你不用去。”

“那你也别去了，”我说，“我发誓，你不让我一起冒险，我马上坐车去警局告发你，我这人向来说话算数。”

“去了也帮不上忙。”

“你怎么知道？你又不确定会发生什么。反正我决心已定。除了你，别人也有尊严，也有荣誉。”

福尔摩斯有点儿为难，最后还是舒展眉头，拍了拍我肩膀。

“好了，好了，亲爱的老兄，想去就去吧。我们在同一间公寓合住多年，如果能在同一间牢房相伴终老，想必也是极有趣的。华生，说真的，我一直觉得自己是做犯罪高手的料，这次机会难得，终于可以施展这方面的才华了。你看！”他从抽屉拿出一个精致的小皮盒，打开盒盖，里面是一排闪亮的工具，“这是最顶级、最新式的撬锁工具，有镀镍短撬棍、金刚石玻璃刀、万能钥匙，等等，包括各种技术升级，满足社会进步的需求。看，还有我的遮光提灯。一切准备就绪。你有静音鞋吗？”

“有胶底网球鞋。”

“太好了！面罩呢？”

“可以用黑绸子做两个。”

“看来你在这方面也有极强的天赋。很好，你负责做面罩。出发前先吃点冷餐。现在是九点半，十一点坐车去教堂街，从那儿步行一刻钟到阿普尔多尔别墅，十二点之前可以开工。米尔沃顿睡觉很沉，每天十点半准时上床。运气好的话，两点之前就能带着伊娃小姐的信回到这里。”

我和福尔摩斯穿上正装，看起来像两个看完戏回家的人。我们在牛津街叫了辆马车，坐到汉普斯特德区，下车付费，然后沿着荒野[1]边缘往前走。天气寒冷，大风吹得人透心凉，我们都扣紧了大衣。

“这次行动必须格外谨慎，”福尔摩斯说，“信件在他书房的保险柜里，书房和卧室是套间，卧室就在旁边。不过，像他这样的小壮汉是不会亏待自己的，每晚都要充分享受深度睡眠。阿加莎——我未婚妻——告诉我，用人们私底下经常拿主人当笑柄，说他是叫不醒的睡神。他有个特别忠诚的秘书，白天守在书房寸步不离，所以我们只能夜里行动。还有条狗，非常凶猛，整天在花园转悠。前两天晚上，我很晚才去见阿加莎，她把狗锁起来了，好让我来去更畅通。到了，就是这座带院子的大别墅。穿过大门，好，去右边的月桂丛，可以戴上面罩了。看，窗户都是黑的，一切进展顺利。”

戴上黑绸面罩，我们化身伦敦犯罪界的两员大将。阴森的别墅静悄悄一片，我们溜到跟前，房子侧面有一条带瓦顶的长廊，还有几扇窗户和两道门。

“那是他的卧室，”福尔摩斯低声说，“这道门进去就是书房，本来最合适，但是既上了闩又上了锁，想撬开肯定会弄出很大噪音。来这边，有个花房通向客厅。”

花房反锁了，福尔摩斯割下一块圆玻璃，从里面拧动钥匙。没多久我们就进去了，他关上门，从法律意义上讲，我们已经成了重罪犯。花房里空气窒闷，各种奇花异草的香气浓郁

1　此处荒野特指汉普斯特德荒野（Hampstead Heath），位于教堂街（Church Row）北边。

刺鼻，呛得喉咙难受。黑暗中，他抓住我的手，带我迅速穿过一排排灌木丛，脸上不停有枝叶扫过。福尔摩斯经过专门训练，练成了黑暗中看东西的超常能力。他一手拉着我，另一只手打开一扇门，我隐约觉得进了一个大房间，而且不久前有人抽过雪茄。他摸索着绕过家具，打开另一扇门，进去后随手关上。我伸出手，摸到墙上挂着几件衣服，应该是到了过道。沿过道走了几步，福尔摩斯小心翼翼打开右边一扇门。有东西朝我们冲出来，我的心提到了嗓子眼。原来是只猫，虚惊一场。这间房的壁炉还烧着火，空气中同样有股浓浓的烟味。福尔摩斯轻手轻脚穿过房门，等我跟进去，又小心翼翼关上。这就是米尔沃顿的书房，房间顶头的门帘通向卧室。

炉火正旺，照亮了房间。门旁的电灯开关闪着微光，开灯不安全，而且完全没必要。壁炉一边是我们从外面看见的长廊窗户，挂着厚重的窗帘；另一边是长廊门。房间中央有张书桌，桌前的皮转椅红得发亮，桌对面是个大书柜，上面放了一尊雅典娜的半身大理石雕像。书柜旁的墙角立着高高的绿色保险柜，火光映照下，柜门上光滑的黄铜把手直反光。福尔摩斯悄悄走过去看了一下，然后蹑手蹑脚挪到卧室门前，歪着脑袋仔细听，里面没动静。我突然想到，待会儿可以从长廊门撤退，不妨先去扫除障碍，走近一看惊呆了，门既没上闩也没上锁。我拍拍福尔摩斯的胳膊，他转过戴着面罩的脸朝门看去。我看见他猛地一抖，显然跟我一样吃惊。

“情况不太妙，”他凑到我耳边说，“我也不知道怎么回事。不管了，抓紧时间。”

“我做什么？”

“守在长廊门边，听见有人来，赶紧闩上，我们从原路离开。万一有人从房门这边进来，信到手了就从长廊门出去，没到手的话就躲窗帘后面。明白了？”

我点头，站到长廊门边。一开始的恐惧没有了，反而感觉兴奋不已，挑战法律比捍卫法律还要刺激。这趟任务是为了高尚的目的，我们自己清楚完全是出于无私，是侠义精神，加上对手又是如此凶恶的狠角色，冒险充满了比武论剑的乐趣。我一点犯罪感也没有，反而因为身处险境而欣喜激动。

福尔摩斯打开工具盒，细心选用工具，像冷静严谨的外科医生，正在进行一场精密的手术，我一脸崇拜地欣赏他的高超技艺。我知道开保险柜是他的特殊爱好，也能感受他此时的心情，这么一个披金带绿的怪兽，肚子里装着许多贵妇名媛的声誉，能撬开它的嘴巴，当然是件开心事。福尔摩斯脱下外套放到椅子上，卷起礼服袖口，拿出两个钻子、一根短撬棍和几把万能钥匙。我站在中间的门旁，眼睛来回扫视其他几个门，以防紧急情况。说实话，真要有什么紧急情况，我也没想好该怎么应对。

半小时过去了，福尔摩斯头也不抬，放下一个工具，又拿起另一个，力度和精度拿捏得恰到好处，好像训练有素的机械师。最后听到“咔嗒”一声，宽大的绿门开了，我往里瞥了一眼，看见许多捆好的纸包，加了封印，上面还写了字。福尔摩斯拿出一捆，跳跃的火光下很难看清，米尔沃顿睡在隔壁，开电灯又太危险，他刚掏出遮光提灯，突然定住了。我看见他仔细听了一会儿，迅速关上柜门，抓起外套，一把将工具塞进口袋，箭步冲到窗帘后面，示意我也过去。

我刚躲好，终于听到了动静，他的听觉灵敏得多，早察觉了。房子某个地方有声响，远处一扇门“砰”地关上，接着传来沉重的脚步声，均匀而迅速地靠近，夹杂着含糊不清的低语。脚步穿过外面的过道，在书房门口停下，门开了，“啪”一声脆响，电灯亮了。门再次关上，立刻闻到浓雪茄的刺鼻烟味。脚步在房间里来来回回，离我们只有几码远。最后椅子嘎吱响了一下，脚步声停了，接着听到钥匙开锁的声响，还有纸张的沙沙声。

我刚才不敢往外看，等到这时才轻轻拉开面前的帘缝，偷偷望出去。福尔摩斯的肩膀压过来，我知道他也在看。米尔沃顿弓着宽阔的后背，就在我们正前方，几乎伸手就能够到。很明显，我们完全失算了，他根本没进卧室，而是一直待在别墅背面的吸烟室或台球室里，从我们进来的方向看不见它的窗户。我们眼前就是他的大脑袋，一圈花白头发围着油亮的秃顶。他坐在红皮转椅上，靠着椅背，伸长双腿，嘴角叼着一根又黑又长的雪茄，身穿军装样式的吸烟装[1]，深红色，黑丝绒领，手里拿着长长的法律文件，一边懒洋洋地看着，一边吐着烟圈。看他不慌不忙的舒服样儿，一时半刻不可能离开。

福尔摩斯悄悄抓住我的手，使劲握了一下，好像告诉我

---

1 吸烟装（smoking jacket）也叫烟装，最初是上流社会男士晚饭后在吸烟室穿着的便装，现在不分男女，在多种场合均可穿着。

一切尽在掌握中，他一点儿也不紧张。从我的位置可以清楚看见，保险柜的门没关好，米尔沃顿随时可能发现。不确定福尔摩斯看没看见，我自己在心里琢磨，一旦米尔沃顿盯着柜子不动，说明他注意到了问题，我就马上跳出去，用外套罩住他脑袋，摁住他，剩下的事交给福尔摩斯。不过，米尔沃顿一刻也没抬头，始终慢悠悠地看着手里的文件，跟着律师的论点一页一页翻看。我想，看完文件、抽完雪茄总该回卧室了吧？可是还没等到那个时候，事情又出现了惊人转折，把我们的思路带向另一个方向。

我看见米尔沃顿好几次看表，有一次还不耐烦地站起来又坐下。时间这么晚了，我压根没想到他是在等人，直到外面的长廊传来一声轻响。米尔沃顿放下文件，立刻坐得笔直。声音又响起，接着传来轻轻的敲门声。米尔沃顿站起来，打开门。

“迟到快半小时了。”他冷淡地说。

原来如此，门没锁，他没睡，就是这个原因。米尔沃顿转过脸朝向我们，我赶紧拉上了帘缝，只听见轻柔的沙沙声，是女人衣服的摩擦声。我壮着胆子，再次小心地掀开窗帘。米尔沃顿已经坐回椅子上，嘴角还叼着雪茄，显得特别无礼。他面前明亮的灯光下站着一位女士，身材修长，一身黑衣，戴着面纱，高领披风蒙住了下巴。她呼吸急促，情绪激动，纤细的身体不停颤抖。

“好了，亲爱的，”米尔沃顿说，“你耽误了我的一夜好觉，最好能证明这个损失是值得的。难道不能别的时间来吗，啊？”

女士摇摇头。

“行，不能就不能吧。伯爵夫人对女佣这么严苛，现在是你泄泄恨的时候了。我的天，你抖什么呀？这就对了，打起精神，我们马上谈正事。”他从书桌抽屉拿出一封信，“你说手头有五封信，有关达尔伯特伯爵夫人的声誉。你想卖，我想买，正对路子，就差谈个合适的价钱了。当然，我得先看看那些信，如果真是好货……天啊，怎么是你？”

女士一句话没说，拿掉面纱，松开披肩。一张清秀的脸出现在米尔沃顿面前，深色皮肤，五官轮廓分明，浓密的黑眉毛下一双闪亮的眼睛，眼神坚毅，鼻子线条优美，薄嘴唇，平直的嘴角挂着危险的笑容。

“是我，”她说，“被你毁了一生的女人。”

米尔沃顿笑起来，声音颤抖，带着恐惧。“怪你太固执，”他说，“为什么非要逼我用最后一招呢？我向你保证，我这人连苍蝇都不忍心伤害。可是一行有一行的规矩，我能怎么办？我开的价你完全有能力支付，可你偏不给。”

“所以你把信寄给了我丈夫。他是世上最高贵的绅士，我连给他系鞋带都不配，这么刚正的人，最后心碎而死。还记得最后那晚吗？我从那扇门进来，苦苦哀求你手下留情，你当时也是这样嘲笑我。旧戏重演，只不过你现在笑得太勉强了，瞧你的孬种样，嘴唇还在发抖。是啊，你永远也想不到还会在这儿见到我。正是那天晚上，我知道了用什么办法能跟你单独见上面。好了，查尔斯·米尔沃顿，还有什么要说的？”

“别以为能吓着我，”他站起身，“我只用大声一喊，就能叫用人来抓你。你是一时气上心头，这很自然，我能理解。赶紧怎么来的怎么出去，我不想多说了。”

女士站在原地，一手放在前襟下，薄唇边的微笑还是那样充满杀气。

“你毁了我的一生，折磨我的心，以后再也不会有人像我一样了，我要替所有人铲除祸害。畜生，下地狱吧——畜生！——下地狱！——畜生！”

她掏出一把亮闪闪的小手枪，枪口离米尔沃顿的胸膛不到两英尺，子弹一颗颗飞进他的身体。他身子一缩，往前倒在书桌上，狂咳不止，双手胡乱抓着文件，然后摇摇晃晃站起来，又吃一枪，一头倒地，叫了声“你杀了我”，躺在那儿不动弹了。女士死死盯着他，朝那张仰着的脸使劲踩了一脚，又看了一眼，没有任何动静。我听见一阵急促的沙沙声，夜风灌进暖和的房间，复仇者走了。

就算我们介入，也不可能改变米尔沃顿的命运。当女士对准他畏缩的身体一枪又一枪的时候，我本打算冲出去阻止，但福尔摩斯冰凉的手紧紧抓住了我的手腕。他这样坚决地拉住我，我完全理解其中的道理：这件事跟我们无关，是恶棍罪有应得，别忘了，我们还有自己的任务和目的。

女士刚从长廊门离开，福尔摩斯轻手轻脚直奔房门，转动钥匙反锁上门。就在这时，屋子里传来了说话声和匆忙的脚步声，其他人被枪声惊醒了。福尔摩斯冷静地冲到保险柜前，抱起一捆捆信件扔进壁炉，来来回回好几趟，终于清空了保险柜。门外有人拧把手，使劲捶打房门。福尔摩斯朝四周扫了一圈。那封预示米尔沃顿死期将至的信还在书桌上，沾满了血污，福尔摩斯把它扔进了燃烧的纸堆中。他拔下长廊门上的钥匙，让我先出去，然后跟出来，从外面锁上门。“华生，这边走，”他说，“可以翻花园墙出去。”

真没想到警报传得这么快，回头一看，整座大房子灯火通明。大门开了，马车道上有几个人在飞跑，花园里也全是人。我们刚出长廊就被一个家伙看见了，他大喊抓人，紧追上来。福尔摩斯果然对别墅了如指掌，在一片矮树林中快速穿梭，我跟在后面，最先发现我们的家伙还在气喘吁吁地追赶。一堵六英尺高的墙挡住了去路，福尔摩斯跳上墙头，翻了过去。我跟着跳上去，却被后面那位抓住了脚踝。我拼命踢开他，翻过嵌着碎玻璃的墙头，头朝下栽进了灌木丛。福尔摩斯立刻扶我起来，我们拔腿就跑，冲进广阔的汉普斯特德荒野。估计跑了足有两英里，福尔摩斯停下来，仔细听周围的声响。身后一片寂静，我们终于摆脱了追赶，安全了。

这样一个惊魂夜过去了，第二天吃完早饭，正抽着烟，伦敦警察厅的莱斯特雷德先生光临了我们的寒舍，神情威严，很有气势的样子。

“早上好，福尔摩斯先生，”他说，“早上好。请问现在忙吗？”

“还不至于没时间听你说话。”

“如果手头没有特别的事，想麻烦你帮忙调查一件重大案子，昨晚刚发生，在汉普斯特德区。”

“天啊！”福尔摩斯说，“发生了什么？”

"谋杀，非同一般的谋杀。我知道你对这类案子特别感兴趣。请你去趟阿普尔多尔别墅，帮忙提点建议，我将感激不尽。这可不是普通的犯罪。警方早盯上这位米尔沃顿先生了，不瞒你说，他不是什么善类。我们查出他手上有大量文字资料，专门用来敲诈。这些文件都被凶手们烧毁了，家里的贵重物品都没动。由此看来，罪犯们可能是出于善意，只是为了防止丑闻曝光。"

"罪犯们？"福尔摩斯说，"不止一个？"

"对，有两个，差一点就当场抓住了。我们有他们的脚印，还有特征描述，追查出来的把握非常大。第一个家伙动作敏捷，溜得快。第二个被园艺工拽住，挣扎一番才逃脱，中等身材，体格健壮，方下巴，粗脖子，八字胡，眼睛蒙了面罩。"

"真够模糊的，"福尔摩斯说，"哎呀，说的好像是华生！"

"是啊，"警探乐了，"确实像华生。"

"莱斯特雷德，恐怕我帮不上忙，"福尔摩斯说，"事实上，我也了解这个米尔沃顿，还把他排在伦敦最危险人物之列。我认为，有些罪行不可能用法律制裁，所以从某种程度上说，私自报复是最合情合理的。行了，别争了，我决心已定。我支持罪犯们，不同情受害者，这案子不接。"

整个上午，福尔摩斯都沉浸在思考中，关于我们目睹的惨案，一个字没提。看着他放空的眼神、灵魂出窍的样子，我感觉是在努力回忆着什么。午饭时，他"噌"的一下站起来，叫道："天啊，华生，想起来了！戴帽子！跟我出去！"他飞速穿过贝克街，沿牛津街走了一段，差不多到了摄政广场。左手边有个橱窗，里面摆满了当代名人和美女的照片。福尔摩斯目不转睛盯着其中一张，我跟着他的视线望过去。照片上是一位雍容华贵的女士，身穿宫廷服饰，头戴高高的钻石冠冕，气质庄重。再仔细一看，鼻子线条优美，眉毛浓密，嘴角平直，小巧的下巴透着倔强。我看了眼照片介绍，不禁倒抽一口凉气，她丈夫是显赫的贵族，也是伟大的政治家，拥有分量十足的古老头衔。我和福尔摩斯四目相对，他做了个嘘的手势，我们转身离开了橱窗。

六尊拿破仑塑像

伦敦警察厅的莱斯特雷德先生是我们的夜间常客，福尔摩斯欢迎他来，这样才能全面了解警察总部的最新动向。莱斯特雷德送来了消息，作为回礼，福尔摩斯总是认真听警探讲述手头案件的细节，根据自己丰富的知识和经验，偶尔给一点提示或建议，但绝不会指手画脚。

这天晚上，莱斯特雷德聊完天气和报纸上的新闻，突然不作声了，若有所思地抽着雪茄。福尔摩斯敏锐的目光落到他身上。

“手头有疑案？”他问。

“啊，没有，福尔摩斯先生，没什么特别的。”

“说来听听。”

莱斯特雷德笑起来。

“好吧，福尔摩斯先生，是有个案子，没必要瞒着你。案情太荒唐了，我都不好意思跟你提。虽然微不足道，但又确实非常奇怪，我知道你偏爱一切不寻常的事物。不过，依我看，这件事华生医生比我们更在行。”

“疾病？”我问。

“确切说是精神病，一种另类的精神病。你们肯定想不到，都这个年代了，竟然还有人对拿破仑怀有深仇大恨，一见到他的塑像就砸个粉碎。”

福尔摩斯往椅背上一靠，说：“不是我的专长。”

“对，我就说嘛。不过，精神病人入室盗窃，砸别人家的塑像，这就不是医生而是警察该管的事了。”

福尔摩斯又坐直身子。

“入室盗窃！这倒有点儿意思。说说细节。”

莱斯特雷德拿出工作记事本，根据记录回忆案情。

“第一个案子是四天前，”他说，“地点在肯宁顿路上一家专卖装饰画和塑像的小店，店主莫尔斯·哈德森。当时店员离开了一下，突然听到东西摔碎的声音，赶紧回到柜台，发现一尊拿破仑的半身石膏像掉到地上，摔得粉碎。之前塑像一直和其他艺术品摆放在柜台上。店员冲上街，没看见任何人，也没法指认是谁干的。有几个路人作证，说看见一个男人从店里跑出来。看起来像是无聊的人故意捣乱，这种情况很常见，他们就以此罪名向巡警报了案。石膏像值不了几先令，整件事太小儿科，根本不值得立案调查。

“第二个案子就严重多了，也更离奇，昨晚刚发生。也在肯宁顿路上，距离哈德森的小店只有几百码的地方，住着一位名医，名叫巴尼科特。泰晤士河南岸有几家大诊所，其中一家就是他的。他的住处和主诊所在肯宁顿路，分诊所和药房在下布利克斯顿路，两地相隔两英里。巴尼科特医生特别崇拜拿破仑，家里到处是关于这位法国皇帝的书籍、图画和纪念物。不久前，他在哈德森店里买了两尊拿破仑石膏像，都是法国雕塑家德瓦恩经典之作的仿品。一尊放在肯宁顿路住宅的大厅里，另一尊放在下布利克斯顿路分诊所的壁炉台上。今天早上，医生一下楼惊呆了，夜里有人闯进他家。奇怪的是，除了大厅的石膏像，什么东西也没丢。石膏像被带到屋外，狠狠砸向花园围墙，墙角发现了碎片。”

福尔摩斯搓着双手，说：“确实不同寻常。”

“我就知道对你胃口。还没讲完呢。十二点，巴尼科特医生在分诊所有预约。到了那儿，他发现窗户在夜里被撬开了，房间四处散落着另一尊石膏像的碎片，可想而知他有多惊讶。这一次石膏像是在原地砸碎的。两处案发地都没有任何线索，查不出干坏事的罪犯或疯子是谁。好了，福尔摩斯先生，案情就是这样。”

“很奇特，甚至可以说怪异，”福尔摩斯说，“请问，医生的两个塑像和哈德森店里的那个是不是一样的？”

“都是一个模子做出来的。”

“由此看来，砸塑像并不是因为对拿破仑的仇恨。你想啊，伦敦有成百上千座这位伟人的塑像，一个冲动的反圣像主义者随便一砸，竟然砸中了一个模子做出来的三个塑像，这是怎样的概率啊。”

“嗯，我也这么想过，”莱斯特雷德说，“但是，那一带只有哈德森一个卖半身塑像的，拿破仑塑像就那三个，在他店里放了好多年。你说的没错，伦敦确实有成百上千座，但那一带很可能只有那三个，自然成了当地疯子的首选。华生医生，你怎么看？”

“偏执狂的临床表现有无限种可能，”我回答，“其中一种，现代法国心理学家们称为‘一事偏执’，病情比较轻微，在其他方面表现完全跟正常人一样。如果一个人过度沉迷于拿破仑相关的书籍，或者家族在拿破仑战争中遭受重创，留下了心理阴影，都有可能引发‘一事偏执’，做出各种过激行为。”

“不对，亲爱的华生，”福尔摩斯摇头说，“你那位可爱的偏执狂再怎么‘一事偏执’，也不可能找到这些塑像。”

“那你怎么解释？”

“我不打算解释，只想强调一点，这位先生的反常举动有规律可循。比如说吧，在巴尼科特医生家的大厅，声音会惊醒家里人，塑像是拿到外面砸碎的，而在分诊所，没有这种顾虑，塑像就在原地给砸了。整件事看似荒唐无聊，但回想起我的许多经典案子，开场都不太起眼，所以不是什么事都能用微不足道形容。华生，还记得阿伯内提家族的恐怖案件吧，最开始吸引我注意的问题，不过是大热天芹菜能在黄油中沉多深。莱斯特雷德，三个砸碎的塑像不能就这么一笑而过，一连串事件相当奇怪，有任何新情况，麻烦一定告诉我。”

我朋友万万没想到，期待的新情况很快就来了，而且是场惨剧。第二天早上，我还在卧室穿衣服，福尔摩斯敲门进来，手里拿着一封电报，大声念道：“马上来肯辛顿区皮特街131号。莱斯特雷德。”

“怎么了？”我问。

“不知道，什么都有可能。我看多半是塑像案又有下文了，真要如此，这位砸塑像的朋友开始在伦敦其他区域活动了。桌上有咖啡，华生，我叫的马车在门口。”

半小时后，我们到了目的地。皮特街是条冷清的小街，紧挨着伦敦最热闹的主干道。街边一排平整的住房，中规中矩，131号就是其中一座。马车驶上前，我们看见房前栅栏外围了一圈看热闹的。福尔摩斯吹了声口哨。

“瞧这阵势！至少是谋杀未遂。能让伦敦的邮差停下脚步，不可能是小事。再看那位，弓着背伸长脖子，现场肯定有暴力发生。华生，怎么回事？最上面的台阶冲洗过了，下面几级都是干的。还好脚印够多！看，莱斯特雷德在前窗边，很快就能知道答案了。”

警探一脸严肃地迎上来，带我们进了客厅。里面有位老人走来走去，穿着法兰绒睡袍，头发蓬乱，情绪激动。莱斯特雷德介绍说是房子的主人，中央报业联合会的霍勒斯·哈克先生。

“又是拿破仑塑像，”莱斯特雷德说，“福尔摩斯先生，你昨晚好像很感兴趣，事态发展到更严重的地步了，我估计你想来现场看看。”

“有多严重？”

“谋杀。哈克先生，请给两位先生详细讲一遍。”

穿睡袍的老人转向我们，神情忧郁。

“说起来真讽刺，”他说，“我一辈子都在写别人的新闻，真正的大新闻落到自己头上了，我却困惑不安，一个字也写不出来。要是作为记者来到这里，我早就采访完自己，各家晚报都会辟出整页版面刊登我的报道。可现在呢，我只能贡献宝贵的新闻素材，一遍又一遍向一拨又一拨人讲述我的故事，自己根本用不上。福尔摩斯先生，我听说过你的大名，只要你能破解这个谜题，我再讲一遍也不算浪费口舌。”

福尔摩斯坐下来听他细说。

“事情的焦点看来是拿破仑塑像。大约四个月前，我为这个房间添置了一尊拿破仑塑像，价格便宜，在哈丁兄弟商店买的，商业街地铁站出来第三个门面。我一般晚上写稿，经常写到凌晨，今天也一样。三点左右，我坐在楼上最靠里的书房里，清楚听到楼下有声响。又听了一会儿，没动静了，我以为是屋子外面的响动。大概五分钟后，突然传来一声恐怖的惨叫。福尔摩斯先生，我从没听过这么可怕的声音，只怕这辈子都忘不了。我吓呆了，一动不动坐了一两分钟，然后拿起拨火棍下楼。走进房间，发现窗户大开，壁炉台上的半身像不见了。那不过是个石膏做的塑像，没有任何实际价值，真搞不懂盗贼拿它做什么。

“你看，从敞开的窗户出去，跨一大步就到了前门台阶，盗贼肯定是这么逃走的。我绕到前门，打开门，外面一片漆黑，刚往外迈了一步，差点绊倒，脚下横着一具尸体。我赶紧跑进屋拿灯，这才看清那个不幸的家伙。他平躺在地上，双膝弯曲，嘴巴大大张开，脖子上一道深长的划口，血流了一地。这副惨象一定会经常出现在噩梦中。我吹响警哨，晕过去了，后来的事不太清楚，醒来时躺在门厅里，旁边站着警察。”

“死者是谁？”福尔摩斯问。

“没有证明身份的线索，”莱斯特雷德说，“想看尸体可以去太平间，目前为止还没查出任何结果。死者高个子，皮肤晒得黝黑，身体强壮，不超过三十岁，衣着破旧，但不像是做苦力的。身旁血滩中有把角质柄折刀，不确定是凶器还是死者的物品。衣服上没有绣名字，口袋里只有一个苹果、一些细绳、一张价值一先令的伦敦地图，还有一张照片，在这儿。”

一看就是小相机拍的快照，照片上的人长得像猿猴，神情机警，五官分明，眉毛浓密，下半边脸往前突，跟狒狒似的。

福尔摩斯研究完照片，问：“塑像呢？”

“你们来之前刚找到。坎普登庄园路上有座空房子，塑像在房前花园里，已经砸得粉碎。我正想过去看看，你去吗？”

“当然去，让我先看一下这里。”他检查了地毯和窗户，“这家伙要么腿特别长，要么身手灵活，”他说，“窗台那么高，跳上来开窗户可要费点儿功夫，跳下去倒是比较容易。哈克先生，一起去看塑像碎片吗？”

沮丧的记者坐到书桌旁。

“我得试着写点什么，”他说，“第一批晚报肯定出来了，肯定报道了详细经过。这就是我的命！记得唐卡斯特市的看台坍塌事故吗？唉，我是现场唯一的记者，但我的报纸是唯一没有报道这次事故的媒体，就因为我受惊过度，什么也写不出来。这下好了，自家门口发生了谋杀，我还是落在了后头。”

我们离开房间时，听见他的笔尖在稿纸上沙沙游走。

发现碎片的地方只有几百码远，我们终于亲眼见到了这位伟人的塑像，不管砸它的是谁，似乎怀有一种几近疯狂、极具毁灭性的仇恨。尖利的石膏片散落在草地上，福尔摩斯捡起几片，仔细检查。他神情专注，很有把握的样子，我相信他已经找到了线索。

“怎么样？”莱斯特雷德问。

福尔摩斯耸耸肩。

“还有很长的路要走啊，”他说，“不过，有几条线索可以当作调查的起点。在这个奇怪的罪犯眼里，不值钱的塑像比人命还重要，这是一点。另外很反常的是，他的唯一目的是砸碎塑像，却没有在屋子里砸，也没有一出屋子就砸。”

“也许是撞上了另一个家伙，一时乱了方寸，不知道自己在做什么。”

“嗯，有这种可能，但为什么偏偏是这座房子的花园？我想提醒你特别注意房子的位置。”

莱斯特雷德朝周围看了看，说：“房子是空的，这里动手不会引人注意。”

“对，可是前面还有座空房子，必须先经过那一座才能来这里。为什么不在那儿砸？要知道，带着塑像走得越久，被人发现的风险就越大。”

“想不通。”莱斯特雷德说。

福尔摩斯指向我们头顶的街灯，说：“这里看得见，那里看不见，这就是原因。”

“天啊！果然！”警探说，“你这么一说，我想起来了，巴尼科特医生家的塑像也是在诊所红灯箱附近砸碎的。福尔摩斯先生，这条线索怎么处理？”

“记在脑子里，写在本子上，后面可能有用得上的时候。莱斯特雷德，接下来你打算怎么办？”

“我认为，最可行的办法是确认死者的身份，这件事并不难。只要查出他是谁、跟什么人来往，就能顺利查出他昨晚为什么去皮特街，以及在哈克先生家门口撞见他、杀了他的人是谁。你觉得呢？”

“是个好办法，只不过我不会从这个角度查。”

“那你怎么查？”

“啊，不能让我的想法干扰你。这样吧，你查你的，我查我的，最后汇总起来，互通有无。”

“好极了。”莱斯特雷德说。

“你回皮特街肯定能见到哈克先生，请替我转告他，我基本确定了，昨晚闯进他家的是个危险的杀人狂，患有拿破仑妄想症。相信对他的报道有帮助。”

莱斯特雷德瞪圆了眼睛。

“你不会当真这么想吧？”

福尔摩斯笑着说：“不会吗？嗯，也许不会吧，但一定会提起哈克先生的兴趣，吸引中央报业联合会的各位订户。好了，华生，今天一天又有的忙了。莱斯特雷德，麻烦你今晚六点去趟贝克街。死者口袋里的照片我先拿着，晚上还你。如果我的一连串推理正确，今晚将会有一场小冒险，到时候可能需要你一起去帮忙。祝你好运，晚上见！”

我和福尔摩斯朝商业街走，找到了卖塑像的哈丁兄弟商店。年轻的店员告诉我们，哈丁先生下午才来店里，他自己是新来的，不了解情况。福尔摩斯一脸的失望和恼火。

“好吧，好吧，”他最后说道，“华生，不可能事事都顺心。既然哈丁先生下午才来，我们只能下午再跑一趟。你一定看出来了，我是想追踪这些塑像的源头，希望发现一些特别之处，能解释它们的悲惨命运。马上去肯宁顿路找哈德森先生，看他能不能提供一点信息。”

我们坐上马车，一小时后到了画商的小店。哈德森先生小个子，身体壮实，红脸膛，看上去脾气不太好。

“对，先生，就在柜台砸碎的，”他说，“什么小混混都能进店乱砸东西，真不知道我们交那么多税都用到哪儿去了。是的，先生，巴尼科特医生的两尊塑像是在我店里买的。太无法无天了！我看肯定是无政府主义者的阴谋。只有无政府主义者才会到处破坏塑像。我管他们叫红色共和派[1]。在哪儿进的货？这跟案子有什么关系？好吧，既然这么想知道，不妨告诉你，从格尔德工厂买的，在斯特普尼区的教堂街上，是家有名的塑像工厂，二十年来一直是行业佼佼者。进了几个？二加一，三个，巴尼科特医生两个，我柜台上的一个光天化日之下被砸碎了。照片上的人？不认识，等等，认出来了，这不是贝波吗？意大利人，打零工的，在我店里干过，雕刻、镀金、镶框什么的，也干点杂活，上周刚走，之后就没联系了。我也不知道他从哪儿来、到哪儿去了，在店里这段时间表现还不错。他是塑像砸碎两天前走的。”

从小店出来，福尔摩斯说：“行了，哈德森能提供的差不多就这些。如果能用贝波把肯宁顿和肯辛顿联系起来，我们这十英里就算没白跑。华生，现在去塑像的发源地，斯特普尼区

1　红色共和派（Red Republican）指主张社会变革的激进分子，得名于法国极端共和主义者佩戴的红色自由帽。

的格尔德工厂，那里肯定能打听到更多信息。”

我们迅速经过伦敦各种特色地段，时尚、旅馆、戏院、文艺、商业、海运，最后到了泰晤士河边的一片区域。这里居住着十多万人口，出租公寓里挤满了欧洲大陆的流亡者，弥漫着难闻的味道。我们找到了制作塑像的工厂，在一条宽阔的大街上，以前是金融城富商的住宅。外面有个大院子，堆满了纪念碑石。里面是个大通间，五十个工人正在雕刻或铸模。经理是德国人，大块头，金头发，客气地接待了我们，清楚回答了福尔摩斯的每个问题。他查了一下账本，仿照德瓦恩的拿破仑像制作的石膏塑像一共几百个，有六个是同一批制作的，其中三个大约一年前卖给了哈德森，另三个卖给了肯辛顿的哈丁兄弟商店。照理说这六个跟其余几百个没什么区别，他也不明白为什么有人想砸掉它们，事实上，他觉得这种行为十分荒唐。塑像的批发价是六先令，零售商可以卖到十二先令以上。模具分左右两半，先分别制模，然后把两块熟石膏黏合起来，形成一个完整的半身像。这项工作一般由意大利人负责，就在我们看到的房间里完成。塑像成型后，放到过道桌子上晾干，最后入库储存。他能告诉我们的就这么多。

可是一看照片，经理反应特别激烈，气得满脸通红，皱起的双眉挤向日耳曼血统的蓝眼睛。

“啊，这个恶棍！”他叫道，“对，我太了解他了。我们工厂向来规规矩矩，唯独一次警察找上门，就是因为这个家伙。事情过去一年多了，他在街上捅了一个意大利人，逃回工厂，警察紧跟着来了，在这里抓住了他。他叫贝波，姓什么不知道。看这张脸就不是好人，怪我一时糊涂雇了他。不过他手艺挺好，算是数一数二的。”

“判的什么刑？”

“对方没死，只判了一年，现在肯定出狱了，不过不敢到这一带露脸。他有个表弟也在厂里干活，准能告诉你他在哪儿。”

“不用了，不用了，”福尔摩斯急忙说，“千万别对他表弟说，帮帮忙，一个字也别提。事关重大，越往深了调查，越觉得严重。你刚才查账本，我注意到这些塑像的销售日期是去年六月三日。请问贝波是哪一天被抓的？”

“看一下日薪发放单就知道大概日期了。”经理答道，翻了翻账本说，“找到了，最后一次给他发工资是五月二十日。”

“谢谢，”福尔摩斯说，“多有打扰，不耽误你时间了。”他最后又叮嘱经理不要对任何人提起调查的事。说完，我们再次向西出发。

下午过去了一大半儿，我们才在饭馆随便吃了顿午饭。饭馆门口的报纸栏标题醒目：肯辛顿惨剧，精神病杀人。一看内容便知道，哈克先生终于让他的故事见报了。报道占了整整两栏，整个事件描写得惊心动魄，可谓妙笔生花。福尔摩斯把报纸靠在调味瓶架上，边吃边看，一两次忍不住笑出声来。

“写得真好，”他说，“华生，听这段：

令人欣慰的是，各方对本案的结论已无异议。莱斯特雷德先生是经验丰富的警探，夏洛克·福尔摩斯先生是著名的顾问专家，两人一致认为，这一连串情节离奇、结局悲惨的事件并不是故意犯罪，而是发疯所致。只有精神失常才能合理解释所有案情。

华生，只要会利用，报纸是最宝贵的破案工具。吃得差不多了吧？马上赶回肯辛顿，听听哈丁兄弟商店的老板怎么说。”

这家百货商店的创始人是个利索的小个子，模样精明干练，思维清晰，口才也很好。

“对，先生，我看过晚报的报道了。哈克先生是我们的顾客，几个月前来买的塑像。那样的塑像店里有三个，都是从斯特普尼区的格尔德工厂订购的，已经卖光了。卖给了谁？啊，让我查一下销售记录，很快能告诉你。找到了，都在这里。你看，一个卖给了哈克先生；一个卖给了乔塞亚·布朗先生，地址：奇斯克区，金链花谷路，金链花别墅；还有一个卖给了桑德福德先生，地址：雷丁镇，下格罗夫路。照片上的人？从没见过。先生，这么难看的脸，见过一定印象深刻吧。有没有意大利员工？有，店员和清洁工有几个是意大利人。嗯，他们想看销售记录，当然可以随便看，这种东西没必要藏着掖着。好的，好的，确实是件奇怪的案子，你们查出什么结果，也请告诉我一声。”

哈丁先生回答时，福尔摩斯不停做笔记，看得出来，他对目前的进展非常满意。但他一个字也没提，只说了句：“抓紧时间，不然莱斯特雷德要等着急了。”果然，我们回到贝克街，警探已经在那儿了，正不耐烦地走来走去，看他趾高气扬的样子，这一天应该颇有收获。

“怎么样？”他问，“顺利吗，福尔摩斯先生？”

“忙得团团转，还好没白忙，”我朋友解释道，“零售商和批发商都见了，每尊塑像的来源、去向都摸清了。”

“塑像？”莱斯特雷德叫道，“好吧，好吧，你有你的一套办法，福尔摩斯先生，我无权妄加评论。不过，我觉得我的成果更丰富，死者身份查明了。”

“不会吧！”

“作案动机也清楚了。”

“太厉害了！”

“死者脖子上挂着天主教吊坠，另外考虑到肤色，我判断他是南欧来的。警察厅的希尔警探专门负责藏红花山[1]和意大利人聚居区，一看到尸体就认出来了。此人名叫皮埃特罗·维努奇，来自那不勒斯，是伦敦最凶残的杀手之一。他是黑手党成员，你知道的，那是个秘密的政治黑帮，专靠暗杀维护他们的帮规。这么一来，案情渐渐明朗了。另一个家伙可能也是意大利人，也是黑手党成员，因为触犯了帮规，被皮埃特罗追杀。杀手随身带着目标人物的照片，以免错杀。皮埃特罗跟踪那个家伙，看他进了屋子，就在门外等着，后来两人扭打起来，皮埃特罗反倒丧了命。福尔摩斯先生，怎么样？”

福尔摩斯赞许地鼓掌。

“精彩，莱斯特雷德，精彩！”他大声说，“不过，我还是不太明白砸塑像是怎么回事。”

“塑像？你怎么老盯着塑像不放？算得了什么呢？小偷小

1　藏红花山（Saffron Hill）是伦敦的一条街道，因曾长有藏红花而得名。

摸，顶多判六个月。谋杀才是我们应该调查的。告诉你吧，线索差不多都弄到手了。”

“下一步呢？”

“非常简单。我跟希尔警探去趟意大利区，找到照片上的这个人，以谋杀罪逮捕他。一起去吗？”

“不了，我们可以用更简单的办法。能不能成还不一定，关键取决于一个因素——一个我们完全无法控制的因素。实际上，有三分之二的胜率，希望还是很大的。你今晚跟我们一起去，我帮你抓住他。”

“去意大利区？”

“不，在奇斯克区碰到他的可能性更大。莱斯特雷德，今晚你跟我去奇斯克区，明天我再陪你去意大利区，耽误一晚上问题不大。好了，先好好休息几小时，等到十一点再出发，估计天亮才能回来。莱斯特雷德，就在这儿吃晚饭，吃完去沙发上睡一会儿，到时间再起来。对了，华生，麻烦你打电话叫个快递员，我有封信必须马上发出去。”

楼上杂物间堆满了旧报纸，福尔摩斯整晚都在那里翻查，最后终于下楼来，一副心满意足的样子。至于查到了什么，半个字儿也不透露。这个复杂的案子一波三折，他是怎么一步步追查下来的，我本人都亲身经历了。虽然不知道最终目的是什么，但我非常清楚福尔摩斯的思路，他断定这个奇怪的罪犯会对剩下的两尊塑像下手。没记错的话，其中一尊就在奇斯克区，我们这趟去就是要抓现行。他故意让晚报放出错误报道，好让罪犯放松警惕、继续作案。机智如他，叫人不得不佩服。

福尔摩斯建议我带上枪，我也觉得很有必要，他自己则带上了最喜欢用的武器，灌铅的马鞭。

十一点，马车到了门口。我们坐到哈默史密斯桥对岸下车，吩咐马夫在原地等候，然后步行一小段路，来到一条僻静的街道。两边都是带院子的漂亮别墅，借着街灯光，我们看见其中一座的门柱上写着“金链花别墅”。屋里人显然都睡了，四下漆黑，只有大门上方的顶窗透出一点亮光，在院子的小径上投下一个模糊的光圈。木栅栏隔开了街道和别墅，栅栏内侧一片浓黑的阴影，正好供我们藏身。

“恐怕要等很久，”福尔摩斯轻声说，“谢天谢地没下雨。保险起见，不能抽烟打发时间。想想有三分之二的概率成功，吃点苦头也值得。”

等待并没有福尔摩斯担心的那么久，在毫无预兆的情况下就结束了。我们没听到任何人靠近的声响，院门突然打开，一个黑影瞬间溜上小径，动作灵活得像只猴子。他迅速经过顶窗投下的光圈，消失在房子的阴影中。周围一片寂静，我们屏住呼吸。过了一会儿，耳边传来轻柔的嘎吱声，窗户开了。声音停止，又是漫长的寂静，那家伙正在往里爬。突然，屋里闪过遮光提灯的亮光。看来他要找的东西不在那个房间，亮光很快转移到另一间，接着又出现在第三间。

“去窗户那儿等着，一爬出来就抓住。”莱斯特雷德小声说。

我们还没来得及过去，那人已经出来了，站在朦胧的光圈中，胳膊下夹着一个白色的东西，鬼鬼祟祟朝四周张望。街道空无一人，寂静无声，他松了口气，转身背对我们，放下东西。紧接着听到清脆的敲击声，然后一阵噼噼啪啪的声响。那人只顾着手上的事，完全没听见我们悄悄穿过草坪的脚步声。福尔摩斯像老虎一样扑向他的后背，我和莱斯特雷德一人抓住一只手腕，替他戴上手铐。我们把他翻过来，眼前是一张凶狠的脸，脸色蜡黄，五官扭曲，气汹汹地瞪着我们。没错，抓住的正是照片上的那个人。

福尔摩斯关注的不是犯人。他蹲在门口台阶上，仔细检查犯人从屋子里拿出来的东西。那是一尊拿破仑半身像，跟白天看到的塑像造型一样，结局也一样，也碎成了小片。福尔摩斯小心翼翼拿起碎片，一片片凑到灯光下研究，没看出跟一般的石膏碎片有什么区别。他刚检查完，门厅的灯大亮，门开了，别墅主人走出来，身材圆胖，样子和蔼，穿着衬衫和长裤。

“乔塞亚·布朗先生？”福尔摩斯问。

“是我，先生。你一定是夏洛克·福尔摩斯先生吧？快递送来的急信收到了，完全按你的嘱咐做的。我们反锁了房门，在里面等着事情过去。啊，你们抓到罪犯了，太好了。先生们，请进屋休息一下。”

莱斯特雷德着急把犯人关押起来，几分钟后，我们叫来马车，四人一起返回伦敦。犯人一路上没说话，乱蓬蓬的头发下一双眼睛寒气逼人。有一次我的手不小心靠他太近，他像饿狼一样猛扑上来。我们在警局待了一会儿，警察从他身上搜出几先令和一把带鞘长刀，刀柄上有大量血迹，刚沾上去不久。

“没事了，”莱斯特雷德跟我们道别，“希尔警探最熟悉这帮家伙，能认出他是谁。等着瞧吧，我的黑手党结论肯定没错。福尔摩斯先生，还是要非常感谢你，捉拿他的手法相当高明，只不过我没怎么看懂。”

“时间太晚，不解释了，”福尔摩斯说，“再说还有一两个细节没查清楚，像这样的案子就该一查到底。请你明晚六点再去趟贝克街，我会向你证明，这案子很有特点，可以说是犯罪史上独一无二的案例，而你到现在还没完全领会它的含义。华生，如果我哪天又允许你继续写案子了，这件离奇的拿破仑塑像案一定会让你的故事集增色不少。”

第二天晚上再见面时，莱斯特雷德掌握了不少犯人的信息。他叫贝波，姓什么不清楚，是意大利区出名的小混混。以前很老实，靠雕塑为生，手艺精湛，后来走上了邪路，已经两次入狱——一次因为小偷小摸，另一次，我们听说过了，因为刺伤老乡。他英语说得很好，但拒绝回答跟塑像有关的问题，破坏塑像的原因还没查明。警方发现，他曾在格尔德工厂做工，负责制作石膏塑像，这些半身像很可能是他亲手做的。

警探带来的信息大部分都不是新闻，福尔摩斯礼貌地听着，但我了解他的心思早飘到别处去了，那副惯有的冷静外表下，似乎藏着几分焦急和期待。门铃突然响了，他猛地一惊，眼睛直发亮。一分钟后，楼梯传来脚步声，一位老先生被带进房间，红脸膛，花白大胡子，右手拎着老式的毛毡旅行包。

他把包放到桌上，问：“夏洛克·福尔摩斯先生在吗？”

我朋友欠身打招呼，笑着说：“你是雷丁镇的桑德福德先生？”

“是的，先生，抱歉有点迟到，坐火车就是没个准点。你来信询问我手头的半身像。”

“没错。”

“信我带来了，你说：‘我想收藏德瓦恩经典之作的仿品，愿出十英镑买你的拿破仑塑像。’对吗？”

“对。”

“看到信我吓到了，你怎么知道我有这么个东西？想不通。”

“吓一跳很正常，答案也非常简单。哈丁兄弟商店的老板说，最后一尊塑像卖给了你，地址也是他告诉我的。”

“哦，原来如此。他有没有告诉你价格？”

“没有。”

“我这人不算富裕，但绝对诚实。我只花了十五先令买塑像，应该让你知道这个价，不然十英镑收得不安心。”

“桑德福德先生，有顾虑证明你有品行。价是我自己开的，开多少付多少。”

“好吧，福尔摩斯先生，你真大方。按你的意思，塑像带来了，在这儿！”他打开包。塑像摆在桌上，我们不止一次见过它破碎的样子，这下终于一睹真容。

福尔摩斯从兜里掏出一张纸，跟十英镑一起放到桌上。

“桑德福德先生，请你签字确认，由这两位先生作证。没别的意思，就是证明你把塑像相关的权利全部转让给我。我办事向来一板一眼，谁也保不准以后会发生什么。谢谢，桑德福德先生，钱拿好，再见。”

客人走了，福尔摩斯接下来的举动吸引了我们的注意。他先从抽屉拿出一块干净的白布，平铺在桌上，然后把刚入手的塑像放到白布中央，最后抄起马鞭，朝拿破仑脑袋上狠狠一击，塑像碎成了片。福尔摩斯弯下腰，迫不及待地检查碎片。他突然一声欢呼，举起一块石膏，里面嵌着一颗圆圆的黑东西，好像布丁里的葡萄干。

“先生们，”他叫道，“隆重介绍！享负盛名的波吉亚[1]黑珍珠！”

我和莱斯特雷德愣住了，瞬间回过神来，情不自禁地热烈鼓掌，就像刚欣赏完戏剧的精彩高潮。福尔摩斯苍白的脸一下子红了，朝我们深鞠一躬，就像戏剧大师接受观众的致敬。只有这样的时刻，他才会暂时跳出推理机器的外壳，袒露一个正常人对崇拜和赞赏的喜爱。骨子里刻着骄傲和内敛，不屑于在人前出名，但面对朋友发自内心的赞叹，他还是会被深深打动。

“对，先生们，”他说，“这就是世界上现存最著名的珍珠。算我运气好，通过一连串演绎推理找到了。我从珍珠的失踪地——科隆纳[2]王子在戴克酒店入住的房间，追踪到斯特普尼区的格尔德工厂，查到他们制作的六尊拿破仑塑像，在最后一尊的石膏碎片里找到了。莱斯特雷德，你应该还记得这颗无价之宝失踪后引起了多大轰动，伦敦警方费尽力气寻找，结果一无所获。我也有帮忙查案，可惜没查出什么名堂。

“王妃的女佣嫌疑最大。她是意大利人，有个哥哥在伦敦，但查不到他们之间有任何联系。女佣名叫卢克丽霞·维努

---

1 波吉亚家族（House of Borgia）原是西班牙瓦伦西亚（Valencia）的贵族，文艺复兴时期定居意大利，在 15、16 世纪的欧洲拥有强大势力。

2 科隆纳（Colonna）是意大利贵族世家。

奇，我敢肯定，两天前被杀的皮埃特罗就是她哥哥。我翻查旧报纸，找到了珍珠失踪的日期，恰好是贝波被捕前两天。他因为暴力伤人在格尔德工厂被捕，当时厂里正在制作这六尊塑像。现在能看清事情的先后顺序了，当然，你们看到的顺序跟我的推理思路正相反。珍珠在贝波手上，可能是从皮埃特罗那儿偷的，或者他是皮埃特罗的同伙，再不就是皮埃特罗和妹妹之间的联系人。不管哪个是正解，对我们来说都不重要。

“重要的是，珍珠在贝波手上。警察追他的时候，他随身带着珍珠。他逃回打工的工厂，意识到剩下的时间不多，必须藏好这颗无价之宝，不然搜身时会被发现。过道里晾着六尊拿破仑石膏像，其中一尊还是软的。贝波是个熟练的手艺人，立刻在湿石膏上挖了个小洞，把珍珠塞进去，又抹了几下，填平了小洞。这个藏宝地万无一失，没人能找到。

“贝波坐了一年牢，在此期间，六尊塑像被卖到了伦敦不同地方。他不确定宝贝在哪一个里面，只有砸碎了才知道。摇晃是没用的，珍珠很可能和湿石膏粘在一起了—— 事实证明，确实如此。贝波没放弃，锲而不舍地寻找，办法也很聪明。通过格尔德工厂的表弟查出购买塑像的零售商，然后到哈德森的小店打零工，就这样解决了三尊塑像，不过里面并没有珍珠。他又找哈丁兄弟商店的意大利员工帮忙，查出了另三尊的去向。第一站是哈克先生家。同伙跟踪他到了那儿，责怪他弄丢了珍珠，两人扭打起来，贝波刺死了同伙。”

“既然是同伙，为什么带着他的照片？”我问。

“跟踪用的，好向别人打听他的消息，原因相当明显。接着说，贝波杀了人，我估计他不会多等了，很可能加速行动。他担心警方看穿秘密，所以想抢先找到塑像。说实话，我不确定他有没有在哈克先生的塑像里找到珍珠，甚至不确定他要找的是珍珠，但我有十足把握，他肯定在找什么东西，不然不会带着塑像走过好几座房子，到了有灯光的花园才砸碎。哈克先生的塑像是三个里面的一个，我告诉过你们，我们能命中的概率就是三分之二。

“还剩下两尊，他肯定挑伦敦的先下手。为避免悲剧再次上演，我提前警告了别墅主人。我们一起过去，最后以比较圆满的结局收场。那时候我已经确定，我们要找的正是波吉亚珍珠，死者的名字让我把两件事联系起来。只剩下雷丁镇的一个塑像了，珍珠必定在里面。在两位的见证下，我从原主手上买下来了，喏，在这儿。”

我们静静坐了一会儿。

“福尔摩斯先生，”莱斯特雷德说，“我看你办过许多案子，这一件可以说到了炉火纯青的地步。伦敦警察厅的各位同仁并不嫉妒你，不，先生，我们为你骄傲还来不及呢。不信你明天去一趟，不管是最资深的警探，还是最年轻的警员，没人不想跟你握手致敬。”

“谢谢！谢谢！”福尔摩斯说着转过身去。人类的温柔情感如此打动他，我还是头一回见到。不过没多久，他又变回了那个冷静务实的推理家。“华生，珍珠放进保险柜，”他说，“康克–辛格尔顿伪造案的资料拿出来。莱斯特雷德，以后遇上什么小问题，我也会尽力帮你想办法解决。再见。”

三个学生

1895年，我和福尔摩斯在国内一个著名的大学城待了几周，办了好几件事，这里就不一一赘述了。接下来要讲的故事正是这段时间发生的，案子虽小，但很富启发意义。如果透露太多细节，读者肯定能认出是哪所大学、罪犯是谁，这么做显然有失公允，而且非常无礼。这种不愉快的丑闻，还是让它静静消失为好。不过，案子充分展现了我朋友的过人之处，只要细节处理得当，事件本身确实值得一写。我在讲述时会尽量避开敏感字句，以免让人联想到具体的事发地和当事人。

我们当时租了一间带家具的公寓，离图书馆很近，方便福尔摩斯查阅资料。他正在潜心钻研英国早期的宪章，研究成果相当惊人，也许以后我会专门写故事介绍。一天晚上，有位熟人来公寓找我们，是希尔顿·索姆斯先生，圣路加学院的辅导员兼讲师。他瘦高个，情绪容易紧张激动，每次见到他都是心神不定的样子，这次尤其如此，简直快要失控，一看就是遇上了不寻常的事。

“福尔摩斯先生，希望你能抽出几小时宝贵时间。圣路加学院出了大乱子，说真的，幸亏你在大学城，不然我真不知道该怎么办。”

“我手头很忙，不想分心，”我朋友回答，“最好去找警察帮忙。”

“不，不，亲爱的先生，这办法绝对行不通。一旦走法律途径，就没有回头路可走了。案子关系到学院的声誉，必须避免丑闻扩散。我知道你不仅本事大，而且善守秘密，世上只有你能帮我。求求你，福尔摩斯先生，帮帮忙。”

我朋友离开了贝克街的惬意环境，心情不大畅快。这里没有剪贴簿，没有化学品，没有习以为常的凌乱，整个人都不自在。他耸耸肩，勉强同意。客人把故事一股脑儿倒了出来，语速极快，伴随着激动的手势。

“是这样，福尔摩斯先生，明天是福蒂斯丘奖学金资格考试的第一天，我是考官之一，主考希腊语。第一道题是翻译，给考生一篇以前没读过的希腊文章，译成英语。原文是印在试卷上的，如果考生提前知道题目，当然会占很大便宜，所以我特别注意试卷的保密。

“今天下午三点左右，印刷厂送来了样卷。原文是修昔底德[1]书中的半个章节，必须从头到尾校对一遍，确保题目准确无误。到了四点半，我还没检查完，可又跟朋友有约在先，答应去他家喝茶。我把样卷留在书桌上就出门了，一个多小时后才回去。

“福尔摩斯先生，你应该留意到，我们学院的门都是双层

1　修昔底德（Thucydides, 公元前 460—前 400）是古希腊著名历史学家和将军。

的，里面一扇包着绿色毛呢，外面一扇是厚重的橡木门。我走近外门，大吃一惊，门上插着钥匙。第一反应是自己忘了拔，赶紧摸口袋，钥匙在里面。据我所知，这扇门只有一把备份钥匙，在用人班尼斯特手上。他替我收拾房间十年了，为人诚实，绝不用怀疑。后来发现钥匙确实是他的，他进房间看我想不想喝茶，很可能是在我刚走几分钟后进去的，离开时不小心把钥匙忘在门上。换作其他时候，忘了钥匙不是什么大事，可偏偏是在今天，后果不堪设想。

“我一看书桌，立刻意识到有人翻过样卷。样卷一共三张长条纸，原先是放在一起的，现在一张在地上，一张在窗边桌上，另一张留在原地。”

福尔摩斯一下子来了精神。

“地上的是第一页，窗边的是第二页，原地的是第三页。”他说。

“没错，福尔摩斯先生，太神奇了，你怎么知道？”

“你的故事很有趣，请继续。”

“刚开始我以为是班尼斯特干的，随便翻看我的文件，实在不可饶恕。可是他否认了，态度非常诚恳，我相信他说的是实话。还有一种可能，有人经过外门，看见钥匙，又知道我不在，进去偷看了样卷。奖学金的数目相当可观，通过考试能拿到一大笔钱，心术不正的学生为了考赢别人，很可能冒这个险。

“班尼斯特因为这次事故很难过。发现样卷确实被人动过了，他差点晕过去。我给他喝了点白兰地，他瘫坐在椅子上。我仔细检查房间，很快发现除了弄乱的试卷，擅闯者还留下了其他痕迹。窗边桌上有几片铅笔屑，还有断掉的笔芯头。很明显，那家伙抄试题时太慌张，弄断了铅笔头，不得不削铅笔。”

“太好了！你交了好运。”福尔摩斯对案子越来越感兴趣，心情也跟着好起来。

“不止这些。我的书桌是新的，表面是上等的红皮。我和班尼斯特都可以证明，桌面原本很光滑，没有任何印记。但是现在多了一道口子，大约三英寸长，不是一般的擦痕，明显是划开的。此外，桌上还有一小块黑色的面团或泥球，夹杂着锯末一样的东西。这些痕迹肯定是翻试卷的人留下的。没有脚印，也没有指明身份的其他线索。

“我实在不知道怎么办，突然想起你在大学城，赶紧直奔这里，委托你查案。帮帮我，福尔摩斯先生，你了解我的困境，要么找到这个人，要么推迟考试，重新出题。如果是后者，免不了要解释一番，事情传出去，必定引发丑闻，不光是学院，整个学校的声誉都会受影响。只要能在私底下妥善解决问题，我别无他求。”

“我愿意调查，尽力给你想办法，”福尔摩斯站起来穿上大衣，“案子还是有点儿意思的。拿到样卷后，有人去过你房间吗？”

“有，道拉特·拉斯，一个印度学生，和我住同一栋楼，找我询问考试事宜。”

“他也要参加考试？”

“是的。”

“当时样卷在书桌上？”

“我记得很清楚，是卷起来放在桌上的。”

“那也有可能看出是样卷吧？”

“有可能。”

“没其他人去过房间？”

“没了。”

“有人知道样卷在你那儿吗？”

“只有印刷工知道。”

“那个班尼斯特呢？”

“不，绝对不知道。谁也不知道。”

“班尼斯特现在在哪儿？”

“可怜人，吓得不轻，我急着赶来找你，还让他瘫坐在椅子上呢。”

“没关房门？”

“我走之前把样卷锁起来了。”

“索姆斯先生，假如印度学生没看出纸卷是试题，那就意味着，翻试题的人事先并不知道样卷在那儿，只是偶然碰上的。”

“是这么回事。”

福尔摩斯神秘地笑了笑。

“好吧，”他说，“过去看看。华生，这案子不适合你，靠的是智力，不是武力。行了行了，想去就去吧。索姆斯先生，请带路！”

学院历史悠久，古老的庭院长满了苔藓，从庭院能看见委托人客厅的格子长窗，窗户很矮。整栋楼有个哥特式拱门，进去就是踩得光溜的石梯。辅导员的房间在一楼，楼上三层各住了一个学生。我们到达现场时已近黄昏。福尔摩斯在庭院站住，朝窗户看了半天，然后走到窗前，踮起脚尖，探着脑袋往里看。

“不用看，肯定从门进去的，这扇窗只有一格能打开。”博学的向导解释道。

“这样啊！”福尔摩斯看了他一眼，别有意味地笑了笑，“好吧，既然这里没什么好看，还是去里面吧。”

讲师打开外门，带我们进屋。我和他站在门口，福尔摩斯开始检查地毯。

“恐怕看不出什么，”福尔摩斯说，“天气太干燥，很难留下痕迹。你的大概恢复得差不多了。你刚才说他坐在椅子上，哪一把？”

“靠窗那把。”

“哦，离窗边桌很近。地毯检查完了，你们进来吧。先从窗边桌入手。当时的情景再明显不过了。那家伙进屋，拿起中间书桌上的样卷，打算一张张拿到窗边桌上抄，因为那里能看到你穿过庭院，更方便逃跑。”

“事实上，他看不到，”索姆斯说，“我从侧门进楼的。”

“啊，好线索！不管怎样，他是这么盘算的。让我看看三张样卷。没留下指纹，一点没有！他先拿第一张过去抄。多久能抄完呢？速写的话至少也要一刻钟。然后他扔掉第一张，拿起第二张。正抄着，你突然回来了，他只能匆忙逃走——非常匆忙，连放回样卷的时间都没有，暴露了有人来过的痕迹。你从外门进来时，没听见石梯上有急促的脚步声？”

“没有，没听见。”

“他写字太用力，弄断了笔芯，不得不削铅笔，这些你都看出来了。值得注意的是，华生，这支铅笔可不一般，比普通铅笔大，用的是软铅，笔杆深蓝色，印着银色的制造商名字，只剩下一英寸半左右。索姆斯先生，找到这样一支笔，就找到了你要的人。再给你一点提示，削笔的刀很大，但不够锋利。”

一下子接收这么多信息，索姆斯先生怔住了。“别的都好理解，”他说，“这一英寸半怎么……”

福尔摩斯拿起一小片铅笔屑，上面有NN两个字母，后面跟着干净的木屑。

“懂了？”

“不好意思，还是……”

“华生，平时冤枉你了，原来跟不上趟的真不止你一个。NN是什么？是一个单词的最后两个字母。你们应该知道，约翰·辉柏[1]是著名的铅笔制造商。‘约翰’后面那一截通常只有那么长，还不明显吗？”

他抬起桌角，斜对着灯光。“桌面很光滑，如果他用的纸够薄，笔迹应该能印在桌面上。没有，什么也没看见。窗边桌到此为止，下面轮到书桌了。这一小块就是你说的黑面团一样的东西吧。接近金字塔形状，空心的，你说的没错，还夹杂着锯末，哎呀，太有意思了。还有这道口子，确实是划开的，刚

---

1 约翰·辉柏（Johann Faber, 1817—1896）是德国著名文具公司辉柏嘉（Faber-Castell）的第四代经营者，19 世纪中期将辉柏嘉发展成为世界知名品牌。

开始是轻微的刮痕，慢慢变成锯齿状的深痕。索姆斯先生，非常感谢你介绍这个案子。那扇门通向哪儿？”

“我的卧室。”

“事发后进去过吗？”

“没有，我直接去找你了。”

“我想进去看一眼。好雅致的老式房间！麻烦你们稍等，让我先检查地面。行了，什么也没有。这道帘子干什么用的？挡住后面的衣服。如果想在卧室藏身，这里是唯一合适的地方，床太低，衣柜又太窄。后面应该没人吧？”

福尔摩斯掀起帘子，神情严肃警觉，似乎提防着什么意外，然而后面只有三四套衣服，挂在一排钩子上。福尔摩斯转身准备离开，突然蹲下来。

“嘿！这是什么？”他说。

是一小块黑面团一样的东西，金字塔形，跟书桌上那块完全相同。福尔摩斯把它放到掌心，举到灯光下。

“索姆斯先生，看来你的客人不仅造访了客厅，还光顾了卧室。”

“到卧室做什么？”

“很明显，他没料到你换了路线回来，等你到了门口才发现。怎么办呢？他抓起所有可能暴露身份的东西，冲进卧室躲起来。”

“天啊，福尔摩斯先生，你的意思是，我跟班尼斯特在客厅说话，那人一直都关在卧室里，只是我们不知道？”

“是这意思。”

“福尔摩斯先生，一定还有别的可能。不知你有没有留意卧室的窗户？”

“格子窗，铅框架，共三扇，其中一扇有合页，可以全开，足够一个人通过。”

“没错，而且位置隐蔽，从庭院基本看不见。他有可能从窗户进来，穿过卧室时留下了痕迹，最后发现外门开着，从那里逃走。”

福尔摩斯不耐烦地摇摇头。

“还是实际一点儿吧，”他说，“你说有三个学生住同一栋，上楼都要经过你门口？”

“是的。”

“他们都参加考试？”

“对。”

“你感觉谁的嫌疑最大？”

索姆斯迟疑了一会儿。

“这个问题很难答，”他说，“没有证据，不好随便怀疑。”

“你说说怀疑谁，我来找证据。”

“那我就简单介绍一下楼上三位的特点。二楼住的是吉尔克里斯特，学习用功，运动细胞特别发达，参加了学院的橄榄球队和板球队，还入选了学校的跨栏队和跳远队，是个帅气硬朗的小伙子。他父亲杰贝兹·吉尔克里斯特爵士，因为赌马输光了家产，臭了名声。这个学生家境虽不富裕，但非常勤奋刻苦，以后一定大有作为。

“三楼是印度学生道拉特·拉斯，跟大部分印度人一样，寡言少语，难以深交。他成绩优异，不过希腊语是他的弱项。人很稳重，做事有条不紊。

“顶楼是迈尔斯·麦克拉伦，学校数一数二的才子，只要肯下功夫，肯定能取得成功。可惜他任性放荡，做人不诚实，第一年因为打牌出老千，差点被学校开除。这学期也是混过来的，恐怕对考试心怀恐惧。”

“所以你怀疑他？”

“我可不敢这么说。不过三人当中，嫌疑最小的不是他。”

“有道理。好了，索姆斯先生，让我们见见你的用人班尼斯特。”

用人小个子，脸色苍白，胡子刮得干净，头发灰白，差不多五十来岁。波澜不惊的日常生活突然来了这么一场风暴，他到现在还没缓过劲来，胖乎乎的脸紧张地抽搐，手指不停颤抖。

“班尼斯特，我们正在调查这场意外。”他主人说。

“好的，先生。”

“听说你把钥匙忘门上了？”福尔摩斯说。

“是的，先生。”

“偏偏是样卷在房里的时候，这也太巧了吧？”

“确实很不幸，不过以前也忘过几回。”

“你什么时候进的房间？”

“四点半左右，索姆斯先生的喝茶时间。”

“待了多久？”

“我看先生不在，马上就走了。”

“看过书桌上的卷子吗？”

“没有，真没看过。”

“怎么会把钥匙忘门上？”

“我手里端着茶盘，本想把茶盘放回去再来取钥匙，结果忘了。”

“外门是自动落锁吗？”

“不是。”

“也就是说，门一直开着？”

“是的。”

“里面的人也能轻易出来？”

“是的。”

“索姆斯先生回来找你，你因为这件事很难过？”

“是的，先生，我在这里服务多年，从没发生这种事，当时差点晕过去。”

“听说了。你开始感觉不舒服的时候，人在哪儿？”

“人在哪儿？当然是这里，门旁边。”

“这就怪了，你坐的是靠近墙角的椅子，在房间另一头。其他几把椅子离你更近，为什么不坐？”

“不知道，先生，我没在意坐哪把椅子。”

“福尔摩斯先生，我也认为他是无意的。他当时脸色特别难看，白得吓人。”

“主人走后，你还待在这里？”

“只待了一两分钟，然后锁上门，回自己房间了。”

“你怀疑谁？”

“啊，先生，这可不能乱说。我相信这所学校的每个学生，他们不会靠这种办法获取钱财。不会的，先生，我深信不疑。”

“谢谢，问完了，”福尔摩斯说，“哦，还有个问题。楼上三位也是你服务，没跟他们提样卷的事吧？”

“没有，一个字没提。”

“也没见过他们？”

“没有。”

“很好。行了，索姆斯先生，方便的话，一起去庭院转转。”

天色渐暗，楼上三扇方窗透出黄色灯光。

“三只小鸟都回巢了，”福尔摩斯往上看，“嘿！怎么回事？有一只好像很不平静嘛。”

是那个印度学生，黑侧影突然出现在窗帘上，他在房间里迅速走来走去。

“我想去每个房间看看，”福尔摩斯说，“可以吗？”

“完全没问题，”索姆斯说，“这栋楼是学院最古老的建筑，经常有访客进去参观。走，我带你们上楼。”

“千万别提我们的名字！”福尔摩斯嘱咐道。我们敲响了吉尔克里斯特的房门，一个年轻人开门，瘦高个，亚麻色头发，得知我们来参观，立刻表示欢迎。房间有几处非常独特的地方，体现了中世纪民居建筑的风格。福尔摩斯被其中一处深深吸引，一定要在记事本上画下来。画的时候弄断了铅笔芯，向房间主人借了一支，最后又借刀削好自己的铅笔。

同样奇怪的情节又在印度人的房间上演了一遍。这学生小个子，鹰钩鼻，不爱说话，斜眼看着我们。看得出来，他巴不得福尔摩斯的建筑学研究早点结束。

两趟下来，福尔摩斯要找的线索还没有着落。到了第三个房间，我们吃了闭门羹，无论怎么敲，外门始终不开，一阵不堪入耳的咒骂从里面传出来。“管你是谁，去死吧！”有个声音怒吼道，“明天要考试，都给我滚开。”

我们只好下楼。“无礼的家伙，”索姆斯气得满脸通红，“当然了，他肯定不知道是我敲门。不管怎么说，他的行为太粗鲁了，尤其在今天这种情况下，甚至可以说可疑。”

福尔摩斯的反应让人一头雾水。

“能告诉我他的确切身高吗？”他问。

“福尔摩斯先生，这我真说不准。比印度学生高，比吉尔克里斯特矮，差不多五英尺六英寸吧。”

“这点非常重要，”福尔摩斯说，“好了，索姆斯先生，晚安。”

我们的向导又惊讶又失望，大声喊道：“哎呀，福尔摩斯先生，你可不能把我扔半道上！你似乎还没认识到问题有多严重。明天就要考试了，今晚必须有所行动。试卷被人看过了，不能进行考试。问题必须解决！”

“一切按原计划进行。我明天一早过来，详细谈谈这件事，到时候也许能采取行动。在此期间，你不要改变计划，一切照旧。”

“好的，福尔摩斯先生。”

“尽管放心好了，一定会有办法解决难题。黑泥团和铅笔屑我先拿着。再见。”

我们走进黑暗的庭院，再次望向楼上的窗户。印度学生还在来回走动，另外两个没有动静。

到了大街上，福尔摩斯问：“怎么样，华生，你觉得呢？像不像猜谜小游戏，三张牌里选一张？现在牌换成了人，三人里面肯定有一个偷看试卷的，你来选，选哪个？”

“顶楼骂脏话的家伙，他的品行最差劲。不过印度学生也很可疑，为什么一直在房间走来走去呢？”

“没什么大不了，许多人习惯边走边背书，有助记忆。”

“他看我们的眼神也不太正常。”

“第二天就要考试了，每分每秒的复习时间都很宝贵，结果一群陌生人跑进房间参观，换作是你，估计也是这眼神。不对，我看没什么不正常。还有他们的铅笔和刀，也都没问题。可是那个家伙确实让人费解。”

“谁？”

“当然是用人班尼斯特。他在整件事中扮演什么角色呢？”

“我感觉他是个非常诚实的人。”

“我也有同感，这正是费解的地方，为什么这么诚实的人……快看，这儿有家文具店，挺大的，就从它开始调查吧。”

大学城只有四家比较大的文具店，每到一家，福尔摩斯都掏出铅笔屑，出高价购买同样的铅笔。四家都说可以定做，这种笔尺寸超常，很少有库存。我朋友并没有因为毫无收获而失望，漫不经心地耸耸肩。

“没办法，亲爱的华生，最后这条线索本来最有用，结果什么也没查到。不过我有十足把握，没它也能破案。天啊！老兄，都快九点了，房东太太反复交代七点半吃晚饭，还说准备了青豌豆。华生，你成天烟不离手，又不按时吃饭，迟早要被房东太太下驱逐令，我也得跟着遭殃。还好我们能在被赶之前破案，彻底查清紧张兮兮的讲师、粗心大意的用人和三个雄心勃勃的学生之间发生了什么。”

当晚，福尔摩斯再没提案子的事，吃完迟来的晚饭，静静坐了很久，陷入了沉思。第二天早上八点，我刚洗漱完毕，他走进我房间。

“华生，”他说，“该去圣路加学院了，不吃早饭行吗？”

“行。”

“等不到我们的明确答复，索姆斯肯定心急火燎。”

“你有明确答复吗？”

“有。”

“得出结论了？”

“对，亲爱的华生，谜案破解了。”

“又找到了新证据？”

“啊哈！我六点就爬起来了，起这么早可不是为了好玩。我已经辛勤工作了两小时，至少走了五英里路，还带回来一点劳动成果。你看！”

他伸出手，掌心有三个金字塔形的小黑泥团。

“咦，福尔摩斯，昨天不是只有两个吗？”

“今早又多了一个。不管第三个从哪儿来，肯定跟前两个的源头相同，这么推理没问题吧，华生？走，去帮索姆斯老友消除烦恼。”

我们来到索姆斯的房间。不幸的讲师坐立难安，样子十分可怜。再过几小时考试就要开始了，他还在左右为难，不知该公布真相，还是让舞弊者参加这份高额奖学金的竞争。他情绪激动，站都站不稳，一看见福尔摩斯，迫不及待地伸出双手迎上来。

“谢天谢地，总算来了！我还以为你彻底放弃了呢。接下来怎么办？继续考试吗？”

“对，当然要继续。”

“偷看试卷的家伙呢？”

“不让他参加。”

“你知道是谁？”

“知道。既然事情不便公开，我们只能给自己一些权力，组成一个小型的私人法庭。索姆斯，请坐那边！华生，你坐这边！我坐中间的扶手椅。这阵仗足以震慑良心有愧的人。请拉铃！”

班尼斯特进来了，见我们一个个正襟危坐，不由往后一缩，惊讶和恐惧全写在脸上。

“麻烦关上门，”福尔摩斯说，“好了，班尼斯特，昨天的事，请告诉我们实情。”

用人整张脸变得煞白。

“实情我都说了，先生。”

“没有补充？”

“没有。”

“那好吧，我来给你一点提示。你昨天坐到那把椅子上，是不是为了遮挡什么东西，而那件东西能表明谁进过房间？”

班尼斯特的脸色越发难看。

“不是，先生，绝不是。”

“假设而已，”福尔摩斯平和地说，“坦白说，我没法证明这一点，但是可能性非常大。索姆斯先生刚离开，你就放走了躲在卧室里的人。”

班尼斯特舔了舔干枯的嘴唇。

“卧室没人，先生。”

“啊，太遗憾了，班尼斯特，在此之前你可能说的是真话，但现在我可以肯定你在撒谎。”

用人板着脸，一副不服气的样子。

“没人。”

“说实话吧，班尼斯特！”

“没人，真的没人。”

“看来再问下去也是白费工夫，请你留在房间，站到卧室门旁边。好了，索姆斯，麻烦你跑一趟，去楼上找吉尔克里斯特，带他来这里。”

没多久，讲师带着学生回来了。年轻人体格健壮，高个子，动作敏捷，步伐轻快，面容坦率开朗，蓝眼睛透着忧虑。他挨个扫了一眼我们，目光落在远处角落的班尼斯特身上，一脸茫然不知所措。

“关上门，”福尔摩斯说，“好了，吉尔克里斯特先生，这里没外人，我们之间的对话一个字也不会传出去，完全可以坦诚相见。吉尔克里斯特先生，我们都很纳闷，你这样的正人君子，怎么会干出昨天那种事？” 可怜的年轻人往后一个趔趄，看向班尼斯特，眼神充满怨恨和责怪。

“不，不是我，先生，我什么都没说，一个字也没说！”用人叫道。

“这下什么都说了，”福尔摩斯说，“行了，先生，你应该清楚，班尼斯特这么一说，你的处境不太乐观，唯一出路是实话实说。”

吉尔克里斯特抬起手，竭力控制住抽搐的脸庞。过了一会儿，他跪倒在桌边，双手捂着脸，忍不住伤心地抽泣起来。

“没事，没事，”福尔摩斯温和地说，“人非圣贤，孰能无过？再怎么说，你也不是心肠歹毒的罪犯。我来告诉索姆斯先生发生了什么，说错的地方你来纠正，这样也许会好受些，你觉得呢？好吧，好吧，不想回答也没关系，听着就行，说的不对还请指正。

“索姆斯先生，你对我说过，没人知道样卷在你房间，连班尼斯特都不知道。从那时起，我就明确了破案方向。首先可以排除印刷工，他想看卷子，早在印刷厂就看了。其次可以排除印度学生，试题是卷着的，看出来的概率微乎其微。换个角度看，有人无故擅闯房间，偏偏是在桌上有样卷的时候，这种巧合未免太牵强，同样可以排除。最后由此推断，闯进来的人知道样卷在房间里。怎么知道的呢？

“刚到庭院，我检查了房间窗户。你以为我在看他是不是从窗户进来的，我听了只想笑。光天化日之下，对面还有那么多房间，众目睽睽，有人竟然翻窗入室，这样的想法实在荒唐。其实我是在估量身高，一个人得有多高，经过窗户时才能看见中间书桌上的试卷。我身高六英尺，勉强能看见，比我矮的人绝对办不到。现在明白我的推理了吧，三个学生中身高最出众的那个嫌疑最大。

“进屋后，我发现了窗边桌上的线索，都跟你分享了。中间的书桌没看出什么，直到听你说吉尔克里斯特是跳远队的，我才恍然大悟。接下来只需要确凿的证据证明，而我很快就找到了证据。

“事情是这样的：昨天下午，这位年轻人在操场训练跳远，结束后拎着跳鞋走回来。你们知道的，跳鞋鞋底带有尖钉。他经过你房间的窗户，因为个子非常高，一眼看见书桌上的样卷，立刻猜到是什么东西。刚开始并没动歪脑筋，但是经过房门时，又看到了粗心的用人忘在门上的钥匙，于是一时冲动，想进屋看看是不是样卷。这么进来没多大风险，随时可以假装是来问问题的。

“他发现桌上的东西确实是样卷，这时再也顶不住诱惑，把跳鞋放到桌上……靠窗椅子上放的是什么？”

“手套。”年轻人回答。

福尔摩斯得意地看了眼班尼斯特。

“他把手套放到椅子上，一张张拿起样卷，抄写试题。他以为老师会从正门进楼，可以提前看见。但我们知道，索姆斯先生走的是侧门。他突然听到老师到了门口，已经无路可逃，只好抓起鞋子，冲进卧室，手套却忘了拿。你们看，书桌上的划痕一边很浅，往卧室门的方向越来越深，足以说明跳鞋是朝那个方向抓走的，闯入者躲进了卧室。鞋钉周围的泥土留在了桌上，还有一块掉在了卧室里。

“再补充一点，今早我去了趟操场，发现跳坑里用的是黑黏土，上面撒了一些细小的鞣革屑或锯末，防止运动员滑倒，我还带了一块样本回来。吉尔克里斯特先生，我说的对吗？”

学生站起来。

“对，先生，都是事实。”他说。

“天啊！”索姆斯叫道，“你不想说点什么吗？”

“想，先生，我有话要说，突然被你们揭穿丑事，一下子蒙了。索姆斯先生，我这儿有封信，昨晚彻夜未眠，一早给你写的，写信时并不知道事情已经败露。给你，先生。你会看到信上说：‘我收到了罗得西亚[1]警队的委任状，马上动身前往南非，所以决定退出考试。’”

“你不想靠作弊获利，我非常欣慰，”索姆斯说，“是什么让你改变了想法？”

吉尔克里斯特指向班尼斯特。

“是他带我走上正路。”他说。

“班尼斯特，这下总该承认了吧？”福尔摩斯说，“根据我刚才讲的事实，你应该清楚，只有你能放走这位年轻人。你留在了房间，离开时锁上了门。至于从卧室窗户逃走，完全没

1　罗得西亚（Rhodesia）是津巴布韦旧称，原为英国殖民地。

证据证明。谜题只剩下最后一个疑问：你为什么这么做？请你自己解答。”

“只要知道我们的渊源，答案就非常简单，可是，先生，你再聪明也不可能想到。我曾是杰贝兹·吉尔克里斯特爵士的管家，老爵士正是这位年轻先生的父亲。他破产了，我另谋生路，到学院当了用人。老主人虽然落魄了，但我没忘记他，念着过去的情分，一直悉心照顾他的儿子。

“先生，昨天得知出事后，我来到这个房间，一眼就看见椅子上的鞣皮手套，是吉尔克里斯特先生的，我再熟悉不过了，立刻明白发生了什么。如果让索姆斯先生看见，事情就暴露了。我赶紧倒在椅子上，一动不动，直到索姆斯先生出去找你才敢起身。可怜的小主人从卧室出来，向我坦白了一切。他可是我看着长大的，我袒护他难道不是很正常的事吗？我尽量劝他，告诫他不能用这种方式获利。他父亲在世的话，一样会这么做，这不也是很正常的事吗？先生，你能怪我吗？”

“不能，确实不能。”福尔摩斯坦诚地回答，迅速站起来，“好了，索姆斯，你的小问题已经解决了，家里还有早饭等着我们呢。走吧，华生！至于你，先生，相信你在罗得西亚的前途将会一片光明。跌倒一次不要紧，我们期待你在未来展翅高飞。”

金边夹鼻眼镜

翻看1894年的三大本案件记录，不得不承认，我犯了选择困难症。素材如此丰富，许多案子既充满趣味性，又充分展现了我朋友闻名于世的特殊才能，实在难以取舍。我一页页浏览笔记，看到了瘆人的红水蛭案，银行家克罗斯比惨死；还有阿德尔顿悲剧，涉及英国古墓中的奇物。同时期还发生了著名的史密斯–莫蒂默继承权案；“大道杀手”于雷也在这一年落网，因为这次成功追捕，福尔摩斯收到了法国总统的亲笔感谢信，并获颁法国荣誉军团勋章。以上案子都能写成不错的故事，但总体比较下来，我认为还是约克斯利别墅案最离奇、最抓人眼球，年轻的威洛比·史密斯不幸丧命，不仅如此，案情的后续发展也给作案动机蒙上了神秘色彩。

那是十一月底的一天夜里，狂风大作，暴雨倾盆。我和福尔摩斯安安静静坐了一整晚，他拿着高倍放大镜，辨认重写稿[1]下残留的原稿，我则专心研读一篇刚发表的外科论文。贝克街上大

1 古代欧洲用于书写的羊皮纸价格昂贵、供应有限，因此经常反复使用，先清除原有的文字，再在上面重新书写，这种手稿被称为“重写稿”（palimpsest）。

风呼啸，雨点猛烈拍击窗户。说来也怪，身在这样的城市中心，方圆十英里都是人类创造的杰作，却依然能感受到大自然的铁腕威力，依然能意识到，在强大的自然力面前，整个伦敦城不过是田野上的小小鼹鼠丘。我走到窗前，望向外面空荡荡的街道。偶有灯光闪现，照着泥泞的马路和雨水冲刷得发亮的人行道。一辆孤零零的马车从牛津街方向驶来，车轮过处泥水飞溅。

“华生，幸亏我们今晚没出门，”福尔摩斯放下放大镜，卷起手稿，“一口气看这么多，眼睛快吃不消了。据我鉴定，不过是15世纪下半叶一家修道院的账目，没什么精彩内容。哎呀呀！什么声音？”

呼啸的风声中夹杂着马蹄声，车轮摩擦路缘石，发出刺耳的声响。刚才看见的马车在我们门口停下。

车上下来一个人。“他要做什么？”我惊讶地叫道。

“做什么？当然是来请我们。惨啰，华生，我们要备好大衣、围巾和雨靴了，凡是能对抗恶劣天气的发明，一个也不能少。咦，稍等！马车又走了！还有一线希望。如果想请我们出门，肯定会让马车留下等着。老兄，用人们早就睡了，请你下去开门。”

门厅的灯照着午夜访客，我一眼认出是年轻有为的警探斯坦利·霍普金斯。福尔摩斯在他的探案事业中多次扮演重要角色。

“他在吗？”警探急切地问。

“上来吧，亲爱的先生，”福尔摩斯的声音从楼上传来，“这样的夜晚，但愿不是什么苦差。”

警探上楼，雨衣在房间的灯光下闪闪发光。我帮他脱掉雨衣，福尔摩斯捅了捅木柴，炉火旺了起来。

“来，亲爱的霍普金斯，”他说，“坐近点，暖暖脚，抽根雪茄。医生有个偏方，柠檬泡热水，专门对付这种天气。狂风暴雨你还出门，想必是紧急状况。”

“没错，福尔摩斯先生，不瞒你说，一下午忙得团团转。最新的报纸上有约克斯利案的报道，你看了吗？”

“我今天还没跟15世纪后的文字打照面呢。”

“没关系，报道只有一小段，内容完全不属实，你没错过什么。我可是一点儿时间没耽误。案发地在肯特郡，离查塔姆[1]七英里，离火车站三英里。我三点一刻收到电报，五点赶到约克斯利别墅，完成了现场调查，搭末班车回到查令十字街，直接坐马车来找你。”

“也就是说，你对案子没太大把握？”

“应该说是完全没把握。依我看，以前从没办过这么麻烦的案子，尽管初看起来非常简单，好像一下子能解决。福尔摩斯先生，没有作案动机，这就是我遇上的麻烦，怎么也找不到作案动机。人确实死了，事实不可否认，但就我所知，任何人都没理由对他下毒手。”

福尔摩斯点燃雪茄，往椅背上一靠。

“说来听听。”他说。

“情况我都摸清了，”霍普金斯说，“现在只想知道它们能说明什么问题。据我了解，经过是这样的。约克斯利别墅是座乡间老房子，多年前被一位老先生买下。他叫科拉姆教授，

1　查塔姆（Chatham）是肯特郡一市镇。

体弱多病，一半时间躺在床上，另一半时间要么拄着拐杖在屋里晃晃悠悠，要么坐着巴斯轮椅[1]，让花匠推到院子里转转。少数几个邻居拜访过别墅，对他口碑很好，他的博学多识在那一带出了名。家里有一个老管家马克太太，一个女用人苏珊·塔尔顿，两人从他搬来后就一直在别墅干活，人品没话说。

“教授在写一本专著，大约一年前，他觉得需要雇个秘书帮忙。试过两个都不太合适，第三个是威洛比·史密斯先生，非常年轻，刚刚大学毕业，教授对他很满意。他白天听教授口述，做好记录，晚上查阅文献资料，为第二天的工作做准备。这位威洛比·史密斯在阿平厄姆读中学，剑桥读大学，没有任何劣迹。我查过他的各种证明文件，一直以来都是个稳重勤奋的正派人，完全没有缺点。正是这样一位年轻人，今天上午在教授的书房丧命。从现场状况看，只可能是他杀。”

窗外狂风嚎叫，我和福尔摩斯往炉火跟前挪了挪，警探继续慢条斯理地讲述这个不寻常的故事。

“恐怕全英国也找不到这么与世隔绝的人家，”他说，“他们可以一连好几周不出院子门。教授埋头研究，别的事从来不闻不问。年轻的史密斯人生地不熟，生活方式基本跟他的雇主相同。两个女人也没什么事需要离开别墅。推轮椅的老花匠叫莫蒂默，是个退役军人，参加过克里米亚战争，品行正直。他不在屋里住，院子另一头有座三个房间的小屋，他住在那儿。约克斯利别墅只有这些人，不过，别墅外就是伦敦到查塔姆的大路，距离

1　巴斯轮椅（Bath chair）因起源于英国巴斯市而得名。

院子门仅仅一百码，门插销没上锁，什么人都可以随便进去。

“下面说说苏珊·塔尔顿的证词，唯有她能提供一点确凿的线索。上午十一点到十二点之间，她在楼上正面的卧室里挂帘子，管家在屋子背面忙着干活。科拉姆教授还躺在床上，天气不好的时候，他很少中午之前起来。史密斯待在自己卧室，他的卧室也当作起居室。事发前，女佣听见他穿过走廊，下楼进了书房，书房正好在她脚下。她并没看见他本人，但她说他的脚步声一向迅速有力，绝不会听错。她没听到书房的关门声，大约一分钟后，脚下传来可怕的尖叫。那是一声发疯似的嘶喊，声音怪异到难辨男女。同时传来一声沉重的撞击，老房子跟着震了一下，然后一切都安静下来。

“女佣吓蒙了，呆呆站了半天才回过神，鼓起勇气跑下楼。书房门关着，她打开门，看见史密斯先生摊开四肢躺在地上。她一开始没看见伤口，想扶他起来，这才发现鲜血从他的脖子根涌出来。伤口不大，但非常深，刺进脖子，切断了颈动脉。制造伤口的工具就在他身旁的地毯上，是一把切火漆用的小刀，象牙柄，刀刃坚硬，老式书桌上经常摆放这种东西，而这一把正是教授书桌上的小配件。

“女佣拿起玻璃水瓶，往他额头上倒了点水，没想到他还没死，睁了一下眼睛，有气无力地说：‘教授，是她。’女佣发誓这是他的原话，一字不差。他举起右手，用尽全力还想说点什么，结果手一放，死了。

“这时，管家也赶到现场，但她来晚一步，没听到年轻人的遗言。她赶紧跑去教授的房间，苏珊留下看着尸体。教授坐在床上，惊恐不安，屋里的动静告诉他，一定发生了可怕的事。马克太太可以证明，教授当时还穿着睡衣。没人帮忙，他自己换不了衣服，通常是莫蒂默十二点来帮他换。教授说他听到了远处的叫声，其余什么都不知道。至于年轻人的最后一句‘教授，是她’，他也没法解释，猜想可能是神志不清时的胡言乱语。他相信史密斯没有任何仇敌，想不出任何作案动机。

“教授当即派花匠莫蒂默去报警。没多久，当地警长给我发了电报。我去之前，现场一直保持原样，通向别墅的道路都已封锁，严禁穿越。福尔摩斯先生，这正是运用你的探案理论的大好机会，万事俱备啊。”

“只欠福尔摩斯本尊了，”我朋友勉强笑了笑，“好吧，说说看，你是怎么运用的？”

“福尔摩斯先生，首先得请你看看这张草图，大致了解一下教授书房的位置，以及案子的几个关键点，这样更容易理解我的调查过程。”

警探打开一张平面图，放到福尔摩斯腿上。我起身站到福尔摩斯身后，越过他的肩头盯着看。图示如下：

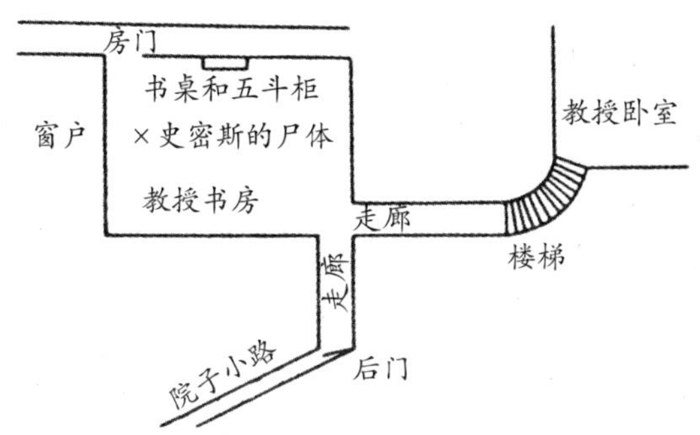

“当然，图画得非常简略，只标出了我认为重要的地方，其他部分你稍后会亲自看到。好了，第一个问题，假设凶手来自屋外，他或者她是怎么进屋的呢？毫无疑问，答案就是院子小路和后门，这条路直通书房，别的路都太绕。逃走的路线也只能是这一条，因为书房的另两个出口，一个被跑下来的苏珊堵上了，另一个直通教授的卧室。于是我立刻把注意力集中到院子的小路上。最近下过雨，小路被雨水浸泡，很容易留下脚印。

“仔细检查后发现，对方是个极其谨慎的犯罪专家。小路上没有脚印，但明显能看出，有人沿着路边的草地走过，这么做正是为了避免留下脚印。虽然找不到清晰的脚印，但草地被踩平了，有人经过的事实不可否认。雨昨晚才开始下，花匠和其他人今天上午都没去过那里，所以，经过的人只可能是凶手。”

“稍等，”福尔摩斯说，“这条小路通向哪儿？”

“大路。”

“有多长？”

“一百码左右。”

“小路穿过院子门的地方总该有脚印吧？”

“很遗憾，那里正好铺了地砖。”

“大路上呢，有吗？”

“没有，全踩成了烂泥。”

“啧啧！那好吧，草地上的痕迹朝哪个方向，进来还是出去？”

“看不出来，完全没有清楚的轮廓。”

“脚的大小呢？”

“无法分辨。”

福尔摩斯不耐烦地叫了一声。

“案发后一直狂风暴雨，”他说，“再去看那些痕迹，恐怕比重写稿还难认。唉，算了，说什么都晚了。霍普金斯，你确认什么也确定不了之后做了什么？”

“福尔摩斯先生，我还是确定了不少情况的，比如有人从外面小心翼翼进入别墅。之后我检查了走廊，地上铺着棕毯，没留下任何印记。然后沿走廊到了书房，里面家具不多，主要是一张大书桌和一个固定的五斗柜。五斗柜有两竖排抽屉，中间夹着一个小柜子。抽屉可以打开，柜子锁了。抽屉里没有贵重物品，似乎从没上过锁。柜子里倒有些重要文件，但没有撬过的痕迹，教授也证明没丢东西。由此推定，这不是一起盗窃案。

“接着我检查了年轻人的尸体。尸体靠近五斗柜，图上标出来了，就在五斗柜左边。伤口在脖子右侧，从后往前刺入，自己造成的可能性几乎为零。”

“除非他摔倒在刀上。”福尔摩斯说。

“没错，我也想过，但是小刀距离尸体足有好几英尺，这种可能性可以排除。再说了，死者自己的遗言也能作证。最后，我还发现死者右手紧紧握着一样东西，可以说是至关重要的证据。”

霍普金斯从口袋掏出一个小纸袋，打开后里面是一副金边夹鼻眼镜，眼镜一头吊着两截黑丝线头。“史密斯的视力非常好，”他补充道，“这绝对是从凶手脸上或者身上扯下来的。”

福尔摩斯拿过眼镜，饶有兴致地仔细检查。他把眼镜架到鼻子上，试着看了一会儿书，然后走到窗边往街上看。他取下眼镜，凑到灯光下反复研究，最后轻声一笑，坐到桌旁，在纸上唰唰写了几行字，扔给霍普金斯。

“只能帮你到这里了，”他说，“也许能派上用场。”

警探十分惊讶，大声念出了纸上的内容：

> 寻找一位女士，气质优雅，穿着高贵；鼻子宽，眼距窄；额头有皱纹，经常眯着眼，肩可能有点驼。有迹象表明，最近几个月，她至少两次光顾同一家眼镜店。她的眼镜度数特别深，加上眼镜店数量并不多，锁定目标应该不难。

霍普金斯一脸惊叹号，我脸上的表情肯定也如出一辙，福尔摩斯笑了起来。

“我的推理再简单不过了，”他说，“眼镜本来就是最容易推理的物品，更何况是这么有特点的眼镜。外表雅致，说明主人是女性，当然了，死者的遗言也可以证明。你们看，镶的是精美的纯金边，戴这种眼镜的人在其他方面自然也不会马虎，所以说气质优雅，穿着高贵。我戴上眼镜后发现鼻托太宽，说明女士的鼻根非常宽。这样的鼻型大多短而突兀，不过也有很多例外，我不想犯教条主义错误，因此在描述中并没提这一点。我是窄脸型，但眼睛始终对不上镜片的中心点，连靠近中心点都很难，可见女士的眼距有多窄。华生，你看镜片凹成这个样子，度数不是一般的高。女士的视力这么差，多年下来，额头、眼睑、肩膀难免会留下相应的特征。”

“原来如此，”我说，“这些推理我都能理解，不过坦白说，我不明白你为什么说她两次光顾同一家眼镜店。”

福尔摩斯拿起眼镜。

“你看，”他说，“鼻托上垫了很小的软木片，缓解鼻子承受的压力。一边的软木变了色，还有点磨损，另一边的则是全新的。很明显，原来那片脱落了，刚换了新的。据我判断，比较旧的这片也是几个月前才换的。除了一新一旧，两片软木完全相同，所以我推测，女士两次去的是同一家眼镜店。”

“天啊，太神奇了！”霍普金斯叫道，崇拜之情溢于言表，“我手上握着这么多证据，竟然一点没察觉！不过，我倒是想过去伦敦的眼镜店转转。”

“确实应该去。好了，关于案子，还有什么要说吗？”

“没了，福尔摩斯先生，你知道的跟我一样多了，不，很可能更多。警方对乡间道路和火车站进行了盘查，没听说有陌生人出现。最让我苦恼的就是完全找不到作案动机，一点眉目都没有。”

“啊！这我现在可帮不上忙。是不是想让我们明天去一趟？”

“希望不会太冒昧，福尔摩斯先生。早上六点有趟车从查令十字街到查塔姆，八九点的样子能到约克斯利别墅。”

“就坐这趟。你的案子确实非常吸引人，我也想查个清楚。好了，都快一点了，最好先休息几小时。壁炉前的沙发归你了，应付一晚没问题。早上我用酒精灯煮咖啡，喝一杯再出发。”

第二天，风停了，清晨依旧寒气逼人，我们踏上了探案之路。冬天清冷的太阳缓缓升起，照着泰晤士河岸荒凉的沼泽，幽暗的河面望不到尽头。我不禁想起初入探案界时追捕安达曼土著的情景。经过漫长乏味的车程，我们在距离查塔姆几英里的小站下车，趁着站前旅馆备马车的空当，匆忙扒了几口早饭，最后到了约克斯利别墅，一心一意投入到调查中。

有个警察在院子门口等候。

“怎么样，威尔逊，有消息吗？”

“没有，先生，什么都没有。”

“没人看见陌生人？”

“没有。车站的人确定昨天没有陌生人到达或离开。”

“旅馆和寄宿公寓查过了？”

“查了，没有来历不明的人。”

“从这里步行到查塔姆不算远，凶手有可能在那儿住宿或坐车，没人会留意。福尔摩斯先生，这就是我说的院子小路，昨天检查过，保证没脚印。”

“哪边草地有痕迹？”

“这边，先生，小路和花圃之间的草地。昨天能看清，现在不行了。”

“对，对，确实有人经过，”福尔摩斯弯腰观察草地，“一边的小路容易留下脚印，另一边的花圃更不用说，踩上去脚印更深，这位女士落脚一定很小心吧？”

“是的，肯定是个冷静的高手。”

我发现福尔摩斯突然神情专注。

“你说她是从这条路逃走的？”

“是的，没有其他选择。”

“也是这边的草地？”

“当然了，福尔摩斯先生。”

“哈！这一点很不寻常，值得注意。好了，小路看完了，往前走。院子门平常不上锁吧？看来这位客人毫不费力就进来了。她一开始没打算杀人，不然肯定会自带武器，而不是用书桌上的小刀。她穿过这条走廊，没在棕毯上留下痕迹，然后进了书房。她在这里待了多久？我们无法判断。”

“几分钟而已，先生。忘了告诉你，案发前不久，管家马克太太还打扫过书房的卫生。据她回忆，是案发前一刻钟左右。”

“哦，这就有了时间范围。女士进了书房，接着做了什么？她走到书桌跟前。为什么？不是为了抽屉里的东西，值得拿的东西肯定是锁起来的，没错，她的目标是那个木柜子。嘿！柜子上怎么有划痕？华生，点火柴。霍普金斯，怎么没听你提起？”

他仔细检查。划痕从钥匙孔右侧的黄铜边开始，长约四英寸，刮掉了柜子表面的清漆。

“福尔摩斯先生，我注意到了，可是钥匙孔周围有划痕很正常。”

“这是新划的，非常新。你看黄铜上的划痕多么亮，如果是旧的，颜色应该跟其他部分差不多。拿我的放大镜再看看。还有划痕两边的漆屑，就像犁沟两边的新土一样。马克太太在吗？”

一位老太太走进房间，满脸悲伤。

“你昨天上午擦过这个柜子吗？”

“擦过，先生。”

“有没有看见这道划痕？”

“没有。”

“我也认为没有，不然漆屑早被擦掉了。谁有柜子钥匙？”

“教授，总是挂在他的表链上。”

“是普通钥匙吗？”

“不，先生，是丘伯钥匙[1]。”

“很好，马克太太，你可以走了。目前来看，我们取得了小小进展。女士进了书房，走到柜子跟前，试着打开它，开没开还不确定。正在这时，史密斯进来了。她匆忙拔掉钥匙，在柜门上留下了这条划痕。年轻人抓住她，她想挣脱，随手抓起一样东西挥过去，恰巧就是这把小刀。这是致命一击，他倒地，她逃走，带没带走想要的东西也不确定。女佣苏珊在吗？苏珊，你听到叫喊声后，会不会有人从房门离开书房？”

“不会，先生，这不可能。我在楼梯上就能看见书房门口有没有人，再说了，当时房门根本没打开过，不然我肯定能听到声响。”

“这条出路行不通，女士只能原路返回了。另一条走廊直通教授卧室，那里不会有出口吧？”

“没有，先生。”

1　杰瑞米·丘伯（Jeremiah Chubb）在罗伯特·巴伦（Robert Barron）发明的双作用杠杆锁基础上，内置了一个再锁定装置：被称为探测锁的部分会在错误钥匙插入时发生故障，只有正确的钥匙才能打开它。

“我们过去看看，认识一下教授。嘿，霍普金斯！教授这边的走廊也铺着棕毯。这点非常重要，太重要了！”

“这有什么大不了的？”

“你不觉得跟案子有联系？好吧，好吧，不啰唆了，肯定是我想太多，不过确实很有启发性。走吧，给我们介绍介绍。”

我们穿过走廊，跟通向院子的那条一样长，尽头有一小段楼梯，上去就是卧室门口。向导敲门，带我们走进了教授的卧室。

房间非常宽敞，到处是书，书架塞不下了，一摞摞堆到了墙角和箱子周围，数都数不清。床在房间中央，别墅主人背靠枕头坐在床上，朝我们转过脸。相貌这么奇特的人真不多见，瘦削的脸像只老鹰，眉骨突出，眉毛浓密，深陷的眼窝里一双锐利的黑眼睛。头发和胡子都白了，怪的是，嘴巴四周的胡子是黄的。烟头在蓬乱的白须发中闪着光，整个屋子弥漫着难闻的烟臭味。他朝福尔摩斯伸出一只手，我发现他的手也染成了尼古丁黄。

“抽烟吗，福尔摩斯先生？”他说话字斟句酌，英语带着一点不自然的口音，“请来一支吧。你呢，先生？这可是亚历山大城[1]的艾奥尼迪斯为我特制的，强烈推荐你们尝尝。他每次寄来一千支，可惜还不够，我每隔两周就得让他发一次货。坏习惯，非常坏的习惯，可是一个老人能享受的乐趣不多了。香烟和工作，这是我剩下的全部。”

福尔摩斯点燃香烟，目光迅速扫视房间。

1　亚历山大城（Alexandria）是埃及第二大城市，也是埃及最主要的经济中心之一。

“香烟和工作，现在也只剩下香烟了，”老人激动地说，“唉！真是毁灭性的打击！谁会料到这么可怕的不幸？多么优秀的年轻人啊！几个月的训练下来，他已经是个非常得力的助手。福尔摩斯先生，你怎么看？”

“我还没有结论。”

“我们几个都是云里雾里的，如果你能拨开迷雾，真是不胜感激。对我这样一个可怜的书呆子和残废来说，打击实在太大，几乎摧毁了思考能力。你不一样，办事果断，见过大场面，这种事简直是家常便饭，情况再紧急也不至于乱了手脚。有你来帮忙，也算是不幸后的万幸。”

老教授说话时，福尔摩斯在房间一侧走来走去。我发现他抽烟的速度特别快，显然也跟别墅主人一样，喜欢这种新鲜的亚历山大香烟。

“是啊，先生，真是毁灭性的打击，”老人说，“墙边桌上那堆稿纸是我的专著，研究的是叙利亚和埃及科普特[1]修道院中发现的文件，可以说是撼动天启教根基的大作。我身体衰弱，如今助手也没了，能不能完成要画个大大的问号。天啊！福尔摩斯先生，你的烟瘾怎么比我还大？”

福尔摩斯笑起来。

“我是‘美烟家’。”他说着又从烟盒取出一根，用剩下的烟头点燃，这已经是他的第四根了。“科拉姆教授，听说

1 科普特教会（Coptic Church）是埃及最大的基督教派，由耶稣使徒圣马可（St. Mark）于公元 42 年左右在亚历山大城创立，又称亚历山大科普特正教会，在非洲东北部和中东地区极具规模。

案发时你还躺在床上，并不清楚具体情况，我就不拿一堆问题麻烦你了。只想问一下，不幸的年轻人最后说了句‘教授，是她’，你觉得是什么意思？”

教授摇摇头。

“苏珊是乡下孩子，”他说，“你知道的，这个阶层的人蠢得要命。我认为这只是死者神志不清时的胡言乱语，被她加工成了一句毫无意义的话。”

“明白了。你自己对这场惨剧有何解释？”

“也许是意外，也许是——我就私底下说说——自杀。年轻人嘛，总有些藏在心里的烦恼，比如感情问题什么的，我们外人没法知道。这种假设比谋杀的可能性更大。”

“怎么解释眼镜？”

“啊！我只是个做研究的，满脑子空想，不擅长解释生活中的实际事物。不过，朋友，我们都知道，什么奇怪的东西都能当作定情信物。别客气，尽管抽，有人这么喜欢这种烟，我高兴还来不及呢。扇子、手套、眼镜等等，一个人想结束生命，谁知道他会拿着什么信物和宝贝？这位先生说草地上有痕迹，痕迹这种东西最容易出错。至于小刀，很可能是死者倒地时扔出去的。这种推测也许有些幼稚，但我始终觉得史密斯是自杀身亡。”

听了教授的结论，福尔摩斯似乎有点儿意外。他继续走来走去，一根接一根抽烟，陷入了沉思，过了一会儿终于说：“科拉姆教授，五斗柜的小柜子里装的什么？”

“家里的文件、我那可怜妻子的书信、大学的荣誉证书，都是盗贼不感兴趣的东西。这是钥匙，你可以自己去看。”

福尔摩斯接过钥匙，看了一眼，递还回去。

“不必了，没什么用，”他说，“我倒想去院子里待一会儿，专心想想整件事。你说的自杀也有些道理。科拉姆教授，抱歉打扰了，午饭前绝不再麻烦你。我们两点再来一趟，向你汇报这期间的新发现。”

我们在院子的小路上来回走了半天，谁也没说话，福尔摩斯看上去不像专心思考的样子。

“有线索了？”我忍不住问。

“有没有全靠刚才抽的烟，”他说，“也可能是我完全想错了。香烟会说明一切。”

“亲爱的福尔摩斯，”我惊讶地叫道，“到底怎么……”

“行了，行了，你会亲眼看到的。看不到也没关系，反正还有眼镜店的线索可以追，我现在不过是抄了条近道。啊，善良的马克太太来了！跟她聊上五分钟，保证有收获。”

我以前可能说过，只要愿意，福尔摩斯总能施展出妇女之友的特殊魅力，分分钟获得女人们的信任。五分钟还没过半，他就赢得了管家的好感，两人像多年好友一样聊得起劲。

“就是嘛，福尔摩斯先生，你说的没错，烟抽得太凶了。白天不说，有时候还整夜抽，等我早上进了房间，天啊，先生，我还以为是帝都的雾霾吹来了。可怜的史密斯先生也抽烟，不过烟瘾不像教授这么厉害。教授这身体，唉，真不知道抽烟是坏事还是好事。”

“啊？”福尔摩斯说，“再怎么说，抽烟败胃口啊。”

“这我可不懂。”

“教授平常吃得很少吧？”

“我感觉时多时少。”

“我敢打赌，他今天没吃早饭，刚才又抽了那么多烟，午饭肯定也不想吃了。”

“先生，你恰恰赌错了，他今早吃得特别多，我从没见过他饭量这么大。还有午饭，他吩咐我准备一大盘肉排。确实挺让人吃惊的，我昨天也进过书房，看见年轻的史密斯先生躺在地上，从那以后别说吃东西，就连看一眼食物都觉得恶心。世上真是什么人都有啊，这种事竟然一点儿没影响教授的食欲。”

我们在院子里转悠了一上午。霍普金斯去村里了，有传言说，头天上午，几个孩子在查塔姆路上看见了一个陌生女人，他去看看怎么回事。我朋友完全没有平常探案时的干劲，如此心不在焉地处理案子还是头一回。霍普金斯回来说，那几个孩子找到了，他们看见的女人跟福尔摩斯之前的描述完全吻合，而且戴着眼镜。但即使这样的消息也没能激起福尔摩斯的兴趣。

午饭时，苏珊照顾我们用餐，主动提起一件事，福尔摩斯立刻来了精神。她肯定地说，头天上午，史密斯先生出门散过步，刚回来半小时就发生了惨剧。我看不出这件事跟案子有什么关系，但能看出福尔摩斯已经将这块碎片拼进了他的案情拼图。他突然站起身，看了眼手表，说：“先生们，两点了，马上上楼，跟我们的教授朋友说个明白。”

老人刚吃完午饭，盘子里一点儿没剩，管家说他胃口好，看来不假。他转过脸，浓密的白须发和犀利的眼神还是那么怪异，嘴上还是叼着慢慢燃烧的香烟。他已经换好衣服，坐在壁炉边的扶手椅上。

“啊，福尔摩斯先生，谜题破解了？”旁边桌上摆着装香烟的大锡盒，他朝我朋友推了推，福尔摩斯正巧伸手去拿，盒子在两人手之间翻倒，摔下桌子，香烟滚得到处都是，我们跪在地上捡了一两分钟。再站起来，我发现福尔摩斯眼睛闪亮，脸上泛着红光。只有在决战时刻，他才会发出这样的战斗信号。

“对，”他说，“解决了。”

我和霍普金斯目瞪口呆。老教授瘦削的脸上闪过一丝冷笑。

“是吗？在院子里破解的？”

“不，在这里。”

“这里？什么时候？”

“就是现在。”

“福尔摩斯先生，你真会开玩笑。我不得不提醒你，这可是非常严肃的事，开不得半点玩笑。”

“科拉姆教授，我的推理链完成了，每个环节都经过了检验，保证万无一失。你的动机是什么，或者说，你在这桩奇案中到底扮演什么角色，我还说不准，也许几分钟后能听你亲口说说。我先来重现一下案情经过，也好让你有个数，知道该补充些什么。

“昨天有位女士进了你的书房，试图拿走五斗柜里的某些文件。柜门上的划痕是钥匙留下的，钥匙表面应该有轻微变色，我看过你手头那把，没有痕迹，说明她自己有钥匙，你不是同谋。进一步推断，她是来偷文件的，你毫不知情。”

教授吐了口烟，说："有意思，信息量真大。没了吗？既然查到这样一位女士，肯定还有下文吧？"

"这就说。她刚动手就被你秘书抓住了，为了脱身，刺了他一刀。我认为这场悲剧只是不幸的意外，女士并不想杀人，蓄意谋杀的话不会连武器都不带。她自己也被眼前的情景吓坏了，疯狂逃离惨案现场。不巧的是，她在挣脱时弄丢了眼镜，高度近视的她什么也看不清。她冲进一条走廊，以为是来时的路，因为地上也铺着棕毯。等发现跑错方向的时候，一切都太晚了，退路已经被堵死。怎么办？不能后退，不能原地不动，只能继续往前。她往前跑，上楼梯，推开门，进了你的卧室。"

老人坐在那儿，张着嘴，直勾勾盯着福尔摩斯，惊讶和恐惧毫无掩饰地写在脸上。过了一会儿，他故作镇定地耸耸肩，假惺惺地大笑起来。

"好极了，福尔摩斯先生，"他说，"可惜这么精彩的推理有个小漏洞。我本人就在卧室，白天一直没离开。"

"科拉姆教授，这点我当然清楚。"

"你的意思是，有位女士进来，我躺在床上竟然不知道？"

"我可没这么说。你不仅知道，还跟她说了话，认出她是谁，帮助她逃跑。"

教授又尖着嗓子大笑了几声，站起来，眼里闪着怒火。

"你疯了！"他大喊，"简直一派胡言。我帮她逃跑？她现在在哪儿？"

"在那儿。"福尔摩斯指向墙角的高书柜。

老人举起双手，阴森森的脸上一阵抽搐，最后倒在椅子上。就在这时，福尔摩斯指的书柜转动着打开了，一个女人冲出来。“没错！”她叫道，说话带着奇怪的外国口音，“没错！我在这里。”

她浑身是灰，从藏身地的墙上蹭了不少蜘蛛网，脸上也有一道道污痕。相貌特征跟福尔摩斯描述的完全一样，外加一个长下巴，透着一股子倔强，怎么看也不算漂亮女人。本来视力就差，再加上突然从暗处走到亮处，一时恍恍惚惚，站在那儿直眨眼，想看清我们的位置和样子。尽管外表各种不美好，这位女士却有种高贵的气质，倔强的下巴、昂起的脑袋有种大无畏的气概，让人心生敬佩。

霍普金斯抓住她的手臂，宣布逮捕她。她轻轻挥手推开他，带着掌控一切的威严，让人不得不服从。老人靠着椅背，脸上不停抽搐，不安地盯着她。

“是的，先生，我是罪犯，”她说，“我在书柜后什么都听见了，知道你们已经查明真相。我坦白，年轻人是我杀的，刚才有人说是意外，说的没错。当时实在没办法，为了让他放手，我随便抓起桌上的东西挥过去，连自己都不知道手里拿的是刀。我说的都是实话。”

“女士，”福尔摩斯说，“我相信这些是实情。你看起来不太舒服。”

她的脸色特别难看，对比一道道黑污痕，越发显得苍白。她坐到床边上，继续说：“我的时间不多了，但还是想把全部真相告诉你们。我是这个人的妻子，他不是英国人，是俄国人，真名我不想说。”

老人终于沉不住气了，大声喊："上帝保佑，安娜！上帝保佑！"

她万分鄙夷地看向他，说："瑟吉厄斯，为什么还硬撑着这条老命？你这辈子害人无数，没给任何人——包括你自己——带来任何好处。看样子你撑不了多久了，上帝自有安排，轮不到我来了断。自从踏进这该死的地方，我的灵魂已经沾满了罪恶。我必须说出真相，不然来不及了。

"先生们，刚才说了，我是这个人的妻子。结婚时，他五十岁，我只是个二十岁的傻女孩。我们当时在俄国一个城市的大学里，具体地名就不说了。"

"上帝保佑，安娜！"老人又低声说道。

"我们是革新派，主张革命，支持无政府主义，你们懂的。除了我和他，还有一些其他人。后来动乱时期，有个警官被杀了，许多人被抓，但是证据不够充分。我丈夫为了保命，也为了一大笔赏金，出卖了自己的妻子和伙伴。没错，正因为他告密，我们全部被捕，有的上了绞架，有的流放到西伯利亚。我的处刑是流放，但不是终身的。我丈夫带着不义之财来到英国，从此过上了与世隔绝的生活。他心里明白，如果让组织的人知道他在哪儿，不出一周就会来取他性命。"

老人抖抖索索伸出手，拿起一根烟。"你以前一直对我很好，安娜，"他说，"你想怎么处置我都行。"

"最大的恶行还没告诉你们呢。我在组织里结识了一位心仪的朋友，他高尚、无私、仁爱，简直是我丈夫的对立面。他反对暴力，如果使用暴力算犯罪的话，我们都有罪，只有他例外。他总是写信劝我们放弃暴力，这些信可以证明他的无辜。我的日记也是证据，我每天都写下了我对他的感情，还有我们各自的看法和主张。我丈夫发现了信和日记，偷偷藏了起来，还想尽办法作伪证，要把这个年轻人置于死地。虽然他没得逞，亚历克西斯还是被流放到西伯利亚，至今仍在盐矿上干活。好好想想吧，你这个叛徒，恶棍！现在，此时此刻，亚历克西斯，一个你连名字都不配提的人，还过着奴隶一样的生活。我本可以杀你报仇，最后还是放过了你。”

“你向来是个大度的女人，安娜。”老人抽着烟说。

她站起来，痛苦地叫了一声，又坐了回去。

“我一定要说完。刑满释放后，我开始寻找日记和信件，只要交给俄国政府，那位朋友就能获释。我知道丈夫来了英国，经过几个月打听，终于找到他的住处。在西伯利亚的时候，我收到过他的一封信，他在信上责骂我，引用了日记里的话，我肯定日记还在他手上。他这个人报复心极强，绝不会主动把日记还给我，我必须自己想办法拿回来。为此我雇了个私人侦探，他扮成秘书进了别墅。瑟吉厄斯，就是你的第二个秘书，没待几天就离职了。他发现文件放在柜子里，还弄到了钥匙印模，但是不肯再干下去。他给了我一张别墅的地图，告诉我上午秘书在楼上，书房一般没人。我最终鼓足勇气，自己来这里取文件。我办到了，可惜代价惨重！

“我取出文件，正在锁柜门，被那个年轻人抓住了。其实我们之前在路上见过一面，就是昨天上午，我向他打听科拉姆教授的住处，当时并不知道他是这里的秘书。”

“没错！没错！”福尔摩斯说，“秘书回来后把问路的事告诉了教授，所以断气前留下了那样一句话，‘她’就是他刚跟教授提过的女人。”

“你最好让我说。”女士语气中带着命令，表情扭曲，像是忍受着巨大的疼痛，“他倒在地上，我立刻冲出书房，结果选错了走廊，进了我丈夫的房间。他说要告发我，我告诉他，这么做等于自断活路，他把我交给警察，我就把他交给组织。我想活下去，不是为了自己，而是要实现心愿。他知道我会说到做到，他的命和我的命绑在了一起，要不是这样，他才不会掩护我。

“我被塞进了黑暗的藏身地，那是老房子留下的密室，只有他一人知道。他总是在自己房间用餐，这样能分给我一些吃的。我们说好了，等警察撤离别墅，我就趁夜色溜出去，再也不回来。没想到还是让你们识破了。”

她从怀里掏出一个小包裹。“最后再说几句，”她接着说，“这包东西能救亚历克西斯，我拜托给你们，相信你们会主持公道。拿着！交给俄国大使馆。好了，我的任务完成了……”

“拦住她！”福尔摩斯喊道，猛地扑向房间另一边，夺下她手中的小药瓶。

“太晚了！”她倒在床上，“太晚了！出来之前就喝了。头真晕！该走了！拜托，先生，别忘了那包东西。”

返程路上，福尔摩斯说：“案子并不复杂，但从某些方面看，不失为经典。调查一开始就围绕夹鼻眼镜展开，幸亏死者抓住了这条关键线索，否则能不能破案还不好说。从眼镜度数可以断定，佩戴者离开它什么也看不清。你确信她沿着狭窄的草地逃走，而且落脚一步没出错，我当时说这一点值得注意，还记得吧。其实我已经认定这一点根本不成立，除非她随身还有一副眼镜，而这种可能性微乎其微。调查至此，我不得不认真考虑另一种假设——她还在房子里。

“后来发现两条走廊极其相似，很明显，她多半是走错了路，果真如此的话，唯一的去处就是教授的房间。我集中注意力，搜索一切能证明这个推论的证据，并且仔细检查了卧室，寻找可以藏身的地方。地毯是完整的一块，钉得牢固，所以地上不可能有活门。书后面倒是很可能有密室，你们知道的，老式书房经常设计这样的机关。我看见地上到处堆满了书，唯独那个书柜周围什么也没有。书柜可能是暗门，但没有脚印证明，还好地毯是暗褐色，想制造一点脚印并不难。我一根接一根品尝那些上等的香烟，把烟灰全弹在了可疑的书柜前面。这是个简单的小把戏，效果却相当理想。

“然后我下了楼。华生，当着你的面，我探明了科拉姆教授食欲大增的事实，不过你并没有察觉这场闲聊的意义——他是在跟另一个人分享食物。回到楼上，我故意弄翻烟盒，趁大好机会观察地毯。烟灰上的脚印清清楚楚表明，我们离开那段时间，罪犯从藏身地出来过。

“好了，霍普金斯，祝贺你圆满破案。查令十字街到了，你肯定要回警察厅。华生，你和我一起坐马车去俄国大使馆。”

失踪的中卫

我们在贝克街经常收到一些奇怪的电报，有一封至今让我印象深刻。时间大概是七八年前，二月一个阴沉的上午，电报是发给福尔摩斯的，他足足看了一刻钟也没看出个所以然。电文如下：

请等我。万分不幸。右中卫失踪，明天不可缺。

奥弗顿

“河岸街邮戳，十点三十六分发出，”福尔摩斯翻来覆去地研究，“很明显，奥弗顿先生发电报时情绪太激动，有些前言不搭后语。算了，算了，他会来的，说不定没等我翻完《泰晤士报》就来了，到时候一切就清楚了。最近无聊透顶，再小的案子也值得热烈欢迎。”

这段时间的生活确实很平淡，而我害怕的正是这样的倦怠期。经验告诉我，我朋友的大脑异常活跃，一旦没有难题驱动，后果相当严重。对兴奋剂的着魔曾经差点毁掉他的辉煌事业，多年来，我渐渐帮他戒掉了恶习，一般情况下，他不再依赖这种人造刺激。但我非常清楚，那头魔兽还没死，只是睡着了，而且睡得很轻。每当闲散下来，福尔摩斯总是耷拉着一张苦行僧似的脸，深邃的目光变得空洞无神，一看他这副样子，我就担心那头魔兽突然苏醒。感谢这位奥弗顿先生，不管他是谁，至少带来了谜一样的消息，打破了危险的平静。就我朋友而言，风平浪静比暴风骤雨更可怕。

不出所料，电报到了没多久，发电报的人就来了。名片上印着“剑桥大学三一学院，西里尔·奥弗顿先生”，进来的是一位身材魁梧的年轻人，体重足有十六英石[1]，骨骼粗壮，肌肉结实，宽阔的肩膀抵着两边的门框。他的视线在我们两人之间打转，因为心情焦虑，英俊的脸庞显得憔悴不堪。

“夏洛克·福尔摩斯先生？”

我朋友点点头。

“福尔摩斯先生，我去过伦敦警察厅，见了斯坦利·霍普金斯警探，他推荐我来找你。他说，在他看来，你比警方更适合接这个案子。”

“请坐，说说怎么回事。”

“太糟糕了，福尔摩斯先生，太糟糕了！我都快愁白头了。戈弗雷·斯汤顿——你肯定听说过，他是我们全队的顶梁柱。只要中卫线上有戈弗雷，少两个队员上场也无所谓。不管带球、传球，还是拦截，没人比得上他。不仅如此，他还是精神领袖，是球队的凝聚力。我该怎么办？福尔摩斯先生，我

1　英石（stone）是英国重量单位，1 英石约为 6.35 公斤。

来就是想问这个问题。我们有一号替补穆尔豪斯，不过他练的是前卫，擅长争球，不懂边线防守。他踢定位球的水平很高，这点不假，但是缺乏判断力，冲刺速度也不行。牛津那两个飞毛腿，莫顿和约翰逊，轻松就能赶超他。史蒂文森的速度还可以，但不会踢二十五码线上的落地球。中卫跑得再快，不会踢落地球和脱手球，上场也是白搭。不行，福尔摩斯先生，只能请你帮忙找到戈弗雷，不然我们就彻底完蛋了。”

客人慷慨激昂地说了一大通，每说完一点就用厚实的手掌拍一下膝盖，以示强调。福尔摩斯听着长篇演说，又好笑又吃惊。话音刚落，他伸手取下字母S打头的索引册。然而这一回，这个资源丰富的宝库竟然没挖出宝贝。

“这里有个阿瑟·H. 斯汤顿，伪造界的新星，”福尔摩斯说，“还有个亨利·斯汤顿，我帮忙送上了绞架。戈弗雷·斯汤顿还真没听说过。”

这下轮到客人吃惊了。

“什么？福尔摩斯先生，我还以为你是万事通。连戈弗雷·斯汤顿都没听说过，估计更不知道西里尔·奥弗顿吧？”

福尔摩斯坦然地摇摇头。

“不会吧！”运动健将叫道，“英格兰对威尔士那场比赛，我可是一号替补，而且这一年一直担任校队队长。不知道我也就算了，英格兰竟然还有人没听说过弗雷·斯汤顿，难以置信！他是一流的中卫，为剑桥大学队和布莱克希思俱乐部效力，五次参加国际比赛。天啊！福尔摩斯先生，你是生活在英国吗？”

大块头如此率真的反应逗得福尔摩斯直发笑。

“奥弗顿先生，我们生活在不同的世界，你的世界更单纯、更健康。我的工作触及社会各个领域，唯独不包括业余运动，对此我挺开心的，说明英国的业余运动是一片净土。可是，你今天上午的突然来访告诉我，即使是这样一个干净、公平的世界，也可能有用得着我的地方。好了，亲爱的先生，坐下来吧。慢慢说，别激动，告诉我到底发生了什么，需要我帮什么忙。”

奥弗顿面露难色，一看就知道平时只练肌肉不练脑子，费了半天工夫才把他遇上的怪事讲完。其中有很多重复和含糊的地方，在此全部省略。

“福尔摩斯先生，事情是这样的。刚才说了，我是剑桥大学橄榄球队队长，戈弗雷是最出色的队员。我们明天跟牛津大学有场比赛，昨天来到伦敦，住在本特利私人旅馆。晚上十点，我挨个房间看了一圈，确定所有队员都回房休息。我一向认为，严格的训练和充足的睡眠能保障球队的最佳状态。戈弗雷临睡前跟我聊了几句，我感觉他脸色不太好，似乎有心事，问他怎么回事，他说没什么，只是有点头疼。我道过晚安就离开了。

“半小时后——门卫后来告诉我——来了一个长相粗犷的大胡子，拿着一张便条要找戈弗雷。戈弗雷还没睡，门卫就把便条送到了他的房间。他看完瘫倒在椅子上，像被人砍了一斧子似的。门卫吓坏了，想来找我，却被他拦住了。他喝了杯水，打起精神走下楼。那个大胡子还在门厅等着，两人说了几句话，然后一起走了。门卫最后看了一眼，他们连走带跑，朝河岸街方向赶去。

“今天早上，戈弗雷的房间没人，床也没有睡过的痕迹，他的东西还跟我昨晚看到的一样。那个陌生人来找他，他立刻就走了，之后再没消息。我觉得他再也不会回来了。戈弗雷的运动精神是刻在骨子里的，绝不会轻易放弃比赛、让队长失望，肯定是碰上了天大的事。对，我觉得他永远不会回来了，我们再也看不到他了。”

福尔摩斯凝神听完这个离奇的故事。

“你做了什么？”他问。

“我给剑桥发了电报，问那边有没有他的消息。回电收到了，没人见过他。”

“他有可能回剑桥？”

“有，十一点一刻有趟晚班车。”

“不过经你确认，他并没搭这趟车？”

“没有，没人看见他。”

“接下来呢？”

“我给芒特-詹姆斯勋爵发了电报。”

“为什么？”

“戈弗雷是孤儿，勋爵是他最近的亲属，我记得好像是叔叔。”

“真的？这倒是个新的突破口，芒特-詹姆斯勋爵是英国富豪榜的常客啊。”

“我听戈弗雷也是这么说的。”

“你朋友是近亲？”

“对，他是勋爵的继承人。老头子快八十了，痛风特别严重，他们说他的指关节可以拿来擦球杆皮头[1]。他是个不折不扣的守财奴，这辈子一先令都没给过戈弗雷，不过财产迟早都是戈弗雷的。”

“勋爵那边回电了吗？”

“没有。”

“你朋友有什么理由找勋爵呢？”

“昨晚他心事重重，如果是为钱发愁，很可能去找这个富豪近亲帮忙，虽然据我观察，要到钱的概率基本为零。戈弗雷不喜欢这个老人，不是迫不得已，绝不会去找他。”

“去没去很快就清楚了。如果去了，怎么解释那个长相粗犷的家伙？他那么晚出现，一出现就让你朋友失魂落魄。”

奥弗顿双手捂着脑袋，说：“我解释不了。”

“好了，好了，我今天正好没事，愿意接这个案子，”福尔摩斯说，“不过强烈建议你重新安排比赛战术，不用考虑这个年轻人。正像你说的，他这样说走就走，肯定是有天大的事，既然是天大的事，一时半会也不可能回来。走，一起去旅馆，看看门卫还能不能提供一点新线索。”

如何让不起眼的证人畅所欲言，这方面福尔摩斯可是高手。在戈弗雷·斯汤顿空荡荡的房间里，没有外人干扰，他很

1　痛风病人的关节处常出现痛风结节，严重时会排出尿酸盐结晶物，看起来像打台球使用的巧粉。

快从门卫口中打听到了更多细节。头天晚上来的访客，既不像有身份的人，也不像做苦工的，用门卫的话说，就是个“普普通通的家伙”。五十多岁，花白胡子，脸色苍白，穿着朴素。他本人似乎也很激动，门卫发现他拿着便条的手一直在颤抖。戈弗雷把便条塞进兜里，到了门厅，两人没握手，说了几句话，门卫只听清“时间”两个字。然后他们就像之前说的那样匆忙离开了。当时门厅的钟正好敲响十点半。

“让我想想，”福尔摩斯坐到戈弗雷的床上，“你上白班，是吗？”

“是的，先生，晚上十一点下班。”

“上夜班的门卫没什么发现？”

“没有，除了几个看戏晚归的客人，没别人。”

“你昨天一天都在？”

“是的。”

“给斯汤顿先生送过信件吗？”

“送了一封电报。”

“啊，有意思！什么时候？”

“六点左右。”

“斯汤顿先生在哪儿收的电报？”

“就在这里，他的房间。”

“他拆电报时你也在场？”

“在，我等着看他要不要回电。”

“回了？”

“是的，他写了回电。”

“你去发的？”

“不，他自己去的。”

“总之是当着你的面写的？”

“对，我站在门边，他背对着我，在那张桌上写的。写完后，他说：‘没事了，门卫，我自己去发。’”

“他用的什么笔？”

“水笔。”

“是桌上这叠电报单吗？”

“是的，他用了最上面的一张。”

福尔摩斯站起来，拿着电报单走到窗前，仔细检查最上面的一张。

“可惜不是铅笔写的。”他失望地耸耸肩，把电报单扔回原处，“华生，你肯定也经常注意到，铅笔写字一般会印到下一张纸上——这些印子不知拆散了多少幸福的婚姻。电报单上什么痕迹也没有，庆幸的是，他用的是粗头羽毛笔，我相信吸墨纸上一定有痕迹。啊，我说吧，这就是他的回电！”

他撕下一条吸墨纸，上面有些难辨的字迹：

奥弗顿兴奋不已，大喊：“对着镜子看看！”

“不用，”福尔摩斯说，“纸很薄，翻个面就能看清。行了。”他翻到反面，我们看到：

Stand by us for
Gods sake

（救救我们，拜托了）

“戈弗雷失踪前几小时发了封电报，这是末尾部分。至少还有六个字我们没看到[1]，但这几个——‘救救我们，拜托了’——足以证明，年轻人意识到巨大的危险即将来临，有人可以为他提供保护。注意，是‘我们’！至少还有一人牵扯其中。很可能是那个大胡子，他脸色苍白，紧张不安，不是他还能是谁？那么，戈弗雷和大胡子是什么关系呢？紧迫的情况下，他们找第三个人求救，这个人又是谁？我们的调查范围已经缩小到这些问题上。”

“查清电报是发给谁的就行了。”我建议道。

“没错，亲爱的华生。你这个想法很有深度，我早想到了。相信你也清楚，去邮局查看别人的电报存根，工作人员一般不太乐意帮忙，这类事情的官方手续太折腾了。不过用上一点手段和演技，肯定能达到目的。还有，奥弗顿先生，趁你在场，我想检查一下留在桌上的文件。”

桌上有一些信件、账单和几个笔记本，福尔摩斯的手指敏捷地翻查，双眼敏锐地扫视。“什么也没有，”他最后说道，“对了，你朋友的身体应该很好，没什么毛病吧？”

1　有研究统计，1950 年前，英国电报的平均长度是 14.6 个单词。

“非常健康。”

“生过病吗？”

“从没有。以前胫骨被踢伤，躺了一段时间，还有一次膝关节脱臼，但这些不能算生病。”

“也许他不像你想的那么强壮，可能有些健康问题没对外人说。如果你同意，我想拿走一两份文件，后面的调查说不定能用上。”

“住手！住手！”有人不满地叫道。我们抬头看过去，门口站着一个奇怪的小老头，浑身不停颤抖，身穿褪色的黑衣服，头戴一顶帽檐超宽的大礼帽，脖子上松松垮垮吊着一条白领带，整体感觉像荒村牧师，又像职业送葬人。尽管样子寒酸，甚至有些可笑，说话声却相当尖利，神情透着凌厉的气势，立刻吸引了我们的注意。

“你是谁？有什么权利动这位先生的文件？”他问。

“我是私人侦探，正在调查他失踪的原因。”

“哦，是吗，你在调查？谁让你来的，嗯？”

“这位先生，戈弗雷·斯汤顿先生的朋友，经警察厅介绍找到我。”

“你又是谁？”

“西里尔·奥弗顿。”

“这么说，是你给我发的电报。我是芒特-詹姆斯勋爵，一收到电报就从贝斯沃特赶过来了。你请的侦探？”

“是的，先生。”

“费用你付？”

“只要找到我朋友戈弗雷，他肯定会付。”

“万一永远找不到呢？回答我！”

“真要那样，他的家人肯定……”

“想都别想，先生！”小老头尖声叫道，“别指望我掏一个子儿，半个子儿都不行！侦探先生，记好了！他的家人只有我这一个，告诉你，我绝不负责。他将来能有财产继承，还不是因为我从不乱花钱，现在我也不打算破这个例。至于那些文件，你随便乱动，万一有什么值钱的东西，告诉你，你要负全责。”

“没问题，先生，”福尔摩斯说，“恕我冒昧问一句，对于年轻人的失踪，你有什么解释吗？”

“没有，解释不了。他人高马大，又不是小孩子，当然能照顾好自己。真要是蠢到把自己走丢了，我完全没义务找他。”

“我理解你的看法，”福尔摩斯眼里闪过一丝狡黠，“但你并不理解我的看法。戈弗雷是个穷小子，如果遭绑架，肯定不是因为他自己有多少钱。芒特-詹姆斯勋爵，你的财富可是名扬天下，你侄子很可能是被一帮盗贼抓走了，他们可以从他嘴里撬出信息，比如你的房子、你的生活习惯，还有你的财宝。”

态度粗鲁的小老头一听，脸色瞬间变得比领带还白。

“天啊，先生，太可怕了！没想到会这么恶劣！世上真是什么败类都有啊！戈弗雷是个好孩子，忠实可靠，怎么样也不会出卖他的老叔叔。我今晚就把金银餐具都寄存到银行去。侦探先生，全力以赴！请你彻底调查，一定要让他平安回来。至于费用，好说，付个五英镑还是没问题的，十英镑也能接受。”

贵族守财奴的态度有所好转，但他对侄子的私生活一无所知，还是提供不了任何有用信息。手头的唯一线索就是那半截电报，福尔摩斯带着它去寻找推理链的下一环节。我们摆脱了芒特-詹姆斯勋爵，奥弗顿也去找其他队员了，他们要商量战术，应对突如其来的变故。

旅馆不远处有家邮局，我们到了门口。

“华生，试试无妨，”福尔摩斯说，“当然，有搜查令的话可以轻松看到存根，但现在还不至于走到那一步。这地方来往人多，他们不一定记得每个人，我们赌一把吧。”

柜台后面坐着一位年轻女士，福尔摩斯特别礼貌地说：“抱歉打扰了，我昨天发的电报出了点小问题，到现在还没收到回电，很可能是我忘了在最后署名。麻烦你帮忙查查，好吗？”

女士拿出一沓存根翻起来。

“什么时候发的？”她问。

“六点过一点点。”

“发给谁的？”

福尔摩斯做了个嘘的手势，朝我看了一眼。“最后几个字是‘拜托了’，”他神秘兮兮地压低嗓子，“没有回电，我快急死了。”

女士抽出一张单子。

“就是这张。没署名。”她在柜台上摊开存根。

“果然啊，难怪没收到回电，”福尔摩斯说，“哎呀，我真是蠢到家了！非常感谢，女士，这下放心了，再见。”

我们回到大街上，他搓着手，笑出声来。

“怎么样？”我问。

“有收获，亲爱的华生，有收获。为了看一眼存根，我预备了好几套方案，没想到第一套就成功了。”

“有什么收获？”

“定位了调查的起点。”

他招来一辆马车，说：“国王十字车站。”

“要坐火车？”

“对，我们一起去趟剑桥。所有线索似乎都指向那里。”

马车驶上格雷律师学院路，我问道：“说说看，你对失踪原因有想法了吗？经手这么多案子，就属这件的动机最模糊了。你说他遭绑架、被逼问富翁叔叔的信息，不是当真的吧？”

“亲爱的华生，坦白说，这个解释并不完全合理，我只是觉得这么说最能刺激那个傲慢的老头子。”

“效果相当明显。还有别的解释吗？”

“有几种。事发在一场重要比赛的前夕，当事人又是决定输赢的关键人物，不得不承认，这一点很特别，也很有启发性，当然也可能只是巧合，不管怎样，确实值得注意。虽然业余运动不赌钱，但还是有很多人搞一些场外投注。有人打运动员的主意也就不稀奇了，跟马场流氓打赛马的主意一个道理。这是一种解释。另一种同样很好理解，年轻人现在再怎么穷，毕竟是巨额财产的继承人，有人想用他换一笔赎金也不是不可能。”

“这些解释都没提电报。”

“没错，华生，电报仍是手头唯一可靠的证据，绝不能忽视。正是为了弄清电报的目的，我们现在才需要去一趟剑桥。探案之路的前方是什么还不清楚，但不出意外的话，今晚之前能取得巨大进展，甚至能得到答案。”

到了古老的大学城，天色已暗。福尔摩斯在车站叫了辆马车，吩咐车夫去莱斯利·阿姆斯特朗医生家。几分钟后，我们到了城里最繁华的街道，在一栋大房子门前停下。用人带我们进屋，等了很长时间，终于获准进入诊室，医生正坐在桌子后面。

我当时连莱斯利·阿姆斯特朗的大名都没听过，足见对老本行有多生疏。现在知道了，他是剑桥大学医学院的主管之一，不仅如此，在多个科学领域都颇有建树，是享誉欧洲的思想家。就算不了解他的辉煌成就，只消看一眼他本人也会留下深刻印象。大方脸，浓密的眉毛下一双深邃的目光，坚毅的下巴好似大理石雕塑。我对他的性格分析是：内敛，思维警觉，严肃，自制力极强，不喜社交，难以接近。他拿着我朋友的名片，抬起头，冷冰冰的脸上挂着不高兴。

“福尔摩斯先生，我听说过你，知道你是做什么的—— 一个我绝不认同的职业。”

“医生，你这么想，是跟全国的罪犯站在了同一战线上。”我朋友平静地说。

“如果你的工作只是消灭罪犯，每个有良知的公民都会支持你，尽管官方机构完全能胜任这项工作。你的职业之所以容易招致非议，是因为你刺探个人隐私，抖搂一些本该保密的家务事，偶尔还会浪费别人的时间，别人可是比你忙得多啊。就拿现在来说，我应该在写论文，而不是跟你说话。”

“时间确实宝贵，医生，不过你会发现，跟我说话比写论文更重要。顺便说一下，你可以指责我们的工作，但我们是在尽最大努力避免隐私曝光，跟你说的恰恰相反。案子一旦交到警方手里，反倒什么秘密都守不住了。你不妨把我看作给正规军打头阵的业余先遣队。我来问问戈弗雷·斯汤顿先生的事。”

“什么事？”

“你认识他，对吗？”

“他是我好友。”

“知道他失踪了吗？”

“啊，是吗？”医生那张棱角分明的脸上没有一丝表情。

“他昨晚离开旅馆，之后再没消息。”

“他肯定会回去的。”

“明天有橄榄球比赛，剑桥对牛津。”

“我才不在乎有没有橄榄球赛。我关心的不是这些幼稚的比赛，而是这个年轻人的情况，他是我熟悉和喜欢的朋友。”

“我调查的就是斯汤顿先生的情况，既然如此，请你配合。你知道他在哪儿吗？”

“当然不知道。”

“昨天之后再没见过他？”

“没有。”

“斯汤顿先生身体健康吗？”

“非常健康。”

“生过病吗？”

“从没有。”

福尔摩斯突然拿出一张纸，递到医生眼前。“这是上月的一份账单，十三几尼，收款人：剑桥大学莱斯利·阿姆斯特朗医生。付款人：戈弗雷·斯汤顿先生。我从他桌上的文件里找到的，请你解释一下。"

医生气红了脸。

"福尔摩斯先生，我没义务也没必要向你解释。"

福尔摩斯又把账单夹进笔记本，说："如果想当众解释，迟早会有那么一天的。刚才告诉你了，我能守住秘密，别人可守不住。最明智的做法就是完全信任我。"

"我什么都不知道。"

"斯汤顿先生在伦敦联系过你吗？"

"当然没有。"

"唉，天呐，又是邮局惹的祸！"福尔摩斯无奈地叹了口气，"昨天下午六点一刻，戈弗雷·斯汤顿从伦敦给你发了一封特急电报，内容显然跟他的失踪有关，你竟然没收到。太不像话了，我要去邮局投诉。"

医生从桌后跳起来，黝黑的脸气得通红。

"先生，请你们出去，"他说，"带句话给你的雇主芒特-詹姆斯勋爵，不管是他，还是他派来的人，我都不想打交道。不，先生，一个字也不说了！"他怒气冲冲地拉铃，"约翰，送两位出去！"一个冷傲的男管家板着脸把我们带到门口。回到街上，福尔摩斯忍不住大笑起来。

"阿姆斯特朗医生真是个有能量、有性格的人物，"他说，"知名教授莫里亚蒂留下的空白，我看只有他最适合填补，前提是他也把才华用在歪道上。惨啰，华生，我们困在这个城镇了，无亲无故，这里的人又不好客，想走吧，案子还没查完。这家小旅馆正对阿姆斯特朗的房子，简直是为我们量身打造的。你去订一间临街的房间，买点过夜的必需品，我趁这段时间做几个小调查。”

这几个小调查用去的时间远比福尔摩斯预计的长，快到九点他才回到旅馆，脸色苍白，神情失落，浑身沾满灰尘，又饿又累。桌上摆好了冷餐，他填饱肚子，点燃烟斗。碰上探案不顺的时候，他总会略带调侃地发表一通富含哲理的见解，正准备开口，外面传来了车轮声，他立刻站起来往窗外看。路灯下，两匹灰马拉的四轮马车停在了医生家门口。

“出去了三小时，”福尔摩斯说，“六点半出门的，现在才回来，活动范围应该在方圆十到十二英里以内。他每天这样出门一次，有时候两次。”

“诊所医生出诊很正常。”

“可阿姆斯特朗并不是诊所医生，他是大学讲师兼顾问医师。他才不会开诊所看病人，多耽误写论文的时间啊。那为什么愿意花这么长时间出门呢？照说他应该厌烦啊。出门去见谁呢？”

“他的车夫……”

“亲爱的华生，你觉得我会想不到？我最先找的就是车夫。不知是生性恶毒，还是受主人指使，他竟然放狗咬我。我一挥手杖，他和狗都不敢靠近，算是逃过一劫。不过关系变得十分紧张，调查也泡汤了。我掌握的情况都来自一个友好的本地人，就在这家旅馆的院子里打听到的，他告诉我医生的生活习惯，还有每天出行的事。刚说到这儿，马车就出现在门口，验证了他的说法。”

“你没跟上去？”

“好极了，华生！你今晚真是智商大爆发啊。我确实想到这么做。你可能注意到了，旅馆旁边有家自行车店，我冲进去，租了辆车，赶在马车消失前追过去。我很快就追上了，然后跟着车灯光，保持一百码左右的安全距离，一直跟出了城。

“我们在乡间路上走了一段距离，后来发生的事有点窘迫。马车突然停下来，我也急忙刹住，医生下了车，迅速走到我面前，用极其轻蔑的口吻说，路太窄，不想让马车挡了我的道。他这个借口真是完美。我立刻绕到马车前面，继续沿着大路骑了几英里，找了个方便的地方停下，看马车会不会跟上来。马车始终没出现，显然拐进了沿路看到的岔道上。我往回骑，还是没见马车的踪影。然后，你看到了，它比我回来得还晚。

“说真的，一开始我并没有证据证明医生的出行跟戈弗雷的失踪有关，只是单纯觉得医生的任何事情都值得关注，所以才跟踪了他。结果发现他这么小心戒备，生怕有人尾随，看来出行的意义并不简单。我要一查到底。”

“明天可以继续跟踪。”

“可以吗？没你想的那么容易。你肯定不熟悉剑桥郡的地形吧？一点藏身的地方都没有。我今晚经过的乡村地带，就跟你的手掌一样干净平坦。再说了，跟踪对象又不是傻子，今晚的表现就是最好的证明。我给奥弗顿发了电报，伦敦那边有什么新状况，他会给这里回电。我们现在只能紧盯着阿姆斯特朗医生，戈弗雷的特急电报是发给他的，邮局那位好心女士让我看了存根，上面有他的名字。他知道年轻人在哪儿，我百分百确定。他知道，我们却没办法知道，这就是我们的无能了。目前来看，确实是他占了上风，不过，华生，你了解我的，我从不会中途退出。”

第二天，调查仍然毫无进展。早饭后，我们收到一张便条，福尔摩斯看完笑着递给我。上面写道：

先生：

我可以肯定地告诉你，跟踪我是白费力气。昨晚你应该发现了，我的马车后面有窗户。如果你愿意骑二十英里，白白来回一趟，那就继续跟着吧。还有，监视我对戈弗雷·斯汤顿先生没有任何好处，你们对他最大的帮助就是马上回伦敦，告诉雇主你们找不到他。留在剑桥是浪费时间。

莱斯利·阿姆斯特朗

谨启

“这位医生是个坦诚的对手，”福尔摩斯说，“啊，真是吊足了胃口，这下非得查清楚再走了。”

“马车又到门口了，”我说，“他正在上车，我看见他朝我们窗户瞥了一眼。要不换我骑车碰碰运气？”

“不，不，亲爱的华生！不是我小瞧你的聪明资质，而是那位医生太厉害，你恐怕不是他的对手。还是我单独行动为好，也许能达到目的。宁静的乡间冒出两个爱打听的陌生人，肯定会招来一些不必要的闲话，只好让你一个人自由活动了。

这座城市历史悠久，到处是景点供你消遣。希望我能在天黑前带着好消息回来。”

然而，这一次又注定失望。我朋友夜里才回来，疲惫不堪，毫无收获。

“华生，又一天白搭了。清楚了医生的大致方向，我今天把剑桥另一头的村子跑了个遍，同酒馆老板等当地百事通进行了亲切友好的交谈。跑的地方真不少，切斯特顿、希斯顿、沃特比奇、奥金顿都挨个转了，都以失望收场。沉睡谷[1]一样的地方，每天出现两匹马拉的四轮马车，不可能没人注意。医生又赢一局。有电报吗？”

“有，我拆了，在这儿：

找三一学院的杰里米·迪克森要庞培。

看不懂。”

“啊，够清楚了，是我们的朋友奥弗顿发来的，回答了我的一个问题。我马上给杰里米·迪克森先生写张便条，等着吧，好运气就要来了。对了，有比赛的消息吗？”

“有，本地晚报最新版有精彩报道。牛津靠一个射门和两个达阵赢了。报道最后一段说：

1 沉睡谷（Sleepy Hollow）是美国纽约州一村庄，美国作家华盛顿·欧文（Washington Irving, 1783—1859）以该地为背景创作了著名的短篇恐怖小说《沉睡谷传奇》（*The Legend of Sleepy Hollow*，1820）。

‘国际一流球员戈弗雷·斯汤顿不幸缺席，这是浅蓝队[1]失利的根本原因。比赛全程都能感受到他不在场造成的影响。中卫线上缺少配合，攻防薄弱，再强大、再拼命的球队也难有回天之术。’”

“这么说，奥弗顿的噩梦成真了，”福尔摩斯说，“说实话，我跟阿姆斯特朗医生的看法一致，橄榄球赛不是我关心的重点。华生，今晚早点休息，估计明天将是充实的一天。”

第二天早上看见福尔摩斯，我一下子惊呆了。他坐在壁炉旁，手里拿着尖细的注射器。那东西让人联想到他习性中唯一的弱点，此刻它正在他手里闪着光，我担心最坏的事情已经发生了。他看我一脸错愕，忍不住大笑，把注射器放到桌上。

“别误会，亲爱的老兄，不必惊慌。这一回它可不是作恶的工具，而是帮我们打开迷宫的钥匙，所有希望都寄托在这支针管上了。我刚出去打探了一番，一切准备就绪。华生，早饭多吃点，今天安排的项目是追踪阿姆斯特朗医生，一旦上路，直奔敌巢，中途不会停下休息吃饭。”

“既然如此，”我说，“最好带上早饭立刻出发，他今天动身早，马车已经在门口了。”

“没关系，让他走。如果还能逃出我的追踪，算他有本事。吃完了和我一起下楼，我为你介绍一位侦探，接下来的工作要属这位专家最拿手。”

1　剑桥校队服为浅蓝色，牛津为深蓝色。

下楼后，我跟着福尔摩斯来到马厩院子里，他打开厩舍门，放出一只黄白相间的小狗，又矮又胖，耷拉着耳朵，既像猎兔犬，又像猎狐犬。

“介绍一下，”他说，“这位是庞培，本地追踪猎犬的骄傲。跑得并不快，看体型就知道了，但追起气味来绝对可靠。庞培，就算你速度不快，对两个伦敦中年男人来说，也堪称是飞速，恕我无礼，只好给你项圈上系根狗绳了。好了，小东西，走吧，让我们见识见识你的本事。”

福尔摩斯牵着狗来到医生家门口，小狗嗅了一阵，突然兴奋地尖叫一声，沿大街跑去，使劲拽着狗绳往前冲。半小时后，我们出了城，继续沿乡间大路疾行。

“你做了什么，福尔摩斯？”我问。

“老掉牙的把戏，不过有时候能派上大用场。我一早去了医生家的院子，把满满一针管茴香油喷到了马车后轮上。追踪猎犬闻到茴香油，追到天边都不在话下。我们的医生朋友想甩掉庞培，除非驾着马车穿过剑河[1]。啊，狡猾的家伙！那天晚上他就是在这儿甩掉我的。”

小狗突然离开大路，拐进一条野草丛生的岔道。走了半英里，又到了另一条大路，路线陡然右转，延伸向我们刚刚离开的城镇。大路弯到了城镇南面，一直往南延伸，跟我们出发时的方向完全相反。

“绕这么大个弯，就是为了摆脱我们吧？”福尔摩斯说，

1　剑河（River Cam）又译康河，是流经剑桥的河流。

“难怪我去的那些村子什么都查不到。医生真是煞费苦心啊，让人不禁好奇这样精心设计的骗局背后是什么。我们右边应该是特兰平顿村。啊，不好！马车拐过来了。快，华生，快躲起来，不然全完了！”

他拽着还在往前冲的庞培，跳进一扇树篱门，门后是一片田地。我们刚躲到树篱后面，马车飞驰而过。我匆匆扫了眼车里，医生蜷着背，双手撑着脑袋，一副痛苦不堪的样子。我朋友脸色越发阴沉，显然也看见了。

“恐怕调查的结局是场悲剧，”他说，“马上就知道答案了。走，庞培！啊，原来是田里的小屋！”

毫无疑问，终点到了。庞培在小屋门外跑来跑去，兴奋地尖声叫唤，地上还能看见马车的车轮印。一条小路通向孤零零的小屋。福尔摩斯把狗拴在树篱上，我们迅速走过去。他敲了敲简陋的屋门，没反应，再敲，还是没人应。屋里明明有人，我们听见一阵低沉的声音，像是痛苦绝望的低语，忧伤到无法形容。福尔摩斯犹豫要不要进去，回头看了眼刚刚走过的大路。路上来了辆四轮马车，还有两匹熟悉的灰马。

“天啊，医生回来了！”福尔摩斯叫道，“没办法，只能赶在他来之前进去看看。”

他推开门，我们进了门厅。低语声越来越大，最后变成了一声长长的沉重的哀号。声音来自楼上。福尔摩斯箭步冲上去，我紧跟在后。他推开半掩的房门，我们被眼前的景象惊呆了。

床上躺着一具尸体，是位年轻漂亮的女士，面容苍白平静，金发乱成一团，暗淡无光的蓝眼睛直直瞪着上方。床脚有个年轻男人，半坐半跪在地上，脸埋进床单里，浑身随着抽噎而颤抖。他完全沉浸在悲痛中，福尔摩斯伸手搭在他肩上，他才抬起头。

“你是戈弗雷·斯汤顿先生？”

“是我，是我，你们来得太晚了，她已经死了。”

年轻人神志恍惚，不管怎么解释，他始终以为我们是来帮忙的医生。福尔摩斯想安慰几句，解释一下他的突然失踪对队友们造成的恐慌，就在这时，楼梯传来脚步声，阿姆斯特朗医生出现在门口，神情凝重，带着几分质问。

“行啊，先生们，”他说，“终于达到目的了，还挑了这么特别的时刻闯进来。当着逝者，我不跟你们吵。要是我再年轻几岁，一定亲手收拾你们这些野蛮人。”

“抱歉，阿姆斯特朗医生，我想我们之间有点小误会，”我朋友郑重地说，“请跟我们下楼，就这件不幸的事，说说各自了解的情况。”

一分钟后，医生沉着脸，跟我们来到了楼下客厅。

“先生，想说什么？”他说。

“首先想告诉你，我不是芒特-詹姆斯勋爵雇来的，在这件事上，我和那位贵族的态度完全不同。有人失踪了，查清他的下落是我职责所在。现在人找到了，对我而言，案子就画上了句号。只要不是涉及犯罪的个人隐私，我更希望一直保密下去，而不是公布于众。依我看，这件事并不存在违法行为，你大可放心，我会谨慎处理，全力配合，不会让报纸上出现丁点儿消息。”

医生快步走向前，紧紧握住福尔摩斯的手。

“你是一片好心，”他说，“错怪你了。这么悲惨的时候，我不该让可怜的戈弗雷一个人留下，刚在半路上懊悔不已，连忙掉头赶回来，谢天谢地，又遇上了你。你知道的情况不少，事情解释起来就容易多了。一年前，戈弗雷在伦敦待了一段时间，爱上了房东的女儿，两人结了婚。她长得漂亮，心地善良，人也很聪明。娶到这样的妻子本没必要遮遮掩掩，可戈弗雷是那个老贵族的继承人，老头子脾气古怪，知道他结了婚，肯定会取消继承权。我熟悉这个年轻人，他身上很多优点我都很欣赏，我想尽力帮他保住继承权。我们想办法瞒着所有人，这种事稍有一点传言，马上就会尽人皆知。还好这座小屋位置偏，加上戈弗雷本人很谨慎，秘密一直保守到现在。除了我，还有一个忠诚的仆人知道，他到特兰平顿村找人帮忙去了。

“可惜不幸还是降临了，他妻子患上了严重的疾病，是一种最致命的肺病。可怜的戈弗雷伤心得快要疯了，但又不得不去伦敦打比赛，如果请假，秘密就会彻底暴露。我发电报安慰他，他回了一封，求我尽全力救人——这封电报你好像看过，真不知道你是怎么办到的。他回来也帮不上忙，我就没告诉他病情有多危急，只向女士的父亲透露了实情。她父亲没多想，直接跑去告诉了戈弗雷。结果他丢下一切赶回来，整个人都崩溃了，一直精神恍惚地跪在床脚。今天早上，死神终结了她的痛苦。福尔摩斯先生，事情就是这样，相信你和朋友会保守秘密。”

福尔摩斯握了握医生的手。

“走吧，华生。”他说。我们走出那座伤心小屋，走进冬天惨白的阳光中。

格兰奇庄园案

1897年冬末的一天，天寒地冻的凌晨时分，睡梦中突然有人拽我肩膀，睁眼一看，原来是福尔摩斯。他手拿蜡烛，弯着腰，烛光照着一张急切的脸。不用说，案子来了。

“快，华生，快！”他叫道，“猎物出现了。什么也别问！穿衣服，走！”

十分钟后，我们坐上马车，穿过寂静的街道，朝查令十字街站飞驰。冬日第一缕晨光微现，偶尔有早起工人的身影一闪而过，在伦敦的白雾中模糊了轮廓。寒气刺骨，我们都没吃早饭，福尔摩斯一声不吭缩在厚厚的大衣里，我也跟他一个样。

我们在车站喝了点儿热茶，坐上了去肯特郡的火车，身子暖和起来，终于可以他说我听了。福尔摩斯从兜里掏出一封短信，大声念道：

肯特郡，马舍姆，格兰奇庄园

凌晨三点半

亲爱的福尔摩斯先生：

这里有件大案，应该是你最在行的类型，诚请你速来帮忙。除了放开爵士夫人，现场一切保持原样。

请你抓紧时间，尤斯塔斯爵士不能一直留在现场。

斯坦利·霍普金斯

谨启

“霍普金斯七次找我帮忙，每次都是值得一帮的案子，大概无一例外都入选了你的故事集吧。说实话，华生，你挑选案子的品位还可以，大大弥补了叙述上的严重缺陷。你的致命弱点就是从写故事的角度看待探案，而不是把它当作一种科学实践，本来可以当作教科书，甚至成为经典范例，结果都被你毁了。那些最讲究技巧和分寸的过程都轻描淡写，反倒在耸人听闻的情节上浪费笔墨，只能调动读者的情绪，毫无教育意义。”

“你自己怎么不写？”我不服气地说。

“写，当然写，亲爱的华生。你知道的，我现在太忙，等以后老了，我要集中精力写一本教科书，它将是探案艺术的集大成之作。这趟调查的好像是谋杀案。”

“你觉得这个尤斯塔斯爵士死了？”

“估计是。霍普金斯并不是情绪化的人，但写这封信时心情非常迫切。没错，应该有暴力行为，尸体留在现场等我们去检查。如果只是自杀，他不会请我帮忙。至于‘放开爵士夫人’，有可能惨剧发生时，她被锁在了房间里。华生，我们去的是上流社会的家庭，信纸纸质极好，印有名字缩写‘E. B.’和家族纹章，事发地点又是个环境优美的地方。相信霍普金斯这一次也不会辜负期望，我们将度过非常有趣的一天。案发时间在昨晚十二点以前。”

“你怎么知道？”

“看火车时刻表，估算时间。当地警察接到报警，联系伦敦警察厅，霍普金斯赶到现场，然后给我写信，这一连串事情起码要耗掉一整晚。奇斯尔赫斯特站到了，马上就能知道答案。”

马车在狭窄的乡间小路上跑了几英里，到了庄园的庭院大门。开门的老门房脸色憔悴，一看就刚经历了巨大的不幸。车道穿过豪华的庭院，两边是古老的榆树，尽头是座大房子，不高，但面积特别大，正面装饰有帕拉迪奥[1]风格的柱子。中间的主楼年代久远，爬满了常春藤，但装的是现代的大窗户，说明重新装修过，有一侧的辅楼完全是新建的。门开着，霍普金斯警探年轻的身影出现在门口，机警的脸上写满了期待。

“福尔摩斯先生，你能来真是太好了，还有你，华生医生。夫人恢复过来了，非常清楚地回忆了事情的经过，需要我们调查的地方并不多。老实说，早知道这样，我就不麻烦你们了。记得刘易舍姆的那伙强盗吗？”

“你是说那三个兰德尔？”

“没错，父亲加两个儿子。百分百是他们干的。两周前他们在西德纳姆作案，有人看见了，向警方描述了体貌特征。这么快又在这么近的地方再次作案，有点不可思议，但肯定是他们没错了。这次可是上绞架的罪行。”

“尤斯塔斯爵士死了？”

1　帕拉迪奥（Palladio, 1508—1580）是意大利建筑师。

“是的，头部遭拨火棍重击。”

“听车夫说，爵士全名尤斯塔斯·布拉肯斯托[1]。”

“对，肯特郡的大富豪。爵士夫人在起居室。可怜的女士，经历了这么可怕的事。我赶到的时候，她整个人跟丢了魂似的。你最好见见她，先听她讲讲事情经过，然后我们再一起去检查餐厅。”

爵士夫人不是一般人，身姿优雅，容貌惊艳，这样充满魅力的女人真不多见。金头发，蓝眼睛，如果是在平常，肯定还会搭配上完美的气色，可是刚刚经历了惨剧，此时显得苍白又憔悴。除了精神打击，身上也受了伤，一只眼睛上方肿得厉害，变成了紫红色。一个高个子女佣正用兑水的醋帮她清洗，神情严肃，动作格外认真。夫人疲惫地躺在长沙发上，一见我们进去，眼神立刻变得敏锐，美丽的脸上露出警觉的表情，看来可怕的经历并没让她丧失智慧和勇气。她穿着蓝银相间的宽松晨袍，身旁沙发上放着一件缀满亮片的黑色晚装。

“霍普金斯先生，发生的事都告诉你了，你不能替我说吗？”她厌倦地说，“好吧，既然你认为有必要，我就再给两位先生说一遍。他们去过餐厅了吗？”

“我想还是先听听夫人的证词比较好。”

“请你尽快处理，一想到他还躺在那儿，我就觉得恐怖。”她打了个冷战，用手捂住脸。手刚抬起来，宽松的袖口滑下去，露出了前臂。福尔摩斯惊讶地叫了一声。

1　尤斯塔斯·布拉肯斯托的英文是 Eustace Brackenstall。

“夫人，你别处还有伤！这是什么？”

白皙圆润的手臂上有两个明显的红点。她连忙拉上袖子挡住。

“没什么，跟昨晚的惨案无关。请你们坐下，我从头说起。

“我是尤斯塔斯·布拉肯斯托爵士的妻子，结婚大概一年了。我们的婚姻并不幸福，这一点没必要隐瞒，就算我不承认，邻居们也会告诉你们。也许我也应该承担一部分责任。我是在南澳长大的，那里气氛更自由，没这么保守，英国的生活规矩多、礼节多，实在不适合我。不过主要原因还是另一件事，这儿的人都知道，尤斯塔斯爵士是个不折不扣的酒鬼。跟这种人相处，每分钟都是煎熬。一个感性、洒脱的女人，整天跟他绑在一起，能想象是什么滋味吗？婚姻都到这一步了，法律却不允许离婚，简直是作恶、是犯罪、是亵渎神明。上帝绝不会容忍这种罪孽，这些魔鬼法律迟早给英国招来诅咒。”

她说着说着坐了起来，脸颊涨得通红，眼睛直冒怒火，眉头的伤看着特别扎眼。那个严肃的女用人伸出手，温柔而有力地扶着夫人的头，让她靠回到垫子上。炽烈的愤怒渐渐变成了激动的抽泣。过了一会儿，她继续说：

“我来说说昨晚的事。你们可能知道，家里的用人都住在新建的辅楼那边。我们住中间这个主楼，厨房在背面，卧室在楼上。特丽萨是我的贴身用人，住我楼上。主楼再没其他人，再大的动静辅楼那边也听不见。强盗肯定熟悉这个情况，不然胆子不会那么大。

“尤斯塔斯爵士十点半左右回房休息。用人们早回辅楼了，只有特丽萨还没睡，在顶楼自己的房间里等我吩咐。我坐在这个房间看书，不知不觉看到了十一点多，上楼前在屋里转了一圈，查看一切是否正常。平时也是我做最后的检查，刚才解释了，指望尤斯塔斯爵士是靠不住的。

“我去了厨房、配膳室、枪房、台球室、客厅，最后到了餐厅。窗户上拉着厚厚的帘子，我走过去，突然感觉有风吹到脸上，意识到窗户没关。我一拉帘子，面前竟然站着一个宽肩膀的老头，他刚进屋。窗户是法式落地窗，相当于通向草坪的一扇门。我手里拿着卧室的蜡烛，烛光下看见他身后还有两个人，都准备进屋。我直往后退，那家伙立刻扑上来，先抓住我的手腕，然后掐住我的脖子。我正想呼救，他狠狠一拳打在我眼睛上方，我倒在了地上。

“我一定是昏迷了几分钟，醒来后，发现他们扯断了铃绳，把我牢牢绑在了餐桌顶头的橡木椅上。绑得非常紧，完全不能动弹，嘴也被手帕缠上了，没法出声。就在这时，我丈夫不幸进来了。他穿着睡衣睡裤，手里抓着最喜欢用的黑刺李手杖，显然是听到了可疑的声响，有所准备下来的。他朝强盗冲过去，那个年纪大的弯腰抓起壁炉里的拨火棍，趁他靠近时猛地一棍子下去，他一声惨叫倒地，再也没动了。

“我又昏了过去，可能又是几分钟。睁开眼时，他们把餐柜里的银器都拿了出来，还拿了瓶葡萄酒，一人手里一杯。我好像说了吧，其中一个是老头，大胡子，另外两个年纪轻，没胡子，看样子像是父亲和两个儿子。他们小声聊了几句，走过来确认我被绑紧，然后原路离开，关上了窗户。

“一刻钟后，我终于挣开了嘴上的手帕，拼命叫喊，女佣赶来解救了我。其他用人很快也知道了，我们叫来本地警察，他们立刻联系了伦敦。先生们，我能告诉你们的就这些，希望以后不用再重复这么痛苦的故事。”

“有问题吗，福尔摩斯先生？”霍普金斯问。

“我就不消耗夫人的耐心和时间了，”福尔摩斯说，“去餐厅前，我还想听听你的证词。”他看向女用人。

“其实，他们还没进来我就看见了，”她说，“我坐在卧室窗边，借着月光看见庭院门口有三个人影，当时并没多想。一个多小时后，我听见女主人叫喊，跑下楼一看，可怜的孩子，样子就跟她刚才说的一个样。爵士倒在地上，鲜血和脑浆溅得满屋子都是。换作别的女人，被人绑在那儿，衣服上沾满丈夫的鲜血和脑浆，恐怕早吓得魂飞魄散了。可是阿德莱德[1]的玛丽·弗雷泽小姐从不缺少胆量，就算变成了格兰奇庄园的布拉肯斯托夫人，胆量也丝毫不减。先生们，问得够久了，她现在需要好好休息，就让老特丽萨陪她回房吧。”

瘦削的女佣像母亲一样温柔地搂着女主人，带她走出了房间。

“她一生下来就是这个女佣照顾，”霍普金斯说，“从小带到大，一年半前又陪她来到英国，两人都是第一次离开澳大利亚。名叫特丽萨·赖特，这样的用人现在可是找不到啰。福尔摩斯先生，请走这边！”

从福尔摩斯的脸上不难看出，浓厚的兴趣已经没了。谜题有了答案，案子就彻底失去了魅力。虽然强盗还没落网，但是捉拿

1　阿德莱德（Adelaide）是澳大利亚南部港市。

这种普通级别的罪犯，犯得着让他出手？一位学识渊博的神医被请来看病，发现病人患的不过是麻疹，心里有多郁闷可想而知，我从福尔摩斯眼里看到了同样的心情。不过，餐厅里的情景实在诡异，立刻引起了他的注意，渐渐消失的兴趣又回来了。

房间顶高屋阔，橡木雕花天花板，橡木墙板，墙上挂着一圈鹿头和古代兵器。房门对面是刚才听说的法式落地窗，右边墙上还有三扇小窗，清冷的冬日阳光照射进来，左边是个又大又深的壁炉，上方的壁炉台也是橡木的，宽厚结实。炉旁有把厚重的橡木椅，带扶手，底部有横木。一根深红的绳子穿过空当缠绕着椅子，在两边的横木上各打了一个死结。放开夫人的时候，绳子只是松动滑落了，死结并没解开，还保留在原处。不过这些细节都是后来才留意到的，当时我们只注意到一样可怕的东西，就是横在壁炉前虎皮毯上的尸体。

死者身材魁梧，四十岁左右。他仰面倒地，咧着嘴，黑短的胡子下露出白牙，双手握拳举过头顶，手上有根厚实的黑刺李手杖。黝黑的脸像老鹰，本来很英俊，却因为突然爆发的仇恨扭曲变形，遗容定格在这样一个狰狞的表情上。身上穿着花哨的刺绣睡衣，裤脚伸出两只光着的脚，很明显，听到动静时他已经上床了。头部严重受伤，这致命一击有多凶残，整个房间都是证据。拨火棍就在他旁边，因猛击弯成了弧形。福尔摩斯检查了拨火棍，还有它制造的惨不忍睹的尸体。

“那个老兰德尔力气肯定很大。”他说。

“对，”霍普金斯说，“我有一些关于他的记录，是个残暴的家伙。”

“抓到他应该不难。”

“一点儿也不难。警方一直在追踪他，之前有消息说他去了美国，现在看来这帮家伙还在国内，既然在国内，不可能让他们逃走。我们掌握着每个港口的消息，今晚之前还会发出悬赏通缉令。我始终很纳闷，明知道夫人看清了他们的样子，警方可以根据描述认出他们，为什么还干出这么出格的事？”

“是啊，照理说，应该连夫人一起杀了灭口。”

“他们可能以为她一直昏迷没醒吧。”我猜测道。

“有可能。如果她什么意识都没有，也就没必要要她的命了。霍普金斯，这个不幸的家伙是个什么样的人？关于他的证词好像不太中听啊。”

“清醒的时候是个好人，喝醉了简直是魔鬼，准确说是半醉，他很少喝到烂醉。这种时候就像中了魔，什么事都干得出来。据我所知，尽管他有钱有身份，有一两次也差点惹得警察出动。传言说他把一只小狗泡在汽油里，然后点火烧，更糟糕的是，小狗是夫人的宠物，这事闹了很久才平息下来。还有一次，他朝那个女佣特丽萨·赖特砸玻璃瓶，又惹了一堆麻烦。总而言之，就我们私底下说吧，庄园里没了他更快活。你在看什么？”

福尔摩斯跪在地上，仔细检查绑夫人的红绳打的结，然后专门看了看绳子有毛边的一头，那是强盗扯绳子留下的断痕。

“扯铃绳的时候，厨房的铃声一定非常响。”他说。

“没人听得见，厨房在房子背面。”

“强盗怎么知道没人听得见？怎么敢这么嚣张地扯铃绳？”

“是啊，福尔摩斯先生，问得好，你提的问题我也问了自己无数遍。很明显，强盗熟悉这座房子，也熟悉房子里的生活习惯，知道用人们的休息时间比较早，也知道厨房的铃声谁也听不见。所以说，用人里肯定有他的同伙，这是明摆着的事。可是一共八个用人，个个的人品都没话说。”

“同等条件下，”福尔摩斯说，“嫌疑最大的是被主人用玻璃瓶砸过脑袋的那个。不过，这么做等于背叛女主人，而她对女主人又是那么忠诚。算了，算了，这点不重要，等你抓到兰德尔，谁是同伙自然就揭晓了。眼前这些细节都证实了夫人的证词，如果她的证词需要证实的话。”他走到落地窗前，推开窗，“没有脚印。地面硬得像钢板，没脚印也正常。壁炉台上的蜡烛点过了。”

“对，有它们和夫人卧室的蜡烛照亮，强盗才看得清。”

“他们拿了什么？”

“没多少，就是餐柜里的六七件银器。夫人认为他们看见爵士死了，一时乱了方寸，没有按原计划洗劫庄园。”

“有道理，可是他们还喝了酒。”

“可能想镇定一下。”

“没错。餐柜上的三个酒杯没动过吧？”

“没有，酒瓶也保持原样。”

“我们看看。嘿！这是什么？”

三个酒杯放在一起，每个都有装过酒的痕迹，其中一个还有酒石[1]。旁边是酒瓶，酒还剩三分之二，长长的软木塞扔在一

1　酒石（beeswing）是葡萄酒中的结晶物，一般附着在瓶底、瓶壁和软木塞底部。

边。软木塞被酒渗透，酒瓶上积了一层灰，看来凶手们享用的这瓶酒年份不普通。

福尔摩斯的神情变了，不再漫不经心，深邃的目光又闪着警觉的光芒。他拿起软木塞，细心研究了一番。

“他们怎么拔出来的？”他问。

霍普金斯指向半开的抽屉，里面放着餐桌布和一个大号开瓶器。

“夫人说他们用了开瓶器？”

“没说，开酒时她还在昏迷中，记得吧？”

“记得。实际上，打开瓶塞的不是这个开瓶器，而是一个袖珍拔塞钻，就是折叠小刀上附带的那种，长度不到一英寸半。仔细看看木塞的顶端，你会发现一共钻了三次才把木塞拔出来，而且三次都没钻穿。这个开瓶器的钻子长，能钻穿木塞，一次就能拔出来。等你抓到这个家伙，肯定能从他身上搜出一把多功能折叠刀。”

“精彩！”霍普金斯赞叹道。

“坦白说，这些酒杯真把我弄糊涂了。夫人确实亲眼看见三个人喝酒，是吗？”

“是的，她非常确定。”

“那就到此为止吧，还有什么可查呢？不过，霍普金斯，你应该有同感，这三个酒杯非常有问题。什么？你觉得没问题？好吧，算了，不提了。也许是我想太多，一个人有了特殊的知识和技能，总喜欢把简单的问题复杂化。当然了，酒杯肯定只是一种巧合。再见，霍普金斯。你的案子很清楚了，用不着我帮忙。抓到兰德尔或者有任何新情况，都请告诉我一声。相信过不了多久就能祝贺你成功破案。走吧，华生，回家比在这儿有用。”

返程路上，看福尔摩斯的表情就知道，他还在为之前观察到的什么东西而困惑。偶尔他也会尽量跳出谜团，跟我聊聊天，好像案子已经彻底解决，可是没聊几句又陷了进去，眉头紧锁，两眼放空，思绪又飞回到格兰奇庄园宽敞的餐厅，那个午夜惨案发生的地方。后来在一个郊区车站，火车正缓缓驶离站台，他突然跳下车，把我也拉了下去。

我们望着最后几节车厢消失在拐角，他说：“抱歉，亲爱的老兄，怪我一时冲动，害你跟着受罪。可是，华生，我不能就这样扔下案子，无论如何也办不到。所有的直觉都呼唤我回去。案子不对劲，完全不对劲，我发誓有地方出了错。夫人的证词没问题，女佣的补充也很到位，细节都非常精确，哪里能找出漏洞呢？只有三个酒杯。是我太想当然了，如果一开始从头查起，不受现成的证词干扰，检查得更细致一些，会不会发现更确切的证据？肯定会的。华生，坐在长椅上，等着下一趟去奇斯尔赫斯特的车，听我给你分析分析。首先请你剔除成见，不要把夫人和女佣说的话都当真，不能让夫人的魅力误导我们的判断。

“我们冷静回顾一下夫人的证词，不难发现其中有可疑之处。这些强盗两周前在西德纳姆大捞了一笔，报纸上都是相关报道，外貌特征写得清清楚楚，想要捏造一个关于盗贼的故事，他们自然是最好的素材。实际上，刚赚了大钱的强盗一般会暂时收手，安静享受劳动成果，而不是冒险再做一桩买卖，就算做，也不会选择那么早的时间动手。为了阻止女士尖叫，他们给了她一拳，可是照理说，这种方法反而会让女士叫得更厉害。三个人足够对付一个男人，没必要非得犯杀人的罪。那么多财物就在眼皮底下，不可能只拿那么一点儿。最后我想说，这号人竟然会剩下大半瓶酒，实在有违本性。华生，你怎么看这些疑点？”

“放在一起看确实非常可疑，但单看每一点又不是不可能。我觉得最不寻常的地方是把夫人绑在椅子上。”

“哦，这一点我倒不确定。很明显，他们需要时间逃跑，为了不让她报警，要么杀了她，要么像这样绑起来。不管怎样，至少说明夫人的证词确实有可疑之处，对吧？好了，现在说说最重要的证据，酒杯。”

“酒杯怎么了？”

“还记得酒杯什么样子吗？”

“印象深刻。”

“我们听说的版本是三个人喝了酒，你觉得可能吗？”

“有什么不可能？三个杯子都装过酒。”

“没错，但是只有一个有酒石，你肯定也注意到了。怎么解释？”

“最后倒的那杯有酒石的可能性最大。”

“错！瓶子上都是酒石，绝不可能前两杯很清，第三杯浊成这样。有且仅有两种解释：第一，倒完前两杯后，他们使劲摇晃酒瓶，所以第三杯有这么多酒石。这种情形不大可能出现。不对，不对，只有我的理解最合理。”

“你怎么理解？”

“用来喝酒的杯子只有两个，为了制造有三个人在场的假象，两杯的沉渣都倒进了另一个杯子。这样一来，是不是所有酒石都在最后一杯里？对，我肯定这才是正解。揭开了这个小细节的真正含义，原本普通的案子一下子大升级了。意思相当明确，夫人和女佣故意欺骗我们，证词没一句可信，她们有非常强烈的动机袒护真凶，不能再靠她们帮忙，必须自己查清案情，这就是我们面临的任务。华生，去西德纳姆的车来了。”

格兰奇庄园的人看见我们回来都很惊讶。霍普金斯回总部汇报去了，餐厅成了福尔摩斯的专属领地，他反锁门，花了整整两小时察看现场。他能建造宏伟的推理大厦，全靠这样认真细致的调查打下的坚实基础。我像个好奇的学生，坐在角落，观看教授的演示，领略这场精彩调查的每个步骤。窗户、窗帘、地毯、椅子、绳子，他一样样仔细检查，反复琢磨。准男爵的尸体已经挪走，其余一切都跟早上看到的一样。出乎意料的是，福尔摩斯竟然爬上了厚实的壁炉台。头顶上方高高悬着一截红铃绳，几英寸长，跟铃线连在一起。他仰头盯着看了半天，为了凑得更近，用一边的膝盖抵住墙上的木托架，手伸过去，距离绳头还差几英寸。吸引他注意的不仅仅是绳子，还有托架本身。最后，他满意地叫了一声，跳了下来。

“大功告成，华生，”他说，“案子解决了，可以归入最有特色案件之列。天啊，我真够迟钝的，差点儿犯下终身大错！好了，只需补上缺失的几环，推理链就基本完成了。”

“锁定那些人了？”

“不是那些，华生，是那个。罪犯只有一个，但是非常难对付。他像狮子一样强壮，一棍下去，拨火棍都弯了！身高六英尺三英寸，像松鼠一样敏捷，手指灵活，最重要的是，头脑极其聪明，这个天衣无缝的故事就是他编造的。没错，华生，我们欣赏到的是大师级的杰作。可惜啊，他犯了不该犯的错误，在铃绳上留下了破绽。”

“什么破绽？”

“华生，如果是你扯铃绳，你觉得会从哪里断开？当然是和铃线相连的地方。可是这根铃绳断在了离铃线三英寸的地方，为什么？”

“可能那里有磨损吧？”

“对，我们可以检查绑绳上的断痕，确实有磨损。他太狡猾了，用小刀制造了这样的假象。可是另一头并没有磨损。这里看不见，爬上壁炉台就会发现，另一头是整整齐齐割断的，没有任何磨损的痕迹。现在可以还原当时的情景了。那个人需要绳子，硬扯的话又担心铃声惊动别人，怎么办？他跳上壁炉台，还差一点够不着，就用膝盖抵着托架——托架上的灰尘有他留下的印记——拿小刀割断了铃绳。我够不到绳头，至少还差三英寸，由此推算，他至少比我高三英寸。快看橡木椅，座面上有痕迹！是什么？”

“血迹。”

“真的是血迹。光这一点就能推翻夫人的证词。案发时她坐在椅子上，座面怎么可能留下血迹？不对，不对，她是在丈夫死了之后才坐上去的。我敢打赌，那件黑色晚装的对应位置也有血迹。华生，我们这一仗不是滑铁卢，是马伦戈[1]，虽然出师不利，但最后战果累累。我想跟女佣特丽萨聊聊。想套出我们需要的信息，还是谨慎一点为好。”

这个严肃的澳大利亚女佣很有个性，话不多，疑心重，不怎么友好。福尔摩斯和和气气，对方说什么都坦诚回应，最后总算融化了她的冷漠。说起死去的雇主，她毫不掩饰内心的憎恶。

“没错，先生，他是朝我砸过玻璃瓶。我听见他辱骂女主人，警告他，要是她兄弟在场，他绝对没这胆子。他一听，抓起瓶子就扔过来。只要他能放过那个乖孩子，扔十几个瓶子我都受得住。她一直受他虐待，只是生性骄傲，不愿跟外人抱怨，连我都不肯告诉。你们今早看见她手臂上的伤痕，她从没提过，但我非常清楚，那是帽针扎的。恶毒的魔鬼！上帝宽恕，人都死了，不该这么说，可世上真有魔鬼的话，一定是他这个样子。

“第一次见面时，他是那么风度翩翩，不过是十八个月前的事，我们却感觉像十八年。她当时刚到伦敦。对，是第一次远行，以前从没离开过家。他的爵位、财富和虚假的伦敦风度赢得了芳心。如果是她犯了错，她已经为此付出了代价，任何女人都难承受的代价。几月份认识他的？嗯，刚来不久就认识了。我们是六月到的，七月遇见他，他们去年一月结婚。对，她又回起居室了，你想见她肯定没问题，不过请别问太多，这一切够她受的

1　马伦戈（Marengo）和滑铁卢（Waterloo）是拿破仑一生中的两场重要战役。前者发生于1800年，拿破仑刚执政不久，指挥法军反败为胜，打败奥地利帝国，巩固了统治地位。后者发生在1815年，法军惨败于反法同盟，拿破仑遭流放，法兰西第一帝国正式告终。

了。”

夫人还靠在那张长沙发上，气色比之前好了很多。女佣跟我们一起进去，又开始帮女主人擦洗眉头上的瘀青。

“你不会又来盘问我吧？”夫人说。

“不，”福尔摩斯格外温和地说，“布拉肯斯托夫人，不会给你带来任何不必要的麻烦。我知道你吃了不少苦头，只希望帮你解决问题。你可以把我当朋友一样信任，对你有益无害。”

“想要我做什么？”

“告诉我真相。”

“福尔摩斯先生！”

“行了，夫人，这样没用。我那点小名声你可能也听说过，就拿它打个赌吧，赌你的证词纯属虚构。”

夫人和女佣盯着福尔摩斯，两人脸色煞白，眼里充满了恐惧。

“无耻的家伙！”特丽萨叫道，“你的意思是夫人撒谎？”

福尔摩斯站起身。

“没什么要说吗？”

“全都说过了。”

“布拉肯斯托夫人，再想想。诚实一点不好吗？”

那张美丽的脸上闪过一丝犹豫，但她很快又下定决心，紧绷着脸，仿佛戴上了面具。

“我知道的全告诉你了。”

福尔摩斯拿起帽子，耸耸肩，说：“太遗憾了。”我们没再多说，离开起居室，走出了房子。

庭院里有个池塘，福尔摩斯带我来到池边。池水结了冰，冰面凿了个洞，供一只天鹅浮游。他盯着洞口看了一会儿，然后走到庭院门口，匆匆写了张简短的便条，吩咐门房交给霍普金斯。

“可能命中，可能失误，”他说，“不管怎样，总该为老朋友霍普金斯做点什么，也好证明第二趟没白跑。不过，我是不会什么都告诉他的。行动下一站，航运公司，跑阿德莱德至南安普敦往返航线的那一家，没记错的话，就在蓓尔美尔街尽头。还有一家汽船公司也跑南澳到英国的航线。我们先从大公司入手。”

经理看过福尔摩斯的名片，立刻接待了我们，福尔摩斯很快查到了所有需要的信息。1895年6月，只有一艘船抵达国内港口，“直布罗陀巨石号”，他们公司最大、最好的一艘船。乘客名单显示，阿德莱德的弗雷泽小姐及女佣也在这次航行之列。目前这艘船正开往澳大利亚，在苏伊士运河南部某地。船上的长官跟1895年差不多，只有一个变动。大副杰克·克罗克升职为船长，现掌管公司一艘新船，“巴斯巨石号”，两天后从南安普敦起航。他住在西德纳姆，当天上午会来公司接受指示。如果我们愿意等，说不定能碰到他。

不，福尔摩斯先生并不想见他，只想了解他过去的表现和品行。

他的表现非常出色，船队没哪个长官能跟他比。至于品行，在船上绝对是尽职尽责，下了船却是个粗野鲁莽的家伙，性子急，容易激动，但忠诚可靠，心地也很善良。

这些就是福尔摩斯查到的主要信息。离开航运公司，他坐车前往伦敦警察厅，到了门口却没进去，皱着眉头坐在车里，陷入了沉思，然后掉头去了查令十字街邮局，发了封电报，最后终于返回贝克街。

我们走进房间，他说："不，华生，我不能那么做，一旦申请拘捕令，这个人就彻底没救了。回看探案生涯，有一两次让我感受深刻，相比罪犯本人制造的伤害，抓获罪犯带来的伤害要大得多。我现在学会了小心行事，宁可背离英国的法律，也不能背离自己的良心。还是多了解一点情况再说吧。"

傍晚，霍普金斯警探来了，他那边的进展不太顺利。

"你一定是魔法师，福尔摩斯先生，有时我真怀疑你有超人的能力。你怎么确定被盗的银器在池底？"

"我不确定。"

"可是你要我检查池底的。"

"这么说找到了？"

"对，都捞出来了。"

"很高兴能帮上忙。"

"这不算帮忙，反倒让案子更复杂了。抢走银器，扔进最近的池塘，这是哪门子强盗？"

"行为确实相当另类。我只是在想，他们可能并不想要银器，拿走它不过是个幌子，急着扔掉也就很正常了。"

"为什么会有这种想法？"

"我只是觉得有可能。他们从落地窗出去，眼皮底下就是池塘，冰面还有个诱人的小洞，上哪儿找这么好的地方藏赃物？"

"啊，藏赃物，这就对了！"霍普金斯叫道，"没错，没错，全明白了！当时时间还早，路上有行人，带着银器容易暴露，干脆先沉到池底，等没人的时候再回来取。好极了，福尔摩斯先生，比你那个幌子的解释合理多了。”

“确实，你的结论非常高明。我的想法是有些不着边际，不过你得承认，没有这些想法，也就找不到银器。”

“当然，当然，先生，都是你的功劳。可是现在又遇到了一道障碍。”

“障碍？”

“是的，福尔摩斯先生。今天上午，兰德尔一伙在纽约被捕了。”

“天啊，霍普金斯！跟你的设想完全不吻合，你不是认为他们昨晚在肯特郡杀了人吗？”

“推翻了，福尔摩斯先生，彻底推翻了。不过，除了兰德尔父子，还有别的三人团伙，也许是警方没听说的新团伙干的。”

“对，极有可能。怎么，这就要走？”

“是啊，福尔摩斯先生，不查个水落石出，没法安心。你没什么提示了吧？”

“刚给了你一个。”

“什么？”

“我说那是个幌子。”

“理由呢，福尔摩斯先生，为什么？”

“啊，这个问题还有待解决。反正建议你多想想这条思路，说不定能发现一些道理。不留下吃饭了？好吧，再见，有进展请告诉我们。”

吃完晚饭，餐桌收拾干净，福尔摩斯点燃烟斗，穿着拖鞋的双脚凑到旺盛的炉火跟前，再次谈起了案子。

他突然看了看表，说：“华生，快有转机了。”

“什么时候？”

“马上，再等几分钟。你肯定觉得我刚才对霍普金斯太不诚实了吧？”

“我相信你的判断。”

“非常理智的回答，华生。事情应该这么看：我知道的信息属于我自己，他知道的信息属于官方。我有权自行处理，他没有。他必须公开所有信息，不然就是玩忽职守。在案情还不够明朗的情况下，我不能把他置于左右为难的境地，只能暂时保密，等查清了再说。”

“什么时候能查清？”

“就是现在。请欣赏精彩小戏剧的最后一场。”

楼梯传来脚步声，房门打开，进来一位阳刚气十足的年轻人。大高个，金色八字胡，蓝眼睛，皮肤被热带阳光晒得黝黑，步伐轻捷，说明魁梧的身躯不仅强壮，而且灵活。他关上门，握紧拳头站在那儿，胸膛上下起伏，压制住快要爆发的情绪。

“请坐，克罗克船长。收到我的电报了？”

来客坐到扶手椅上，质问的眼神在我们两人之间来回。

“收到了，按你说的时间来了。听说你去过公司。我是逃不了了，说说最坏的情况吧。打算把我怎么样？抓起来？说啊，你这家伙！别坐在那儿跟我玩猫捉老鼠的把戏。”

“给他一支雪茄，”福尔摩斯说，“抽吧，克罗克船长，别激动。放心，真把你当普通罪犯的话，我就不会坐在这儿跟你抽烟了。诚实点，我们还能合作。耍花招，我只能不客气了。”

“你想让我做什么？”

“如实告诉我，昨晚格兰奇庄园到底发生了什么—— 注意，是如实，不要有任何增减。我已经掌握了不少情况，你要有半句假话，我就到窗边吹警哨，这案子我再也不插手。”

船长想了一会儿，黝黑的大手猛地往腿上一拍。

“碰碰运气吧，”他大声说，“相信你是个守信用的白人。我会把一切告诉你，但有一点想先说清楚。就我自己来说，我不后悔，也不害怕，重来一遍还会这么做，还会为此感到骄傲。该死的畜生，就算像猫一样有九命，我也要全部干掉！我的顾虑是那位女士，玛丽—— 玛丽·弗雷泽—— 我决不会用那该死的姓氏称呼她。能让她美丽的脸上多一点笑容，拿命换我也愿意。正因为想到她会受牵连，我才心绪烦乱。可是—— 可是—— 还能怎么做呢？先生们，我告诉你们事情的经过，也想坦率地问一句，我还能怎么做？

“故事得从头说起。你好像什么都知道，想必也知道我们是在‘直布罗陀巨石号’上认识的，她是乘客，我是大副。从见面那天起，我心里就只有她一个女人。航程一天天过去，我对她的爱越来越强烈。无数次深夜值班，我跪在黑暗中亲吻甲板，只因为那是她轻柔的双脚走过的地方。她从没和我交往，对我只是像对普通男人一样。我没什么可抱怨的，是自己单方面爱上她，她看我不过是好朋友而已。分别时，她是个无牵无绊的女人，而我却有了最深的牵绊。

“再次航海回来，听说她结婚了。碰到喜欢的人，为什么不能结婚呢？还有谁比她更配拥有爵位和财富？她生来就该享受一切美好高贵的事物。我不是那种自私鬼，并没有因为她结婚而难过，而是真心替她高兴，她交了好运，幸亏当初没看上穷水手。这就是我对玛丽·弗雷泽的爱。

“我从没想过会再见到她。上次航行结束，我升职了，新船还没下水，我和船员得在西德纳姆等上两个月。一天，我在乡间小路上碰到她的老用人特丽萨·赖特。特丽萨跟我说了她和丈夫的事，什么都说了。先生们，不瞒你们，我真要气疯了。这个酒鬼畜生，连给她舔鞋都不配，竟敢对她动手！后来我又见过特丽萨，再后来见到了玛丽本人，见过两次后，她不愿再见我了。

“前几天接到通知，一周后出海，我决定临走前再见她一面。特丽萨心疼玛丽，也像我一样憎恨那个恶棍，她一直很向着我，我从她那里了解到庄园的作息习惯。玛丽经常一个人在楼下的小起居室看书到很晚。昨晚我溜到那儿，轻轻敲响窗户。一开始她不肯开，可我知道，现在的她心里是爱我的，肯定不忍心让我在寒夜里挨冻。她小声对我说，去正面的大窗户。我绕过去，穿过打开的落地窗，进了餐厅。

“我又一次从她嘴里听到那些让人忍无可忍的事情，又一次诅咒那个畜生，恨他虐待我深爱的女人。先生们，我对上帝发誓，我当时跟她站在窗户旁边，绝对没有杀机，是他像疯狗一样冲进房间，用世上最恶毒的语言污辱她，还抡起手杖抽在她脸上。我抓起拨火棍，这是我和他之间一场公平的决斗。他先出手打中我，你们看，胳膊上还有伤。轮到我出手了，我把他脑袋当成烂南瓜，一棒子狠狠挥下去。你们以为我会后悔？

绝不！他不死，我就得死。我的命无所谓，可是我怎么能把玛丽留给那只疯狗？他不死，她就得死。杀人经过就是这样。我做错了吗？如果两位是我，又会怎么做？

“她被手杖打到时尖叫了一声，老特丽萨听到声音跑下楼。玛丽吓得半死，餐柜上有瓶葡萄酒，我打开瓶子，往她嘴里喂了点酒，自己也喝了一点。特丽萨非常冷静，我们俩一起想了个对策，让现场看上去是入室抢劫造成的。特丽萨反复把我们编的故事讲给女主人听。我跳上壁炉台，割断铃绳，把玛丽绑在椅子上，还在绳头制造了磨损的痕迹，让它看起来更自然，不然强盗爬那么高割绳子肯定会引起怀疑。为了让抢劫更真实，我拿走了几件银盘、银罐，临走前嘱咐她们一刻钟后再报警。我把银器扔进池塘，匆匆逃向西德纳姆，感觉这辈子只有这一夜过得最有意义。福尔摩斯先生，这就是真相，全部真相，就算上绞架我也都说了。”

福尔摩斯默不作声抽着烟，过了一会儿，走过去跟客人握了握手。

“跟我推测的一样，”他说，“我知道每一句都是实话，没有哪一句超出我的预料。能靠托架够到铃绳，不是杂技演员就是水手。能打出椅子上那种绳结，只有水手。这位女士跟水手的接触只有一次，就是那次航行。她拼命袒护这个人，可见有多爱他，两个人的社会地位应该差不多。你看，一旦瞄准了方向，找到你是多么容易啊。”

“我以为警察永远也看不穿我们的计谋。”

“依我看，他们过去、现在、将来都看不穿。听着，克罗克船长，虽然我承认你是在极端挑衅下才动手的，但后果非常严重，不确定能不能算作正当防卫。当然了，这得交给英国陪审团决定。我本人很同情你的遭遇，你可以在二十四小时内逃走，我保证不会有人阻拦。”

“然后一切都会暴露？”

“当然。”

船长气得满脸通红。

“接受这种建议还算男人吗？法律我还是懂一点的，玛丽会被当共犯抓起来。你觉得我会溜之大吉，让她一个人承担后果？不，先生，他们想怎么惩罚我都行。看在上帝分上，福尔摩斯先生，请你想想办法，别让可怜的玛丽上法庭。”

福尔摩斯再次朝船长伸出手。

“只是试探一下，你都过关了。我自己承担的责任不小啊，不过我给过霍普金斯很好的提示，他不懂利用，我可帮不上忙。这样吧，克罗克船长，我们还是按正规的法律程序解决。你是被告。华生，你代表英国陪审团，从没见过谁比你更胜任这个角色。我是法官。好了，陪审员先生，证词已经听过了，请问被告是否有罪？”

“无罪，法官大人。”我说。

“人民的声音就是上帝的声音。克罗克船长，我宣布你无罪释放。只要警方不找无辜的替罪羊，我也不会找你。一年后再回到这位女士身边，但愿你和她的未来能证明今晚的判决是正确的！”

第二块血迹

写完《格兰奇庄园案》，本打算就此收笔，不再将我朋友夏洛克·福尔摩斯先生的辉煌事迹公布于众。做这个决定并不是因为缺乏创作素材，我手头还留有数百件案子的记录，以前提都没提过，也不是因为读者对神探的非凡个性和独特方法逐渐失去兴趣，真正原因是福尔摩斯先生不愿再继续公开自己的经历了。只要还留在探案界，成功案例的故事对他的事业是大有帮助的，可现在他退隐江湖，从伦敦移居苏塞克斯丘陵区，专注于研究和养蜂，公众视线就成了避之不及的东西。在这件事上，他要求我严格遵循他的意思，毫无商量的余地。我向他承诺，《第二块血迹》留到时机成熟的时候再发表，并且指出，这是他经手的最重要的国际案件，用它来为全书压轴最合适不过了。经过一番软磨硬泡，终于获得许可，将一个谨慎处理过的故事呈现在公众面前。如果叙述中某些细节含糊不清，相信读者能理解背后的原因。

具体年代年份不便讲明，当时是秋天，一个星期二的上午，我们简陋的贝克街公寓来了两位享誉欧洲的人物。一位神情严肃，高鼻梁，目光敏锐，气场强大，不是别人，正是大名鼎鼎的贝林杰勋爵，两任英国首相。另一位肤色偏黑，五官轮廓分明，举止优雅，应该还不到中年，身型和头脑都处在最佳状态，他就是特里劳尼·霍普阁下，欧洲事务部部长，英国最有前途的政治家。两人并排坐在堆满文件的长沙发上，脸上都挂着疲惫和焦虑，很明显，一定是因为非常紧急的事情才来这里。首相紧紧抓着雨伞的象牙手柄，干瘦的手上青筋凸起，憔悴忧郁的眼神在我和福尔摩斯之间打转。部长紧张地摸着小胡子，不停摆弄表链上的吊坠。

“福尔摩斯先生，今早八点我发现丢了东西，立刻通知了首相，他提议和我一起来找你。”

“报警了吗？”

“没有，先生。”首相的回答迅速果断，是他一贯的风格，“我们还没报警，接下来也不会。长远来看，报警意味着公开，而这正是我们希望避免的。”

“为什么？”

“丢失的文件至关重要，内容一旦公开，有可能——应该说很可能——导致欧洲局势严重复杂化。毫不夸张地说，战争还是和平取决于此。偷文件的人没有别的目的，就是为了公开里面的内容。我们必须秘密寻找，不然找到了也是白费力气。”

“明白了。好了，霍普先生，麻烦你讲讲文件失踪的具体情况。”

“几句话就能说完，福尔摩斯先生。六天前，某国君主寄来一封信，涉及非常敏感的话题，我不敢把它留在办公室的保险柜过夜，每晚都带回白厅街自己家，放进卧室一个上锁的公文箱里。昨晚还在那儿，我百分百确定。晚饭前我回房换衣服还打开过箱子，亲眼看见信在里面，结果今早就不见了。公文箱整晚都在梳妆台上，挨镜子放着。我睡觉很轻，妻子也是，我们都确信夜里没人进过房间。可是信确确实实不见了。”

“几点吃的晚饭？”

“七点半。”

“几点回房休息？”

“妻子出门看戏了，我一直等她回来。我们十一点半才进卧室。”

“也就是说，公文箱有四个小时没人看管。”

“那个房间不让人随便进，上午只允许打扫卫生的女佣进去，其他时间我和妻子的两个贴身用人可以进。他们都很可靠，在我们家干活多年了。再说，他们不可能知道公文箱里装着价值非同一般的文件。”

“谁知道有这封信？”

“家里没人知道。”

“你妻子肯定知道吧？”

“不，先生，今早发现信不见了，我才告诉她。”

首相赞许地点点头。

“早就听说你工作责任心强，”他说，“我相信，从事这么重要的机密工作，责任心一定超越了最亲密的家庭情感。”

部长欠身致意。

“过奖了，先生。直到今早，我一个字都没向妻子透露。”

“她有可能猜到吗？”

“不可能，福尔摩斯先生，她猜不到，任何人都猜不到。”

“你以前丢过文件吗？”

“没有。”

“英国还有谁知道这封信的存在？”

“昨天告知了所有内阁成员。不过，每次内阁会议都有保密宣誓，而且首相还专门强调了这件事的严重性。天啊，没想到不出几小时，我自己就把信给弄丢了！”他绝望至极，英俊的脸庞变得扭曲，双手不停揪扯头发。一瞬间，我们看到了一个活生生的人，冲动、亢奋、异常敏感。下一刻，贵族的面具又重新戴上，柔和的声音又回来了。“除了内阁成员，还有两三个部级官员知道。福尔摩斯先生，我保证，国内再没其他人知道。”

“国外呢？”

“除了写信人，应该没人看过信。我确定他没走平常的官方渠道，手下的官员并不知情。”

福尔摩斯思考了片刻，说：“好了，先生，我得问问这封信的详细内容，为什么弄丢了会有这么严重的后果？”

两位政治家迅速交换了一个眼神，首相浓密的眉毛皱在了一起。

“福尔摩斯先生，信封是窄长型，淡蓝色，红色火漆，封印是卧狮图案，收信人的信息写得很大很醒目，寄给……”

“不好意思，先生，”福尔摩斯说，“这些细节确实很有趣，也很有用，但我的调查必须挖掘问题的根源。信的内容是什么？”

“这是顶级国家机密，恐怕不能告诉你，我认为也没这个必要。如果你真像传说中那么有本事，能找到我刚才说的信封和里面的信，那就是给国家立了大功，想要什么奖赏，只要是在我们能力范围内，都能满足。”

福尔摩斯笑着站起来。

“两位是全英国最忙的人，”他说，“我的工作虽然微不足道，也有一堆事要忙。非常遗憾，这件事我帮不了你们，再谈下去也是浪费时间。”

首相一下子跳起来，凹陷的眼睛闪过一道寒光，这眼神曾无数次震慑内阁。“先生，没人敢跟我……”他刚想说点什么，立刻又压住火气，坐回原位。有那么一两分钟，我们都呆坐着，谁也没出声。最后，老首相耸耸肩，说：“福尔摩斯先生，毫无疑问，你是对的。指望你帮忙，又不完全信任你，实在是不通情理。我们接受你的条件。”

“我同意。”年轻的政治家说。

“我这就说。相信你和搭档华生医生都是正义人士，也有爱国之心。事情一旦曝光，国家将面临不堪设想的巨大灾难。”

“你大可放心。”

“我国最近开发了新的殖民地，惹恼了某国君主，他写信来表达不满。信写得相当草率，我们调查发现，他手下的官员毫不知情，完全是他个人的责任。另外，信中的措辞严重失当，有些语句纯属挑衅，万一公开，势必煽动国民的危险情绪，引发大规模骚乱。先生，我敢肯定，公开不到一周，英国将卷入一场大战。”

福尔摩斯在纸上写下一个名字，递给首相看。

“没错，就是他。这样一封信，意味着十亿英镑的耗费和十万人的生命，现在却神秘失踪了。”

“通知写信人了吗？”

“通知了，先生，发了加密电报。”

“也许他本人希望公开吧。”

“不可能，我们有充分理由相信，他已经认识到自己的行为太过冲动、有失体统。内容泄露的话，他和他国家面临的打击比我们大得多。”

“既然如此，谁会从中受益呢？为什么有人想偷信、想曝光？”

“福尔摩斯先生，这就是高端的国际政治问题了。不过看看目前的欧洲局势，不难理解背后的动机。整个欧洲像一个武装营地，分成军事力量均衡的两派，英国是维持这种状态的天平。如果英国参战，不管对战哪一派，另一派就算不参战，也必定占尽优势。懂了吗？”

“非常清楚。也就是说，受益的是这位君主的敌人，偷信、曝光是为了挑拨两国之间的关系。”

“是的，先生。”

“假如信落到敌人手中，最后会怎么处理？”

“交给欧洲任何一个大国的大臣。说不定此刻已经登上轮船，全速开往目的地了。”

霍普先生耷拉着脑袋，大声叹了口气。首相伸手轻轻搭在他肩上。

“这是意外，亲爱的朋友，没人会责怪你，你的预防措施做得很到位。好了，福尔摩斯先生，情况你全掌握了，有什么建议？”

福尔摩斯无奈地摇摇头。

“先生，你认为找不到信会有战争？”

“可能性非常大。”

“那就准备战争吧。”

“这可不是什么好消息，福尔摩斯先生。”

“你想啊，信不可能是晚上十一点半以后丢的，从那时到发现信失踪，霍普先生和妻子一直在卧室。失窃时间应该是昨晚七点半到十一点半之间，而且更接近七点半，偷信人显然知道信在公文箱里，当然越早下手越好。好了，先生，这么重要的信这么早就被偷了，现在能在哪儿？偷信人绝不会留在手上，早交给需要它的人了。别说找回来，能不能查到它的踪迹都要画个问号。不可望也不可及啊。”

首相从长沙发上站起来。

“福尔摩斯先生，你说的完全合理，我也觉得事情超出了我们的能力范围。”

“推理需要，不妨先假设信是贴身用人偷的……”

“他们俩都是非常可靠的老用人。”

“你说卧室在三楼，屋外进不去，屋里上楼会引起注意，由此看来，肯定是屋里人偷的。偷到信交给谁呢？当然是某个国际间谍或特工。这些人的名字我还算熟悉，有三个可以说是这个行业的领军人物。我的调查就从他们入手，先去看看他们还在不在岗位上，只要有一个不见了，特别是从昨晚开始失踪的话，信的去向就有线索了。”

“为什么非要失踪呢？”部长问，“完全可以带着信去伦敦任何一个大使馆。”

“不可能。这些特工都是独立工作，跟使馆的关系通常不太友好。”

首相点头表示同意。

“说得对，福尔摩斯先生，这么珍贵的战利品，他会亲手上交总部。我认为你的行动计划非常明智。好了，霍普，不能因为这一个意外耽误其他工作。如果今天还有新情况，我们会跟你联系。你调查有什么结果，也请通知一声。”

两位政治家鞠了一躬，面色凝重地走出房间。

贵客离开后，福尔摩斯默默点燃烟斗，坐在那儿陷入了沉思。我翻开晨报，被一则案件报道吸引，头天晚上伦敦发生了一起轰动性案件。我朋友突然叫了一声，跳起身，烟斗往壁炉台上一放。

“行了，”他说，“没有更好的办法了。情况严峻，但不是完全没希望。即使到了现在，信也有可能还没交出去，我们要做的就是确定在谁手上。这些人不过是想要钱，他肯卖，我就买，我有英国财政部的支持，大不了再多征收一便士的所得税。这家伙可能还在观望，看看这边出多少钱，再到那边碰碰运气。只有三个人敢玩这么大胆的游戏，奥贝斯坦、拉罗蒂埃、爱德华多·卢卡斯，每个我都要去见见。”

我瞟了眼晨报。

“爱德华多·卢卡斯？戈多尔芬街的那个？”

“对。”

“你见不到他了。”

“为什么？”

“昨晚在家遭谋杀了。”

我朋友惊讶地瞪大眼睛，抓过我手里的报纸。一起查案多年，从来都是我被他吓一跳，这回看他被我吓了一跳，心里不禁有些得意。他刚才站起来的时候，我正在读这篇报道：

威斯敏斯特凶杀案

昨晚，戈多尔芬街16号发生离奇案件。事发街道位于泰晤士河和威斯敏斯特教堂之间，距离议会大厦的高塔不远，环境古朴僻静，房屋都是18世纪建筑。16号小而精致，爱德华多·卢卡斯先生在此屋居住多年。他是社交圈名人，不仅拥有独特的人格魅力，还堪称国内最优秀的业余男高音歌唱家。

卢卡斯先生三十四岁，未婚，家里有两个用人，老管家普林格尔太太和贴身男佣米顿。管家休息得早，卧室在房子顶层。男佣昨晚出了门，去哈默史密斯探望朋友。十点以后，只剩卢卡斯先生独自在屋中，没人知道当时发生了什么。十一点三刻，警员巴雷特经过戈多尔芬街，发现16号的大门半开着，过去敲门，没人应答。他看到前厅有灯光，便走进过道敲前厅的门，还是没反应。推门进去，里面一片狼藉，家具都挤到房间一边，正中间有把翻倒的椅子。不幸的屋主躺在椅边，手还抓着一条椅腿，心脏位置中刀，应该是一刀毙命。凶器是一把印度弯刀，从墙上拽下来的，原本和另几件东方武器一起装饰墙面。屋内贵重物品都没动过，作案动机可以排除抢劫。

爱德华多·卢卡斯先生名气大，人缘好，如此离奇惨死，必在广泛的朋友圈内引发沉痛悼念和深切关注。

福尔摩斯沉默片刻，问道："华生，你怎么看？"

"惊人的巧合。"

"巧合？我们刚说了三个可能参演这部戏的演员，结果其中一个就惨死了，死亡时间跟演出时间完全吻合。这种巧合的概率微乎其微，小到无法用数字表达。不对，亲爱的华生，两件事有联系，肯定有，至于是什么，得靠我们去找。"

"这下警方什么都知道了。"

"不，他们只看到了戈多尔芬街的案子，还不知道白厅街发生了什么，以后也不会知道。只有我们两件事都知道，能追查它们之间的关系。就算没有命案，我也觉得卢卡斯的嫌疑最大。疑点非常明显，戈多尔芬街在威斯敏斯特，步行几分钟就到了白厅街，而我说的另两个特工都住在西区[1]最边上。也就是

---

1 西区（The West End）是伦敦中心及西部一片区域，威斯敏斯特位于西区中心地带。

说，比起另两位，卢卡斯更容易跟部长家里人建立联系、获取消息。虽然是个小细节，但考虑到两个案子发生在短短几小时内，这一点就显得格外重要了。嘿！这是什么？”

哈德森太太端着托盘进来，上面有张女士的名片。福尔摩斯扫了一眼，扬起眉毛，把名片递给了我。

“请希尔达·特里劳尼·霍普夫人上楼。”他说。

那天上午，我们简陋的公寓真是贵客临门，刚送走两位，又迎来了伦敦最美丽的女士。经常听说贝尔明斯特公爵的小女儿美貌动人，别人的描述听了不少，黑白照片也看了不少，可见到本人，我还是大为惊叹，精致的容貌难以用语言形容，头发、眼睛、皮肤的颜色搭配得恰到好处。不过，那个秋天的上午，她给我们的第一印象并不是美丽。脸蛋确实标致，却因为激动变得苍白；眼睛也很有神，但透露出来的全是焦虑；娇艳的双唇紧绷着，强压住心底翻腾的情绪。这位美女客人出现在门口，第一眼感觉并不是美丽，是恐惧。

“福尔摩斯先生，我丈夫来过吗？”

“对，夫人，来过。”

“福尔摩斯先生，求你别告诉他我来过这里。”

福尔摩斯冷淡地欠身行礼，示意她坐到椅子上。

“夫人把我推到了两难的境地啊。请坐，先说说你有什么要求。不过，我恐怕不能做出任何无条件承诺。”

她迅速穿过房间，背靠窗户坐下，举手投足充满女王般的威严，身材高挑，气质优雅，女人味十足。

“福尔摩斯先生，”她说道，戴着白手套的双手一会儿握紧，一会儿松开，“我对你说实话，希望你也能对我说实话。我和丈夫彼此完全信任，只有一件事例外，那就是政治。这方面他向来守口如瓶，什么都不对我说。我知道昨晚家里出了大事，有份文件丢了。因为跟政治有关，丈夫不肯透露实情。可我必须彻底弄清怎么回事，这很重要，真的很重要。除了那些政治家，你是唯一了解实情的人。求你了，福尔摩斯先生，告诉我到底发生了什么、会有怎样的后果。都告诉我吧，福尔摩斯先生，如果是为委托人的利益着想不肯说，你大可放心，完全信任我对他最有利，多希望他也能明白这一点啊。失窃的文件是什么？”

“夫人，你的要求真不能答应。”

她叹了口气，双手捂住脸。

“你必须接受这个情况，夫人。你丈夫觉得瞒着你比较合适，我又有什么资格透露他的秘密？更何况我也是因为有职业上的保密承诺才能了解到真相。你的要求不太合理，要问也该问他本人。”

“当然问过了，我是迫不得已才来找你的。福尔摩斯先生，既然不能透露具体细节，那就麻烦你给一点提示。”

“什么？”

“这件事会不会毁了我丈夫的政治前途？”

“嗯，除非能弥补，否则后果严重。”

“啊！”她深吸一口气，好像解开了什么困惑。

“福尔摩斯先生，还有个问题。刚发现出事时，我丈夫大为震惊，从表情可以看出，这份文件的丢失将造成非常恶劣的公众影响。”

“他要这么说，我当然不否认。”

“什么样的影响呢？”

“打住，夫人，又是一个我无法回答的问题。”

“那就不耽误你的时间了。福尔摩斯先生，你有所保留，我一点不怪你，相信你也不会把我当坏人，我只是想分担丈夫的烦恼，尽管他本人并不愿意。再次恳求你，我来这里的事一定保密。”

她走到门口，回头看了一眼，那张美丽、忧虑的脸庞最后一次出现在眼前，眼神还是那样惶恐，嘴唇依旧紧绷着。她扭过头走了。

裙子的沙沙声越来越远，随着大门“砰”地一声关上彻底消失。福尔摩斯笑着说：“好了，华生，研究女人是你的专长。这位美女玩的什么把戏？真正目的是什么？”

“她说得再清楚不过了，感到焦虑实属正常。”

“哈！华生，想想她的样子吧，她的一举一动，压抑的情绪，不安的神情，还有提问时的固执劲。注意了，她那个阶层的人从不轻易流露情感。”

“她确实有些激动。”

“还要注意，她保证知道真相对丈夫最有利，说这话时态度尤其诚恳。话里究竟是什么意思呢？华生，想必你也留意到了，她故意背着光坐，就是不想让我们察觉她的表情。”

“对，她挑了唯一一把背光的椅子。”

“不过，女人的心思总是难以捉摸的。还记得马盖特小镇那个女人吗？我也因为同样的理由怀疑过她。结果呢，人家不过是那天没化妆而已。这样的流沙上怎么盖高楼？她们最平凡的行为可能蕴含巨大的意义，最异常的举动可能只跟一个发夹或卷发钳有关。再见，华生。”

“你要出门？”

“是的，去戈多尔芬街，跟我们的正规军朋友消磨一上午。问题的答案在爱德华多·卢卡斯身上，至于是什么，老实说，我连一点想法都没有。没掌握证据就下结论，这是探案的大忌。亲爱的华生，你留下，万一又来客人，也好接待。我争取赶回来吃午饭。”

第一天，第二天，第三天，福尔摩斯只有一种状态，朋友们称之为静思，外人则以为是发痴。他跑出跑进，不停抽烟，有时拉一段小提琴，有时陷入沉思，在非饭点的时间狂啃三明治，对我那些平常的提问总是不加理睬。我心里清楚，一定是调查进行得不太顺利。他绝口不提案子，我从报纸上了解到死因调查的细节，警方逮捕了死者的贴身男佣约翰·米顿，随后又释放。尸检陪审团裁定为蓄意谋杀，但凶手仍毫无线索，作案动机也不明确。案发房间多的是贵重物品，一件都没丢。死者的文件也没有翻动的痕迹，经过仔细通读，发现他爱好研究国际政治，喜欢追踪八卦消息，通晓数国语言，特别能写信，而且跟好几个国家的政要关系甚密。这些文件塞满了一个个抽屉，却找不出一点可疑的地方。说到他跟女人的关系，只能用肤浅随便形容，认识的倒不少，深交的没几个，相爱的根本没有。他没什么不良嗜好，也从没得罪过谁。他的死亡完全是个谜，很可能永远解不开。

至于逮捕男佣米顿，不过是警方的无奈之举，总比什么都不做要好。但是指控他的证据都站不住脚。当晚他在哈默史密斯访友，有确凿的不在场证据。虽然按动身回家的时间估算，应该在凶案被发现前就回到了威斯敏斯特，但他解释说自己步行了一段距离，考虑到当晚天气舒适，这个理由说得过去。实际上，他十二点才到家，看见突如其来的惨剧，顿时吓蒙了。他和主人的关系一向很融洽。男佣的箱子里发现了一些死者的物品，比如一小盒剃须刀，他说是死者生前赠送的礼物，管家证实了这一说法。米顿给卢卡斯当了三年贴身男佣，奇怪的是，卢卡斯去欧洲大陆从不带米顿。有时候他一连三个月都在巴黎，米顿就留在戈多尔芬街看家。至于管家，案发当晚什么也没听见。如果有来客，肯定是主人自己开的门。

从报上的消息看，三天过去了，谜还没解开。也许福尔摩斯查到了更多情况，但他什么也不说，只告诉我莱斯特雷德警探请他参与调查，至少我知道他密切掌握着最新动向。第四天，巴黎发来一封长电报，为谜题提供了答案。《每日电讯报》有如下报道：

> 巴黎警方的最新发现解开了爱德华多·卢卡斯先生的惨死之谜。
>
> 本周一晚，卢卡斯先生遭暴力致死，案发地在威斯敏斯特的戈多尔芬街。本报读者应该记得，死者是中刀身亡，尸体在家中发现。贴身男佣曾被列为嫌

犯，但不在场证据确凿，嫌疑已解除。

昨天，巴黎警方接到几个用人报警，称他们的主人亨利·福纳耶太太精神失常，住址是奥斯特里茨街的一座小别墅。经过医检，她确实患有一种危险的躁狂症，并且无法治愈。警方询问得知，亨利·福纳耶太太本周二刚从伦敦返回，有证据表明她跟威斯敏斯特凶案有关。照片比对得出了明确结论，亨利·福纳耶先生和爱德华多·卢卡斯其实是同一个人，死者出于某种原因，在伦敦和巴黎过着双重生活。

福纳耶太太具有克里奥尔[1]血统，生性暴躁，曾因嫉妒引起躁狂症发作。据推测，这次也是因为妒火攻心，制造了轰动伦敦的凶案。她周一晚上的行踪并不明确，可以确定的是，周二早上，查令十字街车站出现过一位女士，相貌特征跟她吻合，外表野蛮，举止粗鲁，引起许多人注意。由此看来，躁狂症发作可能是促使她杀人的原因，也可能是杀人所导致的直接后果。她现在已无法清晰回忆过去的经历，医生认为恢复理智基本无望。

另有人证明，周一晚有位女士到过戈多尔芬街，盯着事发房屋看了数小时，有可能是福纳耶太太。

1　克里奥尔（Creole）指欧洲白种人与殖民地有色人种（如非洲人、印第安人）的混血儿。

趁福尔摩斯吃早饭的时间，我把这篇报道大声念给他听。

“你怎么看，福尔摩斯？”

“亲爱的华生，”他离开餐桌，在房间里走来走去，“你可真能忍，三天了，一句都不问。我什么都不说，是因为真没什么好说。就算巴黎有了新发现，对我们也没多大帮助。”

“至少解决了命案。”

“命案只是意外，小插曲而已，我们的头等大事是找回信件、拯救欧洲。过去三天只发生了一件重要的事，那就是什么事都没发生。我几乎每小时都收到政府的消息，可以确定欧洲没有哪个地方出现异样。如果信送出去了——不，绝不可能——可是没送出去的话，又能在哪里？在谁手上？为什么没有进一步行动？这些问题像锤子一样不停敲打我的脑袋。卢卡斯在信件失踪当晚遇害，真的只是巧合？他到底拿没拿到信？如果拿到了，为什么文件里没有？难道是他的疯太太带走了？这么说，信在她的巴黎家中？去她家搜，怎么可能不引起法国警方的怀疑？亲爱的华生，这样的案子，法律和罪犯都是我们的敌人，人人都跟我们作对，涉及的利害关系又十分重大，能成功破案的话，可以代表我探案生涯的最高荣耀了。啊，前线的最新消息来了！”

他匆匆扫了眼送进来的便条。

“嘿！莱斯特雷德好像发现了重要线索。华生，戴上帽子，一起散散步，去威斯敏斯特。”

这是我第一次到案发地，房子又高又窄，灰暗陈旧，但庄重结实，带着它那个世纪的气息。莱斯特雷德站在前窗边，斗牛犬似的脸望向我们。一个大块头警员开门让我们进去，莱斯特雷德过来热情地打招呼。我们进入的房间就是凶杀现场，痕迹清理得差不多了，只有地毯上还留着一块不规则的血迹，特别难看。地毯不大，粗毛的，正方形，铺在房间中央，四周一圈精美的老式地板，由方木块拼接而成，色泽光亮。壁炉上方挂着几件别致的武器，其中一件在惨剧当晚派上了用场。靠窗有张豪华的写字台。房间还装饰着各种图画、垫子、壁挂，每个细节都透露出奢华的品位，甚至有一股阴柔之气。

“巴黎的新闻看了？”莱斯特雷德问。

福尔摩斯点头。

“我们的法国友人这回算是抓到重点了，事情正是他们说的那样。她敲门——很可能是突然登门，因为他的双重生活一直是个严守的秘密——他不能让她待在街上，只好让她进屋。她解释说自己怎么追到这儿，接着开始责骂他，情绪一发不可收拾，正巧刀又在手边，后果可想而知。当然了，过程并没那么迅速，这些椅子都跑到了那边，他手里还抓着一把，说明他试图抵抗。一切都弄清了，就跟亲眼看见差不多。”

福尔摩斯扬起眉毛。

“那还叫我来？”

“啊，是这样，还有件事，非常不起眼，但你应该感兴趣。总之就是很奇怪，也可以说很诡异。跟主要案情没什么关系，至少表面上看不出任何关系。”

“什么事？”

“你知道的，遇上这类案子，我们总是特别注意保护现场，什么东西都不动，而且派专人日夜看守。今天早上，考虑到死者已经入葬，跟这个房间相关的调查也基本结束，我们打算稍微收拾一下。这块地毯，你看，只是铺在地上，并没有固定。我们掀起一角，发现……”

“说啊！发现……”

福尔摩斯一脸紧张，迫不及待。

“给你一百年也猜不出来。看见地毯上的血迹了？肯定有大量的血渗过地毯，你觉得呢？”

“那是当然。”

“好了，见证诡异的时刻到了，白色地板的对应位置没有血迹。”

“没有血迹？不可能没……”

“是啊，不可能没有，可事实就是没有。”

他抓起地毯一角，掀开一看，果然是他说的那么回事。

“地毯反面跟正面一样有血迹，肯定会留下印记的。”

连神探也犯了难，莱斯特雷德开心不已，轻声笑起来。

“好了，我来公布答案。确实还有一块血迹，但不在另一块的对应位置上。你自己看吧。”他边说边掀开地毯另一角，老式地板的白色方木块上果真有一大块深红的血迹，“福尔摩斯先生，怎么解释？”

“太简单了。两块血迹本来是对应的，只不过地毯转动了。方形毯，又没固定，很容易办到。”

“福尔摩斯先生，地毯转动这种事不用你告诉警方，只要像这样叠起来，两块血迹就能完全重合，再明显不过了。我想知道的是，谁转动了地毯？为什么？”

福尔摩斯面无表情，但我知道他心里兴奋到了极点。

“问一句，莱斯特雷德，”他说，“是过道那个警员一直看守现场吗？”

“对，是他。”

“好吧，听我建议，好好问问他。别当着我们的面，我们在这儿等着，你带他去里屋，单独问话更容易坦白。直接质问他，怎么敢放生人进来，还让生人独自待在这个房间。你就当他这么做了，不需要找他确认，只说你知道有人进来过，逼他说实话，告诉他彻底坦白才能得到原谅。务必照我说的做！”

“我发誓，凡是他知道的，我一定叫他都说出来！”莱斯特雷德说完冲进过道。过了一会儿，里屋传来他威吓的声音。

“快，华生，快！”福尔摩斯心急火燎地喊道。冷漠的面具不见了，那股像着了魔一样的力量全部迸发出来，整个人瞬间充满了活力。他扯开地毯，迅速趴到地板上，使劲抠方木块，一块都不放过。当指甲抠住其中一块的边缘时，木块突然翻转，像盒盖一样掀开，露出一个小黑洞。福尔摩斯急忙伸手进去，愤怒又失望地吼了一声，抽出手来。里面是空的。

“快，华生，快！还原！”木块重新盖上，地毯重新铺平，就在这时，过道传来莱斯特雷德的声音。他回到房间，福尔摩斯懒洋洋靠着壁炉台，在无聊中耐心等待，想打哈欠却努力忍着。

“抱歉久等了，福尔摩斯先生，一定觉得这案子无聊透顶吧。行了，都招了，没问题。麦克弗森，进来，让两位先生听听你做的好事。”

大块头警员不声不响进来，面带悔意，情绪激动。

“我真不是想干坏事，先生。昨天傍晚有位年轻女士来到门口，她认错了门牌号。我们聊了起来。整天在这儿值班，多少有些寂寞。”

“然后呢？”

“她说在报上看过案子的报道，想看看案发现场。那位女士非常正派，谈吐也很优雅，我觉得让她看一眼应该没什么大碍。她看到地毯上的血迹，一下子晕倒在地，躺在那儿像死了一样。我赶紧到屋后弄了点水，她还是没醒。我只好跑出去，拐过街角，到常春藤酒馆弄了点白兰地。等我回来，那位女士已经醒了，人走掉了，肯定是难为情，怕见到我尴尬。”

“地毯怎么动了？”

“哦，先生，我回来的时候，地毯确实有点皱。你想啊，她倒在地毯上，地毯没固定，下面的地板又很光滑。后来我把它拉平了。”

“麦克弗森警员，这个教训告诉你，永远别想欺骗我，”莱斯特雷德威风地说，“你以为玩忽职守不会被发现，我只用扫一眼地毯就确定有人进来过。算你走运，小子，没丢东西，不然有你受的。福尔摩斯先生，实在抱歉，为芝麻小事把你叫来，不过，两块血迹不对应这一点应该很对你胃口。”

“当然，特别合口味。警员先生，这位女士只来过一次？”

“对，先生，就一次。”

“是什么人？”

“名字不清楚，说是来应聘打字员，结果找错了门牌号。一位非常友善、文雅的年轻女士。”

“高个子？长得漂亮？”

“没错，个子很高。你觉得漂亮，也许有些人会认为非常漂亮。她说：‘哎呀，警官，就让我看一眼嘛！’她很机灵，善于哄人，你可能会这么觉得。我当时想，让她伸头看一眼也没多大关系。”

“穿着呢？”

“很素净，先生，披了一件到脚踝的长披风。”

“时间？”

“天刚黑。我拿白兰地回来的时候，刚开始点灯。”

“很好，”福尔摩斯说，“华生，走吧，别处还有更重要的工作等着我们。”

我们离开时，莱斯特雷德留在前厅，刚刚改过自新的警员送我们出门。到了门前台阶，福尔摩斯转过身，抬起手，手里有样东西，警员盯着看了半天。

“天啊，先生！”他叫道，满脸惊讶。

福尔摩斯比了个嘘的手势，把手里的东西放回胸前口袋。我们走上街，他忍不住放声大笑。

“完美！”他说，“走吧，华生老兄，最后一幕的帷幕已经拉开。放心好了，不会有战争，特里劳尼·霍普阁下的辉煌事业不会受挫，那位轻率的君主不必为一时冒失付出代价，首相也不必为复杂的欧洲局势烦恼。我们只需要一点策略和技巧，就能挽救一场大灾难，所有人都皆大欢喜。”

我打心底佩服这位了不起的人物。

“破案了！”我叫道。

“还没呢，华生，有些疑点仍不清楚。不过，我们掌握了这么多线索，再查不出来就是水平问题了。马上去白厅街，来个彻底了结。”

到了部长家，福尔摩斯要求见的人竟然是希尔达·特里劳尼·霍普夫人。我们被领进了起居室。

“福尔摩斯先生！”夫人气红了脸，“你这么做太失信、太失礼了。我解释过，希望拜访你的事能保密，以免丈夫觉得我干涉他的工作。你倒好，生怕别人不知道我们打过交道，跑来这里找我，暴露我的秘密。”

“很遗憾，夫人，我别无选择。我受委托找回这份至关重要的文件，夫人，只能麻烦你交给我了。”

女士跳起身，美丽的脸庞一下没了血色，眼神呆滞，身子不停摇晃，我生怕她会晕倒。过了一会儿，她极力从刺激中恢复过来，脸上只剩下震惊和愤怒。

“你——你污蔑我，福尔摩斯先生。”

“得啦，得啦，夫人，没用的，把信交出来。”

她冲到手摇铃旁。

“管家会领你们出去。”

“别摇铃，希尔达夫人，我费尽心思避免一场丑闻，你一摇铃就全泡汤了。把信交出来，什么都好办。合作的话，我会安排好一切。不合作，我只能揭发你。”

她不服气地站在那儿，像女王一样威严，直视福尔摩斯的双眼，好像要看穿他的灵魂。她手抓着铃铛，但忍住了没摇。

“你在威胁我。福尔摩斯先生，跑到这儿来吓唬一个女人，这可不够男人。你说知道一些事情，什么事？”

“请坐下，夫人，万一晕倒，不至于受伤。你不坐，我就不说。谢谢。”

“我给你五分钟，福尔摩斯先生。”

“一分钟足够了，希尔达夫人。我知道你见过爱德华多·卢卡斯先生，把信给了他，还知道你昨晚使了点小花招，又进了那个房间，从地毯下的秘洞拿走了信。”

她死死盯着他，脸色煞白，一时说不出话，连喘了两口气。

“你疯了，福尔摩斯先生，你疯了！”她终于说道。

他从口袋掏出一小张硬纸片，是一个女人的正面像，从照片上剪下来的。

“我估计能用上，一直随身带着，”他说，“警察认出来了。”

她倒抽一口凉气，头一仰靠在椅子上。

“行了，希尔达夫人，信在你手上，事情还有得救。我不想给你制造麻烦。把丢失的信还给你丈夫，我的任务就结束了。听我建议，说实话，这是你的唯一出路。”

她的坚持实在令人佩服，到现在还不肯松口。

“福尔摩斯先生，我再说一遍，这些都是你荒谬的幻觉。”

福尔摩斯从椅子上站起来。

“非常遗憾，希尔达夫人，我尽力了，看来全是白费功夫。”

他摇铃叫来管家。

“特里劳尼·霍普先生在家吗？”

“他十二点三刻回来，先生。”

福尔摩斯看了一下表。

“还有一刻钟，”他说，“很好，我等着。”

管家出去了，门刚关上，希尔达夫人突然跪到福尔摩斯脚边，伸出双手，仰着脸，泪水打湿了美丽的脸庞。

“啊，放过我吧，福尔摩斯先生！放过我！”她歇斯底里地哀求，“看在上帝分上，别告诉他！我爱他！我不想让他的生活蒙上一点阴影，这件事肯定会刺伤那颗高贵的心。”

福尔摩斯把女士扶起来。“谢天谢地，夫人，你终于在最后一刻想通了！一分钟也不能浪费。信在哪儿？”

她冲到房间另一头的写字台前，打开抽屉锁，从里面拿出一个蓝色长信封。

“在这儿，福尔摩斯先生。真希望我从没见过它！”

“怎么放回去呢？”福尔摩斯低声说，“快，快，必须想个办法！公文箱在哪儿？”

“还在卧室。”

“运气真好！快，夫人，拿到这儿来！”

没多久，她拿着一个红色扁箱子回到房间。

“你之前是怎么打开的？有配的钥匙？对嘛，当然有。快打开！”

希尔达夫人从怀里掏出一把小钥匙。箱盖弹开，里面塞满了文件。福尔摩斯把蓝信封塞进中间位置，夹在另一份文件的两页之间，又往里推了推。箱子关上，锁好，送回了卧室。

“好了，就等他回来了，”福尔摩斯说，“还有十分钟。希尔达夫人，我想尽办法袒护你，作为回报，请你抓紧时间，坦白这个特殊事件的真实经过。”

“福尔摩斯先生，我什么都告诉你，”女士说，“唉，我宁愿砍掉右手，也不愿给他带来一丝烦恼！全伦敦找不到第二个像我这么深爱丈夫的女人，可是，如果他知道了我做的事——我迫于无奈做的事——他永远也不会原谅我。他品德那么高尚，从不会忘记、原谅别人品德上的小错误。帮帮我，福尔摩斯先生！这件事关系到我的幸福、他的幸福，甚至还有我们的性命！”

“快点，夫人，时间不多了！”

“起因是我婚前写的一封信，内容有些轻率，也很愚蠢，不过是恋爱中的小女孩一时冲动写下的。我没有恶意，但在他眼里这就相当于犯罪。他要是看到信，以后绝不会再信任我。信是多年前写的，我以为事情就这样过去了。结果这个叫卢卡斯的家伙联系上我，说信在他手上，要交给我丈夫。我求他行行好，他说我丈夫的公文箱里有份文件，只要我拿给他，就把信还给我。他在政府部门安插了间谍，所以知道有这么一份文件。他还向我保证，我丈夫不会受任何牵连。福尔摩斯先生，站在我的位置想想！我能怎么办？”

“把一切告诉你丈夫。”

“不行，福尔摩斯先生，不行！要么毁掉我们的关系，要么去偷丈夫的文件，第二个选择虽然非常糟糕，但政治问题有什么后果我并不清楚，感情和信任问题的后果我就再清楚不过了。我这么做了，福尔摩斯先生！我弄到钥匙的印模，卢卡斯给我配了一把。我打开公文箱，取出文件，送到了戈多尔芬街。”

“那里发生了什么，夫人？”

“我按约定敲门，卢卡斯开门，我跟他进去。我害怕跟他单独相处，故意把门半开着。我记得进屋时，屋外有个女人。我的信在他桌上，我把文件给他，他把信给我，我们的交易很快结束。就在这时，门口有声响，过道传来脚步声。卢卡斯迅速掀开地毯，把文件塞进秘密的地方，盖上地毯。

“接下来的事简直像一场噩梦。我看见一张深色脸孔，狰狞的样子跟疯了一样，有个女人的声音用法语尖声叫道：‘果然没白等，终于，终于逮着你和她了！’两人野蛮地打起来，他抓起椅子，她拿着明晃晃的刀。我从恐怖的现场逃出来，飞奔离开了那座房子，第二天早上看报纸才知道悲惨的结局。那天晚上我还是很高兴的，信拿回来了，当时没想到以后会发生什么。

“第二天早上我意识到，自己不过是用新烦恼代替了旧烦恼。丈夫发现文件失踪，整个人都崩溃了，我看着心像刀绞，真想当场跪在他脚下，坦白我做的事，可是，这么做就意味着坦白过去。那天上午去找你，是想弄清错误的代价有多大。我明白了问题的严重性，从那一刻起，心里只有一个想法，取回丈夫的文件。信是在疯女人进房间之前藏好的，一定还在那里。要不是她突然闯进去，我不可能知道那个秘密地方。怎么进房间呢？我在房子附近盯了两天，大门时刻紧闭。昨晚我最后试了一把，做了什么、结果如何你已经非常清楚了。我带着信回来，想还给丈夫，又不知道该怎么掩饰罪过，还想着销毁算了。天啊，他上楼了！”

欧洲事务部部长兴奋地冲进房间。

“有消息了？福尔摩斯先生，有消息了？”他叫道。

“有一点希望。”

“啊，谢天谢地！”他脸上立刻有了光彩，“首相来和我吃午饭，能跟他分享一下希望吗？虽说是个意志坚强的人，出事之后肯定也没睡过好觉。雅各布斯，去请首相上来。你嘛，亲爱的，我们恐怕要谈政治问题，你先去餐厅等几分钟吧。”

首相表现得非常镇定，但眼神放光，干瘦的双手微微颤抖，看得出来，他跟年轻的同事一样激动。

“福尔摩斯先生，听说有消息汇报？”

“目前为止还没找到，”我朋友回答，“每个可能出现的地方都查过了。我确信没什么值得担心的危险。”

“这可不行，福尔摩斯先生，我们不能永远生活在火山口上，必须找到明确的答案。”

“我也希望找到，所以才来这里。越琢磨这件事，越有一种强烈感觉，信从没离开这座房子。”

“福尔摩斯先生！”

“如果离开了，肯定早公开了。”

“偷他的信，放在他家里，谁会这么干？”

“我认为没人偷信。”

“那怎么不在公文箱里？”

“我认为就在公文箱里。”

“福尔摩斯先生，现在不是讲笑话的时候。我可以保证，信绝对不在那里。”

“周二早上以后，你检查过箱子吗？”

“没有，没必要。”

“很可能是你大意了，没看见。”

“绝不可能，我保证。”

“没什么不可能，这种事我见多了。箱子里还有其他文件吧，说不定混到一起了。”

“可是信放在最上面。”

“说不定有人晃过箱子，里面弄乱了。”

“不可能，不可能，所有文件都拿出来检查过。”

“霍普，可不可能很容易确定，”首相说，“把公文箱拿来看看。”

部长摇铃。

“雅各布斯，把我的公文箱拿下来。完全是胡闹，浪费时间。行，这样才能让你满意的话，那就拿来看看吧。谢谢，雅各布斯，放这儿。钥匙一直挂在表链上。你看，就是这些文件：梅罗勋爵的信、查尔斯·哈迪爵士的报告、贝尔格莱德备忘录、俄德粮食税文书、马德里的信、弗劳尔斯勋爵的便笺……天啊！这是什么？贝林杰勋爵！贝林杰勋爵！”

首相抓过他手中的蓝信封。

“没错，就是它，信也在里面。霍普，祝贺你。”

“谢谢！谢谢！心里的大石头终于落地了。太不可思议了，简直是奇迹。福尔摩斯先生，你是魔法师，太神了！你怎么知道信在里面？”

“因为我知道它不在别的地方。”

“简直不敢相信我的眼睛！”他发疯似的冲到门口，“妻子呢？我得告诉她，平安无事了。希尔达！希尔达！”楼梯传来他的叫喊声。

首相看着福尔摩斯，眼里闪烁着光芒。

“说吧，先生，”他说，“事情没表面这么简单。信怎么回到箱子里的？”

福尔摩斯笑着转身，避开热切探询的目光。

“我们也有外交秘密。”说完，他拿起帽子，朝门口走去。

（本卷完）

福尔摩斯归来记

作者 _ [英] 阿瑟 · 柯南 · 道尔　译者 _ 张雅琳

产品经理 _ 陈曦　封面设计 _ 董歆昱　产品总监 _ 何娜
技术编辑 _ 顾逸飞　责任印制 _ 陈金　出品人 _ 王誉

鸣谢

杨颖婷

果麦
www.guomai.cn

以 微 小 的 力 量 推 动 文 明